Nie hätte Josie ihrem Ehemann zugetraut, sie zu betrügen. In ihrem letzten Stolz wirft sie Damien aus dem Haus und reicht die Scheidung ein, obwohl sie ihn ganz tief im Innern immer noch liebt. Die Reise nach New York könnte eine gute Ablenkung sein, wenn es da nicht den netten Journalisten Matt gäbe und einen reuigen Ehemann, der glaubt, Josie mit einem Diamantring zurückgewinnen zu können.

Carole Matthews, geboren in Merseyside, arbeitete als Sekretärin, Fernsehmoderatorin und Journalistin. Nun ist sie hauptberuflich als Romanschriftstellerin und Drehbuchautorin tätig. Carole Matthews lebt in Milton Keynes.

CAROLE MATTHEWS

# IN GUTEN WIE IN SCHLECHTEN TAGEN

ROMAN

DEUTSCH VON TEJA SCHWANER

ROWOHLT TASCHENBUCH VERLAG

Einmalige Sonderausgabe
Februar 2004

Veröffentlicht im Rowohlt Taschenbuch Verlag,
Reinbek bei Hamburg, April 2003

Die Originalausgabe erschien 2000 unter dem Titel
«For Better, For Worse»
im Verlag Headline Book Publishing, London

Umschlaggestaltung any.way,
Barbara Hanke / Cordula Schmidt
(Foto: Premium / Imagestate)
Druck und Bindung Clausen & Bosse, Leck
Printed in Germany
ISBN 3 499 23576 5

Die Schreibweise entspricht den Regeln
der neuen Rechtschreibung.

# Eins

«Ich denke noch immer an dich.» Es folgte eine Pause, und Josie nahm an, dass eine Reaktion von ihr erwartet wurde. «Und zwar sehr oft», fügte Damien hinzu, als keine kam.

Josie schloss die Augen, bewunderte die roten Flecken auf der Innenseite der Lider und seufzte in den Telefonhörer. «Ich denke auch sehr oft an dich, Damien. Und dabei male ich mir meistens aus, wie ich dir Schmerz zufügen könnte.» Ihm mit der Axt den Schädel zu spalten, im Lotto zu gewinnen oder es zu schaffen, dass Ewan McGregor sich heillos in sie verliebte – das waren momentan ihre liebsten Wunschvorstellungen. «Ist doch komisch, nicht? So ziemlich dasselbe hast du auch mit mir gemacht.»

Sie zwirbelte eine Strähne ihres langweilig braunen Haars zwischen den Fingern und erwog – nicht zum ersten Mal –, es in einen jener kraftvollen modischen Töne umfärben zu lassen, die in allen Programmen à la «Machen Sie mehr aus Ihrem Typ» so gepriesen wurden. Würde ihr «Feuriges Kastanienrot» stehen? Könnte schon sein. Aber dazu würde wahrscheinlich ein gewagterer Haarschnitt besser passen als ihr adretter Bubikopf, der konservativer war als Tory-Führer William Hague. Hatten sie auch eine «Brünette Bombe» in ihrem Katalog? Würde ihr Leben sich ändern, wenn sie sich für die «Kesse Schwarze» entschied? Egal, das Haar, das sie gegenwärtig hatte, musste jedenfalls dringend gewaschen werden. Noch eine weitere lästige Pflicht auf der ständig wachsenden Liste dessen, was sie heute Abend noch zu erledigen hatte, und nichts davon schloss die Zeitvergeudung ein, die ein Gespräch mit Damien bedeutete. Sie wackelte mit den Zehen und befreite ihren Fuß behutsam von der Last, die auf ihm lag, bevor er ganz abgestorben war. KEBAP, ihr Kater, Ehemals Bekannt Als Prince, hatte sich darauf breit gemacht und bedachte sie jetzt mit einem Blick, der zehn Amseln hätte zu Stein erstarren lassen. Josie schickte ihm einen Kuss hinterher, als er in die Küche stolzierte und dabei empört den erhobenen Schwanz zucken ließ.

«Ich wollte dir doch nie wehtun», fuhr Damien fort, der allem Anschein nach fest entschlossen war, seine Meinung kundzutun.

«Es tut aber normalerweise weh, wenn einem jemand sagt: ‹Ich liebe eine andere Frau – und tschüs!›»

«Wir hätten darüber reden sollen.»

«Damien, ich hab doch erst Wind davon bekommen, als du mit gepackten Koffern die Treppe runterkamst. Ich dachte, du bist auf dem Weg zu einer Computerkonferenz in Margate oder sonst wo. Ich konnte doch nicht damit rechnen, dass du unsere Ehe an einem Montagmorgen um neun Uhr beenden würdest.» Zumal wir in der Nacht zuvor miteinander geschlafen hatten und sogar gleichzeitig zum Orgasmus gekommen waren – beides höchst ungewöhnlich für einen Sonntag. «Du wolltest doch über gar nichts reden. Nicht einmal über das Sorgerecht für den Kater. Du bist doch zur Tür raus, als wolltest du Brötchen holen.»

«Ich weiß einfach nicht, was über mich gekommen ist», sagte ihr Ehemann. «Eben war ich noch glücklich gewesen und im nächsten Moment schon nicht mehr.»

«Das ‹Ding› war über dich gekommen», sagte Josie. «Das ‹Ding› mit Körbchengröße Doppel-D und dem Lycratanga mit Leopardenmuster.» (Ja, ich war an ihrem Haus und hab über ihre Gartenmauer gelinst. Ich weiß, sie hat einen angerosteten Wäscheständer, an dem zwei Leinen fehlen und die Wäscheklammern nicht zueinander passen, was auf eine Nachlässigkeit bei der Wäsche schließen lässt, wie du sie bei mir niemals hättest durchgehen lassen!)

«Es war aber nicht einfach nur wegen Melanie.»

*Wegen Melanie*, äffte Josie in Gedanken nach und schnitt dazu eine Grimasse, bei der sogar übers Telefon Milch hätte sauer werden können.

«Obwohl ich zugeben muss, dass sie der Katalysator war.»

Katalysator? Ehebrecherin!

«Ich habe das Gefühl, einen schrecklichen Fehler gemacht zu haben», sagte Damien.

«Und wie soll ich mich jetzt fühlen? Ich bin gerade dabei,

mein Leben wieder in den Griff zu kriegen. Ich brauch keine Familienpackung Papiertaschentücher mehr, nur um eine Folge *Eastenders* anzusehen. Auf der Straße weichen fremde Leute nicht mehr erschreckt vor mir zurück. Meine Freunde haben aufgehört, mir zu sagen, dass ich so schnell wie möglich zum Arzt gehen sollte. Ich bin glücklich.»

«Wirklich?»

«Ja.» Es kam ein wenig zu trotzig heraus, um wahr zu klingen.

«Ich nicht.»

Es folgte eine weitere peinliche Pause.

«Wie geht's KEBAP?», fragte er betont locker.

«Der ist außer Rand und Band. Frisst sein Kitekat, als würde es nie wieder was geben. Er kommt sehr gut mit seinem Dasein als Halbwaise klar.»

«Gut.» Damien hörte sich nicht so an, als fände er es wirklich gut.

«Und wie kommt man sich so vor als Ersatzdaddy?»

Damien atmete langsam aus. «Ist härter, als ich gedacht hätte.»

Josie erlaubte sich ein unhörbares hämisches Lachen.

«Die Kids verteilen ihre Legosteine an den unsäglichsten Orten, ich musste gerade Unsummen ausgeben, um Frühstücksflocken aus meinem Laptop entfernen zu lassen. Und sie hinterlassen so viele Toastkrümel in meinem Bett, dass ich mir vorkomme, als würde ich auf Prince' Katzenstreu schlafen.»

Ich wette, das beeinträchtigt die wilden Sexspiele, von denen am Anfang so geprahlt worden war!

«Weiß das ‹Ding›, dass du mit mir telefonierst?»

Sie hörte Damien auf den Nägeln kauen. Das machte er immer, wenn er sich eine Lüge ausdachte. «Nein.»

«Und wo ist sie jetzt?»

«Tesco's. Shoppen bis in die Nacht.»

Holla! Und ich dachte schon, mein Leben sei langweilig!

«Hast du ihr gesagt, dass die Scheidungspapiere gekommen sind?»

Noch mehr Nägelkauen. «Nein.»

«Du hast sie noch nicht zurückgeschickt?»

«Nein. Wollen wir das denn tatsächlich?» Damien bediente sich seiner Schmeichelstimme. Die hatte er normalerweise dafür reserviert, sie an den Wochenenden aus dem Bett zu locken, damit sie ihm ein Schinkensandwich machte. «Wirklich und wahrhaftig?»

«Unterschreib sie einfach, Damien.»

«Ich finde, wir sollten nichts überstürzen.»

«Das hast du bereits getan.»

«Diese Behandlung hab ich nicht verdient, Josie. Du darfst fünf Jahre Ehe nicht einfach so wegwerfen.»

Du hast es getan. Ich darf es.

«Könnte ich nicht bei dir vorbeikommen?»

«Ich werde nicht da sein.»

«Wohin willst du denn?»

«Das geht dich gar nichts an.»

«Ich bin immer noch dein Mann.»

«Nur wegen einer unerheblichen Formalität. Also, ich muss los.»

«Warum?»

«Ich hab mein eigenes Leben, Damien.»

«Gibt es einen anderen?»

Josie betrachtete den aufreizend roten Nagellack auf ihren Zehen mit der herausfordernden Selbstsicherheit einer Person, die Desinteresse vorgaukelt. Er musste dringend erneuert werden.

«Ja.»

«Ist es was Ernstes?»

«Wir verbringen viel Zeit miteinander.»

«Oh. Sieht er gut aus?»

«Ja.»

«Oh.»

«Ich muss jetzt Schluss machen. Ich gehe nämlich heute Abend mit ihm essen.»

«Oh.» Es folgte eine bedrückte kleine Pause. «Liebst du ihn?»

«Mir gefällt diese Unterhaltung nicht, Damien.» Sie machte ein ohnehin schon bleiernes Herz nur noch schwerer.

«Ist er reich?»

«Damien, ich glaube, es ist besser, wenn du mich nicht mehr anrufst.»

«Ich möchte aber nicht, dass du aus meinem Leben verschwindest.»

Ihre Mundwinkel verzogen sich, und sie biss sich auf die Lippe, um die Gefühle zurückzudrängen, die sich immer wieder anschlichen, wenn sie nicht aufpasste. «Das bin ich längst.»

Sie legte den Hörer auf und nahm ein Kuschelkissen in die Arme. Kissen waren ein Luxus, den sie sich erlaubte, seit sie sämtliche Einrichtungsentscheidungen allein treffen konnte. Damien hatte sie zu verbotenen Dingen erklärt und ebenso verbannt wie Blumenampeln, Weidenkörbe für Wäsche und Strickjacken. Er beharrte darauf, all das deute auf mittleres Alter hin, und eben das wollte er unbedingt vermeiden.

Das Telefon klingelte abermals, schrill und hartnäckig. Der Kater, Ehemals Bekannt Als Prince, kehrte auf dem Wohnzimmerteppich sein Innerstes nach außen und lieferte eine Oscar-reife Vorstellung als Haustier in Hungersnot. Das Telefon hörte nicht auf zu läuten, und Josie kaute an einem Zipfel ihres Kissens und runzelte unentschlossen die Stirn. Der Kater, Ehemals Bekannt Als Prince, fixierte sie mit einem Blick, der zu sagen schien: «Verflixt nochmal, nun nimm schon ab!» Josie griff nach dem Hörer.

«Da –»

«Warum hast du es so lange klingeln lassen?»

Josie befreite das Kissen aus dem gnadenlosen Würgegriff und ließ sich aufs Sofa zurückfallen. Jetzt drohte eine Unterhaltung, die höchstens in der Horizontalen und vorzugsweise mit einem Glas Gin in Reichweite zu ertragen war. «Hallo, Mutter.»

«Du hast doch wohl nicht etwa wieder mit dieser nichtsnutzigen und intriganten Kröte gesprochen?»

«Mit meinem Bankmanager?»

«Nein, mit diesem erbärmlichen Exemplar von Exmann.»

«Mutter –»

«Ihr wart doch lange genug verlobt.»

«Wir waren sogar fünf Jahre lang verheiratet.»

«Du weißt schon, wovon ich rede.» Ihre Mutter schnaubte missbilligend durchs Telefon. «Ich kenn dich doch genau. Drei kleine Wörter, und schon rennst du zurück – mit dem Rock um die Taille und den Höschen um die Knöchel. Wenn du überhaupt welche anziehst.»

«Mutter!»

«Er war nie gut genug für dich.»

«Mutter! Keiner war gut genug für mich. Du hast alle meine Freunde gehasst.»

Gekränktes Schweigen, aber dann: «Clive mochte ich.»

«Ich bin nie mit jemandem namens Clive ausgegangen!»

«Und ob du das bist», korrigierte ihre Mutter tadelnd. «Ein richtig netter Junge. Trug immer einen Schal.»

«Ich bin absolut niemals mit jemandem namens Clive ausgegangen.»

«Er fuhr einen Austin Allegro. Orange. Gehörte seinem Vater.»

«Da verwechselst du bestimmt etwas.»

«Vielleicht hättest du Clive heiraten sollen. Der sah nicht so aus, als hätte er dich verlassen, um an einem anderen Höschen zu schnuppern.»

Es gab keinen Clive. Keinen Schal. Keinen Austin Allegro.

«Wohlgemerkt, dein Vater war auch nicht anders. Sex, Sex, Sex. Morgens, mittags, abends. Was anderes hatte er nicht im Kopf.»

Ihr Vater hatte sich in dreißig Jahren nicht weiter hinausgewagt als in sein Gewächshaus und schien stets weit mehr Interesse an seinen Geranien als etwa an fleischlichen Genüssen zu haben. Es war ihm jedoch auf seine bedachtsame Weise gelungen, die schlimmsten Ausfälle ihrer Mutter zu zügeln.

Seit er jedoch nicht mehr unter ihnen war, lief ihre Mutter Amok.

«Ich war dabei, mir Essen zu machen. Die Mikrowelle hat gerade ping gemacht. Ich muss hin, sonst verbrennt alles oder schmilzt oder löst sich in Wohlgefallen auf.»

«Du machst dir doch nicht etwa schon wieder Hühner-Ping, oder?»

«Nein, ich erkunde Neuland und versuch es mal mit Pizza-Ping.»

«Ich mach mir wirklich Sorgen um dich, Kleines.»

«Weiß ich doch.»

«Bist du für morgen gerüstet?»

Josie warf einen nervösen Blick auf den gepackten Koffer in der Ecke. Keinesfalls durfte ihre Mutter erfahren, dass sie sich die Entscheidung nochmal überlegen wollte. Es war das erste Mal, dass sie alleine reiste, jetzt als Fast-Geschiedene, und die damit verbundene Mischung aus Furcht und Vorfreude spürte sie bis in den Magen. Sie würde sich ganz allein um Tickets, Pässe und Geld kümmern müssen. Bis jetzt hatte das zu Damiens Aufgaben gezählt. Und als sie fragte, wie sie wohl allein mit ihrem Gepäck fertig werden sollte, kam sie zu der Überzeugung, dass es leichter sein würde, auf dem Flughafen einen eigenwilligen Kofferkuli unter Kontrolle zu halten als einen eigenwilligen Ehemann.

«Ich denke schon.»

«Und du wirst auch ganz bestimmt nichts vergessen?»

«Ich werde tun, was in meiner Macht steht.»

«Es gibt nicht den geringsten Grund, dich über mich lustig zu machen. Du weißt doch wohl noch, dass ich dir die Handschuhe mit Gummiband an deinem Schulmantel befestigen musste, weil du sie immer wieder vergessen hast. Hätte ich für jedes Paar Wollhandschuhe, die du verloren hast, ein Pfund bekommen, würde ich heute in der Villa neben Barbra Streisand wohnen.»

«Ja, Mutter.»

Der Kater, Ehemals Bekannt Als Prince, sah sie an, als bereute er es inzwischen, sie aufgefordert zu haben, den Hörer abzunehmen.

«Ich muss jetzt Schluss machen. Der Kater will sein Abendessen.»

«Du verwöhnst das Tier viel zu sehr.»

«Ich hab doch sonst niemanden, den ich mit meiner Liebe überhäufen könnte.»

«Du hast doch mich.»

«Außer dir.»

«Ich hoffe, dass du bald jemanden findest. Ich wäre eine wundervolle Großmutter.»

«Ich muss jetzt Schluss machen, sonst kommt es beim Abendessen noch zu einer spontanen Selbstentzündung.»

«Ich weiß überhaupt nicht, warum Martha es mit ihrer Hochzeit so eilig hat.»

«Du weißt doch, wie Martha ist. Vielleicht hat sie gedacht, wenn sie nicht im Laufschritt zum Altar eilt, könnte er es sich noch anders überlegen.»

«Sie war ja eigentlich lange genug im Angebot», räumte ihre Mutter ein.

«Ich glaub nicht, dass Martha sich hätte Sorgen machen müssen, im Regal zu verstauben.»

«Vielleicht ist es ja so, dass sie nach der langen Warterei nun gleich beim ersten Mal den richtigen Mann erwischt hat.»

*Touché*, Mutter!

«Ich werde dir haarklein berichten, wenn ich wieder da bin.»

«Lass dich von niemandem überreden, etwas für ihn mitzunehmen. Besonders dann nicht, wenn es wie Talkumpuder aussieht. Es könnte sich nämlich um Heroin erster Güteklasse handeln, und ehe du dich versiehst, musst du in einem türkischen Gefängnis Bauchtänze vorführen. Ihr jungen Mädels macht euch doch gar nicht klar, welche Gefahren auf euch lauern.»

«Ich bin kein junges Mädel mehr. Ich bin zweiunddreißig Jahre alt und eine Stütze der Gesellschaft. Seit meinem zwölften Lebensjahr habe ich mich klug und vernünftig verhalten.»

«Und sprich im Flugzeug bloß nicht mit fremden Männern. Wenn sie dich neben jemanden setzen, der irgendwie komisch aussieht, dann lass dir einen anderen Platz geben. Dazu sind die verpflichtet.»

«Ich muss Schluss machen.» Gesprächsbeendigungs-Sequenz eingeleitet. Mit dem Countdown beginnen. Fünf. Josie bewegte das schnurlose Telefon langsam zur Station hin.

«Und grüße bitte alle ganz herzlich.»

«Werde ich tun.» Vier. Tiefer.

«Und ruf mich an, wenn du angekommen bist, damit ich mir keine Sorgen machen muss.»

«Tu ich.» Drei. Noch tiefer. Alles im Griff.

«Versprochen?»

«Versprochen!» Zwei.

«Ich liebe dich, Josephine Ellen.»

«Ich liebe dich auch, Mutter.» Eins. Geschafft. Telefon auf Station. Andockmanöver ausgeführt.

Nach erfolgreicher Gesprächsbeendigung schaute Josie auf die Uhr. Nicht schlecht. Ja, sogar nah am Weltrekord. Als sie sich vom Sofa aufraffte, bemerkte sie den Kater, der geschwächt an der Küchentür lag. «Kann ja sein, dass du anfangs nur so getan hast, als wärst du hungrig, aber inzwischen ist dein Magen bestimmt überzeugt, dass man dir die Kehle durchgeschnitten hat.»

Wieder klingelte das Telefon, und der Kater gaukelte einen Ohnmachtsanfall vor. «Es wäre auch zu schön gewesen, um wahr zu sein.» Es läutete nochmals. «Ich bin weder ausführlich über die Krankheiten all ihrer Nachbarn informiert worden, noch habe ich Aktuelles über das Liebesleben ihres Fensterputzers erfahren.» Das Telefon klingelte unbarmherzig weiter, und der Kater setzte sein stummes Flehen fort. «Ich muss abnehmen. Sie weiß doch, dass ich da bin.»

Josie hob den Hörer ab. «Mutter.»

«Was für ein Auto fährt er?»

«Damien!»

«Einen Firmenwagen? Oder was Sportliches?»

«Damien, lass mich zufrieden!»

«Du hast ewig telefoniert. Mit ihm?»

«Mit meiner Mutter. Nicht dass ich dir Rechenschaft schuldig wäre.»

«Ist er dir wichtiger als ich?»

«Damien, meine Zahnseide ist mir wichtiger als du.»

«Oh.» Sie hörte den tiefen Seufzer ihres Exmannes. «Josie, ich –»

«Ich leg jetzt auf, Damien. Wiedersehen.»

«Josie –»

Josie knallte den Hörer auf. Der Kater wirkte erleichtert.

Josie zündete die roten Kerzen auf dem Tisch an, die sie zum vergangenen Valentinstag gekauft hatte. Doch sie waren nicht benutzt worden, weil Damien kurzfristig angerufen und gesagt hatte, dass er bis spät in der Nacht an einem schwierigen Projekt arbeiten müsse. Ja, es musste höllisch schwierig gewesen sein, dem «Ding» den winzigen Leopardentanga vom fetten Hintern zu pellen. Um zwei Uhr morgens war er schließlich angerollt, besoffen und in einer Parfümwolke. (In seiner Katerstimmung entschuldigte er sich dann am nächsten Morgen, das Team sei gezwungen gewesen, anschließend noch auf einen geselligen Umtrunk in einem Hotel zu erscheinen.) Und sie hatte das mit so viel Liebe zubereitete Abendessen ganz allein zu sich nehmen müssen.

Heute Abend servierte sie ihre kalorien- und geschmacksarme Tiefkühl-Lasagne für eine Person. In der Mikrowelle waren die Ränder appetitlich schwarz versengt und ungefähr so bekömmlich wie Betonplatten, während die Mitte weiß, fast flüssig und lauwarm geblieben war. Der Salat war schlaff und zwei Tage übers Haltbarkeitsdatum hinaus, aber sie wollte den Kühlschrank vor ihrer Abreise leer machen und hatte eine beinahe krankhafte Abneigung dagegen, Lebensmittel verkommen zu lassen.

«Und hier kommt was für dich, Nimmersatt», sagte sie liebevoll und leerte eine Dose mit extra saftigen Fleischstückchen auf einen flachen Teller aus Royal-Doulton-Porzellan, in dessen Mitte ein Brautpaar prangte, umgeben von kunstvoll verzierten goldenen Herzen und Massen von Blumen.

Sie hasste Damiens Anrufe. Dadurch wurden alle Gefühle wieder aufgewühlt, die sich gerade zu beruhigen begannen. Es gelang ihm immer wieder, sie in die Defensive zu drängen, obwohl er es doch gewesen war, der sich entschieden hatte, sie zu verlassen, und es ihn gar nichts anging, ob sie sich mit einem anderen Mann traf oder nicht. Und wenn sie es mit der gesamten englischen Fußballnationalmannschaft trieb – und unheimlich viel Spaß dabei hatte –, Damien Flynn ging es nicht das Geringste an. Sie trank einen Schluck von ihrem Rotwein. Er schmeckte staubtrocken und bitter. Alleine zu trinken machte keinen Spaß.

Josie schaltete den CD-Player an. George Michael schmachtete los. Inzwischen konnte sie die gefühlsduseligsten Liebeslieder anhören, ohne in Tränen auszubrechen, und das war zweifellos ein weiteres gutes Zeichen. «Careless Whisper». ‹*Guilty feet have got no rhythm …*› Sie und Damien hatten immer bestens miteinander getanzt, ob ihre Füße sich einer Schuld bewusst waren oder nicht. Wenn sie nur nicht so erledigt wäre! Die Gespräche mit ihrem Exmann und mit ihrer Mutter hatten sie sämtliche Energiereserven gekostet. Na ja, sie könnte ja morgen während des Flugs schlafen, statt sich diese dümmlichen Filme anzusehen, die sowieso immer genauso alt waren, dass man sie gerade noch im Kino gesehen hatte, bevor sie abgesetzt wurden. Sie zog den Stuhl hervor und legte ihre Serviette mit unnötigem Schwung zurecht, bevor sie sich setzte. Der Kater blickte von seinem Mahl auf.

«Und?», fragte sie. «Du *bist* mir sehr wichtig. Hab ich ihn etwa angelogen?»

KEBAP gab ihr mit Blicken zu verstehen, dass sie das seiner Ansicht nach durchaus getan hatte.

## Zwei

«Sie sitzen auf meinem Platz.» Josie blickte prüfend auf ihre Bordkarte und verglich ihre Sitznummer mit der auf dem Gepäckfach.

Mann-auf-ihrem-Platz mit seinem Minidisc-Player nickte, vermutlich im Takt zur Musik, selbstvergessen und heftig mit dem Kopf. Vielleicht hatte er aber auch nur einen Anfall. Jedenfalls sah er aus wie dieser kleine, mit Wildlederimitat bezogene Plastikhund, den ihr Vater auf der Hutablage seines Ford Cortina umherkutschierte und dessen merkwürdig lose sitzender Kopf jedes Mal unkontrolliert wackelte, wenn sie um die Kurve oder über eine Bodenwelle fuhren. Sie fragte sich, ob ihre Mutter ihn wohl in die Kategorie «irgendwie komisch» einordnen würde.

«Würden Sie sich bitte so schnell wie möglich setzen, Madam? Der Kapitän möchte starten, und Sie blockieren den Gang.»

«Aber ...»

Die Flugbegleiterin gab einen missbilligenden Ton von sich und drängte sich vorbei. Wie nett. Dafür war Josie nicht in Stimmung. Damiens Anruf hatte sie völlig aus der Fassung gebracht. Sie hatte höchst unruhig geschlafen und immer wieder geträumt, dass Damien ihr grausame Dinge antat.

Josie tippte Mann-auf-ihrem-Platz mit der scharfen Kante ihrer Bordkarte an den Kopf. Daraufhin blickte er auf. «Sitz. Meiner», sagte sie und wies bedeutungsvoll auf den Platz, der ihr zustand. *Weg da!*

Er zog einen seiner Ohrstöpsel heraus und untersuchte ihn. «Würde es Ihnen etwas ausmachen?», sagte er. «Ich seh so gern beim Start aus dem Fenster.»

«Na ja ...»

«Wir können ja auf halber Strecke tauschen.» Seine Lippen kräuselten sich zu einem Lächeln, das zu sagen schien: «Komm, spiel mit mir, wirf mir meinen Ball zu, dann lass ich dich auch meinen Bauch kitzeln.» Ein Absolvent der Charme-Schule von Barbara Woodhouse – das hatte ihr gerade noch gefehlt.

«Na ja ...» Josie zögerte. Sie hätte lieber am Fenster gesessen. Start und Landung waren die gefährlichsten Phasen eines Flugs, und es war doch immer tröstlich zu wissen, wie tief man im Fall «technischer Schwierigkeiten» stürzen musste, um den Tod zu finden. «Okay.» Sie hielt inne, um ihn wissen zu lassen, dass sie es nur widerstrebend tat.

«Danke. Sie sind ein echter Kumpel.»

Ein Kumpel bin ich ganz und gar nicht. Ich bin eine unwirsche Flugreisende mit mehr Gepäck als Joan «das Biest» Collins, denn ich transportiere eine Riesenmenge Hochzeitsgeschenke nach New York, weil meine Cousine Martha dort in den Stand der Ehe tritt. Dies erklärt sich daraus, dass der Großteil meiner Verwandten zu geizig ist, sich ein Ticket zu kaufen, um persönlich an der Feier teilzunehmen, und mich stattdessen mit Obstschalen aus geschliffenem Glas, Handtüchern mit Monogramm und allerhand anderen Aussteuerutensilien beladen hat, welche die nächsten zwanzig Jahre lang unangetastet in den hintersten Ecken von Marthas Schränken ihr Dasein fristen werden. Denn wenn es ein Mädel gibt, das bereits jetzt alles besitzt, was es im Leben braucht, dann Martha.

Und weil ich kurz vor der Scheidung stehe, hab ich mit Hochzeiten absolut nichts im Sinn!

Mann-auf-ihrem-Platz stöpselte sich die Kopfhörer seines Minidisc-Players wieder ins Ohr und nahm sein Kopfnicken wieder auf.

Schnaufend hievte Josie ihr Handgepäck auf Schulterhöhe. Joan Collins hätte in einem solchen Fall bestimmt einen Galan, einen Lakaien oder Lustknaben parat, der ihr zur Hand gehen könnte. Wohingegen sie, Josie Flynn, zweiunddreißig Jahre alt und in Kürze wohl die Vorzeigejungfer im Kirchspiel Camden, niemanden hatte. Niemanden. Mit erheblicher Mühe verstaute Josie ihre Reisetasche im Gepäckfach über den Sitzen. Sie hoffte inständig, dass sie dabei nicht die Myriaden Ornamente mit den Royal-Doulton-Aufklebern beschädigte, und ließ sich auf den freien Sitz fallen. Sie hoffte zudem, sämtliche Spuren von KEBAPs Katzenfutter von Tante Fredas Hochzeitswandteller beseitigt zu haben.

Ihr Reisegefährte schien dem Start nur flüchtige Beachtung zu schenken, obwohl er so viel Aufhebens davon gemacht hatte, aber seine Augen strahlten auffällig, als Miss Mürrisch, die Flugbegleiterin, mit dem ratternden Getränkewagen im Gang auftauchte.

«Einen doppelten Whisky», sagte er, nachdem Josie ihre warme Plastikflasche mit Quellwasser aus dem Glacial Valley gereicht worden war. Was mochte die Aufschrift «auf natürliche Weise mit Kohlensäure versetzt» bedeuten? Dass jemand hineingefurzt hatte? Warum konnte sie nicht ebenfalls einen doppelten Whisky trinken? Weil sie nicht dehydriert in New York ankommen wollte und auch nicht mit Flusspferdfüßen, deswegen. Josie öffnete die Flasche und nahm zögernd einen Schluck. Mann-auf-ihrem-Platz trennte sich von seinem Discplayer und stürzte den Whisky hinunter.

Josie musterte ihn von der Seite. «Flugangst?»

«Furchtbar.» Seine Zunge glitt über den Rand des Glases. «Das liegt jedoch daran», prostete er in die Luft, «dass ich zu meinem Bedauern und gegen meinen Willen geschieden worden bin.» Er lächelte traurig, und sie registrierte, dass er ohne die Lautsprecherkabel, die in seine Ohren geführt hatten, eigentlich ganz niedlich aussah.

«Die Scheidungsurkunde – und die Anwaltsrechnung – fielen gleichzeitig durch den Briefschlitz, als ich mich auf den Weg zum Flughafen machte.»

«Das tut mir aber Leid.»

«Mir nicht weniger», sagte er. «Es hat ewig gedauert, und ich dachte schon, ich würde mich an die Vorstellung gewöhnen. Warum tut es bloß noch immer weh?»

«Das tut Zurückweisung immer. Und das Loslassen ebenso.» Widerwillig nippte Josie nochmals an ihrem Mineralwasser. «Aber mit der Zeit wird es leichter.»

«Ich nehme an, Sie sprechen aus Erfahrung.»

«Kann man wohl sagen. Ich hab das alles mitgemacht, hab inzwischen auch die Geschäftsführer-Villa mit vier Schlafzimmern gegen eine schäbige Mietwohnung in Camden eintauschen müssen.»

Er runzelte die Stirn. «Hört sich nicht gerade so an, als seien Sie darüber hinweg.»

«Bin ich aber», sagte sie, und dabei dämmerte ihr, dass es tatsächlich ein ganz klein wenig so war. Ihre Unterhaltung mit Damien am Abend zuvor hatte bewiesen, dass sie nicht mehr Spielball seiner Gefühlsschwankungen war, sondern selbst welche besaß, denen sie anheim fiel. Und das war doch wohl unter Fortschritt einzuordnen.

«Nun denn, Scheidungskollegin.» Er hob sein leeres Glas ihrer Wasserflasche entgegen. «Ich bin Matt Jarvis. Auf uns!»

«Josie Flynn.» Sie stieß ihre Flasche dagegen.

«Und was treibt Sie in die guten alten US of A, Josie Flynn?»

«Marthas Hochzeit», erwiderte sie. «Meine Cousine. Vierunddreißig, das erste Mal, ewige Optimistin.»

«Naiv.»

«Nein. Nur überzeugt, dass sie den Richtigen gefunden hat.»

«Ein Mädchen mit Glück.»

Josie zuckte die Achseln. «Ich werde eine ihrer Brautjungfern sein.»

Matt grinste.

«Grinsen Sie nicht. Ich hatte schon gedacht, ich sei zu alt, um je wieder als Brautjungfer in Betracht gezogen zu werden. Das letzte Mal war ich sieben und trug zitronengelbes Chiffon. Und ich fing mir ein paar Ohrfeigen ein, weil ich auf dem Kirchplatz im Matsch spielte, während die Fotos gemacht wurden, und dabei meine nagelneuen Seidenpumps versaute.»

«Was werden Sie denn diesmal tragen?»

Josies Mundwinkel sanken nach unten. «Fliederfarbenes Chiffon.»

Matt biss sich auf die Lippe. «Wie kurzlebig doch die Brautjungfernmode ist.»

«Es ist ein sehr hübsches Kleid», protestierte sie. «Nur schade, dass gerade Februar ist. Es hat nämlich keine Ärmel. Und keine Träger. Und es ist rückenfrei.»

«Klingt sehr hübsch ...»

Josie funkelte ihn an. «Und was ist mit Ihnen?»

«Muss arbeiten. Ich bin Musikjournalist und schreibe für *Sax 'n' Drums and Rock 'n' Roll.* Vor zwanzig Jahren wurde John Lennon erschossen, und deswegen bringen wir eine hammermäßige Gedächtnisausgabe. Ich fliege rüber, um die ‹neuen› Beatles für eine doppelseitige Geschichte zu interviewen.» Ironisch zog er die Augenbrauen hoch.

«Imagine», sagte Josie.

«Ja, man stelle sich vor. Wie kann ein Haufen talentloser Grünschnäbel, die Baseballkappen tragen und ein paar synchrone Tanzschritte einstudiert haben, sich mit dem Mann vergleichen, der eigenhändig dem Rock 'n' Roll ein neues Gesicht gegeben hat?»

«Hat Paul nicht dabei mitgeholfen?»

Matt musterte sie geradezu angewidert.

«Nicht einmal ein ganz bisschen? Oder Elvis? Hatte der nicht auch seine Hand im Spiel? Wenn ich mich nicht irre, war er zu seiner Zeit sehr populär.»

«Keiner von denen hatte so viel Genie wie John.»

«Oh.» Sie heuchelte Interesse an ihrem Mineralwasser. «Sie sind vermutlich Fan.»

Er nickte und sah sich nach der Flugbegleiterin um. «Sie vermutlich nicht.»

«Mir haben es immer die Davids angetan», gestand Josie. «Hauptsächlich Essex und Cassidy. Obwohl ich auch so manchen schmachtenden Blick in Richtung David Soul geschickt hab.»

«David Soul?»

«Ich weiß ja.» Josie verzog das Gesicht. «Ich war ein Teenager. Es kam zur Geschmacksverirrung. Eine schwierige Phase meines Lebens. Als ich dann ein bisschen größer wurde, stieg ich auf David Bowie um und kam mir unheimlich intellektuell vor. Wenn es John, Paul, George, Ringo und David gewesen wären, wäre mein Leben wohl ganz anders verlaufen.»

Auch wenn sie statt eines Damien einen David geheiratet hätte, wäre ihr Leben vielleicht ganz anders verlaufen. Sie hätte sich mehr auf *Das Omen* konzentrieren sollen, statt in der letzten Reihe mit einem pickligen Knaben zu knutschen, dessen Name inzwischen im Nebel der Vergangenheit verloren gegangen war – und der durchaus Clive mit dem Schal und dem Allegro und der Zustimmung ihrer Mutter gewesen sein könnte. Ja, wenn sie eine Meile weit fortgerannt wäre, als sie Damien kennen gelernt hatte, würde sie jetzt vielleicht wohl situiert mit zwei engelsgleichen Kindern in einem der Home Counties vor den Toren Londons residieren, statt kurz vor der Scheidung zu stehen und jeden Penny umzudrehen, weil sie mit einem mageren Gehalt von einer ziemlich heruntergekommenen Realschule in Camden auskommen musste, an der sie Informationstechnologie und Betriebswirtschaft unterrichtete. Vielleicht.

«Wann ist Ihre ausgesprochen worden?»

«Was?»

«Ihre Scheidung?»

«Offiziell noch gar nicht. Ich befinde mich im Moment noch in der Phase der Entheiratung. Die Papiere hab ich gerade erst zurückgeschickt. Obwohl es mir sinnlos erscheint, Anwälte zu bezahlen, da ich nicht vorhabe, mich jemals wieder in jenen unheiligen Stand versetzen zu lassen.»

«Meine Frau heiratet schon nächste Woche wieder. Und auch noch in derselben Kirche!»

Dabei verzogen sie beide die Mundwinkel.

«Manche Leute sagen eben gern ‹ewig›.»

«Ich denke, in diesem Fall ist die Zeitspanne sogar noch länger.» Er nahm noch einen Schluck Whisky. «Sie ist nämlich schwanger.»

Josie verzog das Gesicht.

«Zwillinge.»

«Wow.»

Beide tranken noch etwas.

«Wenigstens kann sie nicht dasselbe Kleid tragen.»

Sie riskierten ein Schmunzeln.

Josie lehnte den Kopf zurück. «Man sagt, beim zweiten Mal schmeckt die Liebe viel süßer.»

«Und – glauben Sie das?»

«Ich muss erst noch davon überzeugt werden», sagte sie.

Matt reagierte mit einem Achselzucken. «Vielleicht haben wir ja beide eines Tages das Glück, einem ganz besonderen Menschen zu begegnen, der es wert ist, einen solchen Schmerz noch einmal zu riskieren.»

«Vielleicht.»

Voller Zweifel sahen sie einander an.

«Noch einen Whisky?»

Matt nickte trübsinnig.

«Ich schließe mich Ihnen an», sagte Josie.

## Drei

Josie hatte London nüchtern und in grauem Nieselregen verlassen. Jetzt war es heiß und sonnig, und sie war knülle. 20 Grad Wärme im Februar in New York. Die Intensität der Sonnenstrahlen verursachte ihr Übelkeit, und wie überaus froh sie doch war, dass sie ihren dicken Wintermantel angezogen hatte. Und dazu Schal und Handschuhe mitgebracht hatte. Sie hätte niemals auf ihre Mutter hören sollen, die ihr Schauergeschichten von angekündigten Schneestürmen und Temperaturen weit unter dem Gefrierpunkt erzählt hatte, auf die sie zufällig gestoßen war, als sie im Internet surfte, um Anregungen für neue Strickmuster zu finden. Na ja, wenn es bei diesen Temperaturen blieb, würde sie in ihrem Brautjungfernkleid wenigstens nicht an Unterkühlung leiden. Und sie würde sich für Martha freuen, wenn die bei ihrer Hochzeit nicht im Regen stand.

Vor dem John-F.-Kennedy-Flughafen zog sich die Schlange derer, die auf ein Taxi warteten, endlos am Abfertigungsgebäude entlang. Matt stand dicht neben ihr. Er schwankte ein wenig.

«Sollen wir uns nicht ein Taxi teilen?» Er kämpfte mit leichten Ausspracheschwierigkeiten.

Josie nickte nur, denn sie fürchtete, ebenfalls zu lallen.

«Was haben Sie denn heute Nachmittag so vor?»

Josie wollte die Achseln zucken, war aber nicht sicher, ob sie die Kraft hatte, die Bewegung bis hinauf in die Schultern zu führen. «Einkaufen. Meine Mutter anrufen. Martha anrufen. Sie beide wissen lassen, dass ich heil gelandet bin. Einkaufen.»

«Warum unternehmen wir nicht etwas zusammen?», sagte Matt, als sie sich schließlich, nach tausend weiteren Pfiffen des dicken Mannes, der vor dem Terminal die Taxis dirigierte, in die Sitze eines klapprigen Wagens fallen ließen, in dem es betäubend nach Räucherkerzen roch.

Der Fahrer reihte sich in den Verkehrsstrom ein, ohne sich um das obligatorische Hupkonzert zu scheren.

«Und was?»

«Freiheitsstatue. Solange die Sonne scheint. Mit einem Glitzern im Auge sieht sie besonders schön aus.» Auch in Matts Augen glitzerte es.

Josie lächelte zustimmend, fürchtete aber, dass ihr dabei die Lippen entgleisten. «Warum eigentlich nicht?»

Sie machten es sich auf den Schonbezügen aus Schaffell bequem, und das Taxi ratterte über die Fugen zwischen den Betonplatten auf dem Van Wyck Expressway hinein nach Manhattan, wo die Morgensonne bereits die Fassaden der Gebäude wärmte, die sich hinauf in den Himmel streckten.

Sie liebte New York. Die ganze Stadt stand unter Hochspannung, als sei das Pflaster elektrisch aufgeladen, und man hörte förmlich das Knistern in der Luft. Sie war schon ein Dutzend Mal mit Damien hier gewesen und auch mit Martha – einer der Vorteile einer transatlantischen Familie –, aber sie konnte von dieser Stadt nie genug bekommen. Hier war alles größer, schneller, höher, lauter, greller und technicoloristischer als irgendwo sonst auf der Welt.

Matt döste, und sein Kopf nickte im Rhythmus der Straßenunebenheiten, unbeeindruckt von dem Schwindel erregenden Tempo des Lebens rundherum. Zum ersten Mal war sie allein in New York, aber ihr war absolut nicht so angst und bange, wie sie befürchtet hatte. Vielleicht auch deswegen, weil sie Matt kennen gelernt hatte – nicht dass er besonders hilfreich gewesen wäre, aber es war eben angenehm, jemanden bei sich zu haben. Sie sah hinüber auf Matts dösende Gestalt und fragte sich, ob er ein erfahrener Reisender war oder einfach nur sehr, sehr betrunken. Trotz der Dinge, die er über seine Exfrau gesagt hatte, schien ihm nichts auf der Welt sonderlich nahe zu gehen. Sie empfand ihn als höchst entspannten Menschen, und wahrscheinlich zählte er zu der Sorte Männer, die einen wahnsinnig machten, wenn man schnell irgendwohin wollte oder man sie bat, doch bitte bis gestern ein Regal aufzubauen. Josie empfand den Umgang mit ihm als ganz zwanglos, fast schon wie bei einem Ehepartner, und sie musste sich selbst von dem Gedanken abhalten, in ihm einen potenziellen Regalaufbauer zu sehen.

Matt regte sich und blinzelte dann verschlafen aus dem Fenster. Der Verkehr war zum Stillstand gekommen. «Mein Hotel ist hier irgendwo in der Nähe, im nächsten Wohnblock», teilte er ihr mit. «Wie wär's, wenn Sie mich hier absetzen, und wir treffen uns dann am Battery Park. Von dort nehmen wir die Fähre zur Statue.» Er warf einen Blick auf seine Armbanduhr. «Ich würde sagen – in anderthalb Stunden?»

Josie betrachtete ebenfalls ihre Uhr, die jedoch nicht von großem Nutzen war, da sie noch die Zeit auf der anderen Seite des Teichs anzeigte.

Matt beugte sich vor. «Ich steig hier aus, Kumpel», sagte er, und widerwillig lenkte der Fahrer das Taxi ein winziges Stück aus der Fahrspur, damit Matt zum Gehsteig spurten konnte.

«Bis später dann», sagte Matt.

Er winkte und wäre beim Aussteigen fast gestolpert. Sie blieb sitzen, mit viel Platz und der Rechnung für die Fahrt.

Josies Hotel war ein anonymes Etablissement für gleichermaßen anonyme Geschäftsleute, die in ihren marineblauen Anzügen zielstrebig durch die Lobby marschieren, um augenscheinlich wichtige Termine wahrzunehmen. Sie musste an Damien denken. Auch er war einer jener Männer im marineblauen Anzug, so smart, dass er in jedem Versandhauskatalog als Model hätte auftreten können. Sie hatte sich jedoch gewünscht, er möge mal ein wenig aus der Rolle fallen, sich vielleicht drei Tage nicht rasieren oder sich gar einen Kinnbart stehen lassen. Aber Damien hatte niemals den Gel-Faktor seines Haupthaars außer Acht gelassen – bis, natürlich, zu dem Zeitpunkt, als er mit dem «Ding», einem jüngeren Modell, durchgebrannt war. Da hatte er sogleich eingesehen, dass er sich auf Irrwegen befunden hatte, und in Sweatshirts von Tommy Hilfiger investiert, in Stiefel von Timberland und einen Kurzhaarschnitt. Und Josie hatte herausgefunden, dass seine wichtigen Geschäftstermine weniger in den örtlichen Hotels als vielmehr in den Betten der örtlichen Hotels stattgefunden hatten. Aber bei der Erinnerung daran musste sie inzwischen nicht mehr schlucken. Na ja, nicht sehr.

Gehorsam folgte sie dem Pagen bis in ihr Zimmer. Es war groß, mit zwei Doppelbetten ausgestattet und leicht verwohnt, wie viele zweckmäßig eingerichtete Hotels für Tagesgäste. Sie ging ans Fenster und schob die verblichene Netzgardine zur Seite. Die Sonnenstrahlen hatten die Scheibe bereits spürbar erwärmt. Obgleich doch eigentlich die gesamte Skyline von Manhattan zur Auswahl gestanden hätte, musste sie sich mit dem Ausblick auf die Abzugsöffnungen der Klimaanlage des Bürokomplexes gegenüber zufrieden geben.

Sie gab ein üppiges Trinkgeld, weil sie kein Kleingeld hatte, und im selben Moment, als der Page die Tür hinter sich geschlossen hatte, ließ sie sich voller Behagen auf das nächste Bett fallen. Es wäre ihr ein Leichtes gewesen, die Augen zu schließen und sich selig in Morpheus' Arme sinken zu lassen, obwohl die aufregendste Stadt der Welt unter ihr erwartungsvoll vibrierte. Aber sie hatte versprochen, gleich nach der Ankunft ihre Mutter anzurufen. Warum hatte sie sich nur darauf eingelassen? Wahrscheinlich weil es gut tat, zu wissen, dass sich jemand um einen Sorgen machte, auch wenn es die eigene Mutter war, die ja hauptsächlich deswegen existierte.

Sie konnte sich nur zu gut vorstellen, wie ihre Mutter gerade herumflitzte, um sämtliche Spuren eines vorgezogenen Abendessens vom Tisch im Speisezimmer zu beseitigen, an dem sie stets zu den Mahlzeiten Platz nahm, obwohl sie jetzt allein war.

«Hallo?»

«Hi, Mum. Wollte dich nur schnell wissen lassen, dass ich heil angekommen bin.»

«Gott sei Dank, Liebling! Langsam hab ich mir schon Sorgen gemacht.»

Josie lächelte nachsichtig. «Nicht nötig. Mir geht es bestens.»

«Und wie ist das Wetter? Tobt ein Schneesturm?»

«Es ist heiß und sonnig.»

«Im Februar? Das kann nicht sein!»

«Tut mir Leid, ist aber so.»

«Heirate niemals einen Meteorologen, Liebes. Denen kannst du kein Wort glauben. Und wie war der Flug? Du hast doch nicht etwa mit fremden Männern geredet?»

«Nur mit einem Axtmörder, zwei Psychopathen und jemandem, der sagte, sein Hobby sei, kleine Kinder zu fressen.»

«Du hast ein schrecklich loses Mundwerk, Josephine Flynn. Von deiner Mutter stammt das bestimmt nicht.»

«Ich saß neben einem sehr netten Mann.»

«Wie nett?»

«Da er kein Rechtsanwalt war, hättest du ihn gewiss nicht ausstehen können.»

«Es ist sehr nützlich, einen Anwalt in der Familie zu haben, weil man heutzutage sehr schnell in einen Rechtsstreit verwickelt ist.»

«Das werde ich mir merken.»

«Ich hab heute beim Diätflocken-Frühstück die *Daily Mail* gelesen. Warte, ich hab sie gleich hier …» Josie hörte die Zeitung rascheln. «Kennst du einen Mann namens Bill Gates?»

«Jaaaaaaa …»

«Warum rufst du ihn nicht mal an, wo du doch jetzt in Amerika bist?»

«Ich meinte, ich kenne ihn vom *Hörensagen*. Aber natürlich nicht persönlich. Wir haben uns noch nie in ein und demselben Raum befunden – und auch noch nicht in ein und demselben Land, soweit mir bewusst ist. Wir haben überhaupt nichts gemeinsam.»

«Kommt es denn darauf an?»

«Möglicherweise.»

«Er ist ledig.»

«Er ist verheiratet.»

«Davon steht nichts in der *Mail*.»

«Er ist Chef von Microsoft.»

«Dann wird er ja wohl eine ganze Menge von Computern verstehen. Das könnte bei einem Ehemann ebenfalls sehr nützlich sein. Mein Computer zum Beispiel hat noch immer die Grippe.»

«Er hat einen Virus.»

«Immer wieder erscheint dieser Bildschirmschoner mit Pamela Anderson, und zwar oben ohne. Und denk dir, Kevin, der junge Mann von nebenan, taucht ständig auf und fragt, ob er mir behilflich sein kann.»

«Ist ja erstaunlich …»

«Rufst du ihn also an?»

«Bill Gates? Das halte ich für äußerst unwahrscheinlich. Ich weiß ja noch nicht einmal, ob er überhaupt in New York wohnt.»

«Es gibt doch wohl Telefonbücher, oder? Such einfach seine Nummer raus.»

«Mutter, er ist der reichste Mann auf unserem Planeten.»

«Und was ist daran auszusetzen? Mag ja sein, dass du es inzwischen für angebracht hältst, einen ‹Greenpeace›-Aufkleber am Kühlschrank zu haben, aber es gab auch mal eine Zeit, da hattest du ganz und gar nichts gegen ein bisschen Luxus.»

«Nun, das hat sich geändert, und jetzt werden eben kleinere Brötchen gebacken. Ich bin jedenfalls sicher, dass Bill Gates in einer etwas höheren Liga spielt.»

«Ich weiß gar nicht, warum du eine so geringe Meinung von dir selbst hast, Josie.»

«Das weiß ich auch nicht.» Es könnte jedoch damit zu tun haben, dass mein Ehemann mich wegen einer anderen hat sitzen lassen.

«Du warst doch beim Ballettunterricht immer die Beste.»

«Damit hab ich aufgehört, als ich fünf war.»

«Hättest du vielleicht nicht tun sollen», sagte ihre Mutter orakelhaft.

«Also, dieses kleine Telefongespräch mit Lavinias Partnervermittlung und Lebensberatung kostet mich ein kleines Vermögen, und daher werde ich jetzt auflegen und mich ein wenig in Manhattan vergnügen.» Gesprächsbeendigungs-Sequenz eingeleitet. Fünf.

«Das mach du mal, mein Liebes», gurrte ihre Mutter. «Und was hast du so geplant?»

«Besichtigungen, äh, Shopping. Ja, einkaufen, definitiv: einkaufen.» Sie wollte unbedingt vermeiden, dass ihre Mutter Wind von Matt Jarvis bekam. Vier.

«Besichtigungen oder einkaufen?»

«Ein bisschen von beiden», antwortete sie leicht verlegen. Drei.

«Wie schön. Ich wünschte, ich könnte dabei sein.»

Und ich bin sehr froh, dass du es nicht bist. Zwei.

«Grüße bitte Martha ganz herzlich von mir. Und vergiss nicht, Bill würde sich bestimmt über einen Anruf freuen …»

Eins. Josie legte auf. Mehr denn je brauchte sie ihren Schlaf, aber sie hatte sich mit Matt verabredet, und es blieb nur noch wenig Zeit. Warum hatte sie sich nur einverstanden erklärt, ihre Pläne über den Haufen zu werfen, um es jemandem recht zu machen, mit dem sie doch nur in aller Freundschaft ein bisschen was getrunken hatte? Was war mit ihrem Schwur, ihr Leben nie wieder von einem Mann bestimmen zu lassen? Ihre eigenen Pläne waren zwar Einsam-und-allein-umherschlendern-Pläne gewesen, aber alleinige Entscheidungsfreiheit war eigentlich schon immer überbewertet worden.

Wenn Shopping als Single bedeutete, dass man niemanden hatte, der einem sagte, ob man so toll aussah wie Gwyneth Paltrow oder fett genug, um eine eigene Postleitzahl zu beanspruchen, dann waren Besichtigungstouren als Single noch schlimmer. Wie sollte man denn bei wundervoller Architektur oder atemberaubender Landschaft in begeistertes «Ooooh» oder «Aaaah» ausbrechen, wenn man ganz allein war?

Also die Freiheitsstatue. Zählte es als Rendezvous, wenn es nachmittags und ohne gemeinsames Abendessen vonstatten ging? So richtig rendezvousartig kam es ihr nicht vor. Sie war jetzt schon beinahe sechs Monate allein, und es wurde nicht gerade leichter, das ritualisierte Paarungsspiel mitzumachen, auf das sie sich früher so gut verstanden hatte. Seit ihrem vierzehnten Lebensjahr war sie gleichsam übergangslos von einer Beziehung direkt in die nächste geschlüpft. Wenn der eine sich verabschiedete, stand der Nächste schon auf der Matte. Pünktlicher als die neue Eisenbahnlinie von «Virgin». Der Begriff Serienmonogamistin hätte für sie erfunden sein können.

Es war schwierig, Lebensgewohnheiten über Nacht zu ändern. In dem Maße, wie ihr Vertrauen in die eigene Arbeit gewachsen war, schien sie in den darauf folgenden Jahren eine Überfülle an Unsicherheiten entwickelt zu haben. Woher kam das? Lag es vielleicht daran, dass Damien sich trotz seines lässigen Auftretens und guten Aussehens in Wirklichkeit ihr nicht gewachsen gefühlt und deswegen jede Gelegenheit wahrgenommen hatte, in aller Heimlichkeit ihr Selbstbewusstsein zu untergraben? Sie war dann schließlich so sehr von ihm abhängig geworden, dass es unerwartet schwierig war, wieder auf eigenen Füßen zu stehen.

Sie war ja beileibe nicht unattraktiv. Im Gegenteil: Mit ein bisschen Lippenkontur, wohl überlegt zurückgekämmtem Haar und einem gezackten Scheitel hätte sie jeder Moderatorin im Frühstücksfernsehen Konkurrenz machen können. Um es sich zu beweisen, hatte sie sich ein paar Mal darauf eingelassen, mit einem Arbeitskollegen etwas zu unternehmen. Man hätte diese Verabredungen im weitesten Sinne als Dates bezeichnen können, und dann waren da auch noch ein paar «alte Freunde», die aus der Versenkung aufgetaucht waren, kaum dass ihnen die frohe Kunde von ihrer Scheidung zu Ohren gekommen war. Aber nichts hatte zu ekstatischen Höhepunkten geführt wie zum Beispiel der Entscheidung, «noch auf einen Kaffee zu ihm zu gehen», oder gar –

möge der Himmel es verhüten! – dazu, in einem fremden Bett aufzuwachen, mit einem Mann im Clinch und dazu mit völlig ruiniertem Zackenscheitel.

Es war beängstigend, wieder Single zu sein – auf eine eigenartig befreiende Weise. Aber es hatte niemanden gegeben, in den sie sich auch nur ansatzweise verguckt hatte – wenn man dieses Wort bei einer Frau jenseits der dreißig noch gebrauchen durfte. Und daher war es auch nicht zu jener Angst gekommen, die einhergeht mit der Hoffnung, dass die Person, in die man sich verliebt hat, sich auch zurückverlieben möge. Die meisten Männer hätte sie nicht einmal in Geschenkpapier angenommen. Man brauchte sich doch nur im Lehrerzimmer umzusehen: Die ledigen Typen hatte allesamt Glatzen und dazu Wampen, die vielleicht bei vietnamesischen Hängebauchschweinen ganz erträglich ausgesehen hätten, nicht aber bei Lehrern eines bestimmten Alters. Es gab einfach keine attraktiven Männer mehr. Es war offiziell: Das neue Jahrtausend war die Zeitzone ohne heiße Kerle. Abgesehen von Damien, der verdammt blendend aussah und das auch sehr wohl wusste. Und Matt Jarvis, der zerzaust und leicht verlottert aussah und absolut nicht ahnte, wie attraktiv das wirkte. Vielleicht fühlte sie sich deswegen von ihm so angezogen.

Der Jetlag drückte bleischwer auf Josies Lider. Sie musste ins Bad und zumindest zuschauen, wie eiskaltes Wasser aus der Dusche strömte. Es blieb keine Zeit, sich noch etwas aufzutakeln, und außerdem war Matt ja bestimmt noch knülle und würde sowieso nichts merken. Und dann fragte sie sich nach einem trübseligen kleinen Gedankenschlenker, ob er sich überhaupt daran erinnern würde, dass er sie zu einem Treffen eingeladen hatte.

## Vier

Damien machte betrunken keine gute Figur. Er verwandelte sich nicht in einen jener singenden und glückseligen Männer, die mit allen Freundschaft schließen wollen. Damien kriegte nur seinen Moralischen, und darin gefiel er sich auch jetzt bei der Abschiedsfeier für Alison Williams.

Die bezaubernde, aber momentan reichlich angeheiterte Alison hatte bis heute in der Personalabteilung von PowerConnect gearbeitet. Damien war bei derselben Firma Marketing-Manager. Seit Beginn des Abends hatte sie Damien hemmungslos deutlich zu machen versucht, dass sie persönlich nichts als die Intensivierung zwischenmenschlicher Beziehungen im Sinn hatte. Die freigebig gewährten Einblicke in ihren Ausschnitt hatten ihn wissen lassen, dass sie bereit war, ihm uneingeschränkt zu Willen zu sein, und auf ihrer Stirn prangte der Stempel «Schlafzimmer». Damien hatte «interessiert» und «zu haben» signalisiert, und das war jetzt das Resultat. Liebend gern hätte er auf «absolut desinteressiert» und «Finger weg» umgeschaltet.

Alison schwankte vor ihm hin und her, in jeder Hand eine Flasche Budweiser. Sie wirkte reichlich derangiert, und Damien wurde mit wachsendem Schrecken bewusst, dass es das erste Mal war, dass sich ihm eine Neunzehnjährige an den Hals schmiss und er nicht die geringste Neigung verspürte, sich zurückzuschmeißen.

«Kopf hoch, Kumpel.» Mike schlug ihm auf die Schulter. «Vielleicht wird es ja nichts.»

Damien setzte die Bierflasche an die Lippen. «Gerade das gibt mir ja zu denken.»

Mike war Betriebsleiter. Damiens Kollege, sein Squash-Partner, sein Alibi bei außerehelichen Aktivitäten – wofür er sich bei mehr als einer Gelegenheit revanchiert hatte – und der engste Freund, den Damien sich jemals gestattet hatte.

Mike pflanzte sich auf den Barhocker neben Damien. «Wo haben wir denn heute Abend die wunderhübsche Melanie mit ihrem Schmollmündchen?»

«Musste gleich nach Hause. Kein Babysitter.»

«Was für ein Schlag ins Kontor», kommentierte Mike voller Mitgefühl. «Das heißt ja, du musst allein zu Alisons Schaumparty gehen.»

«Schaumparty?» Damien schürzte verächtlich die Lippen. «Warum in aller Welt sollte ich wohl zu einer Schaumparty gehen wollen?»

«Bist du schon mal bei einer gewesen?»

«Nein.»

«Dann musst du mitkommen, mein trauriger und einsamer Freund, denn so eine Party muss man einfach erlebt haben.»

«Ich bin bis jetzt auch noch von keiner Klippe gesprungen und habe das auch nicht vor, nur weil man das ‹einfach erlebt haben muss›.»

«Ach was, bei einer Schaumparty geht doch nichts zu Bruch.»

«Das wird es aber, wenn Melanie herausfindet, dass ich ohne sie hingegangen bin.»

Mike schüttelte den Kopf. «Die junge Dame hält die Zügel ja verdammt kurz. Wie hättest du jemals mit ihr anbandeln können, wenn deine Frau dich ebenso gegängelt hätte?»

«Weiß ich auch nicht, Kumpel, aber langsam wünsch ich mir, sie hätte es getan.»

«Ich hab gehört, eine Pfeife und passende Hausschuhe sind heutzutage gar nicht mehr teuer, Damien, mein Alter. Vielleicht solltest du in Erwägung ziehen, schon relativ bald diesen Kauf zu tätigen. So ein Karomuster an den Füßen würde dir bestimmt stehen.»

Damien feixte. «Ich denke, es wird noch längere Zeit dauern, bis wir so weit sind.»

«Die Zeit hat eine fiese Angewohnheit: Sie schleicht sich hinterrücks an. Noch vor wenigen Jahren war ich ein Mann, der Geld für alle möglichen Kinkerlitzchen hatte, jetzt gebe ich alles für Schuluniformen und Reebok-Turnschuhe, Playstations und Mountainbikes mit Full Active Suspension aus. Was würde ich dafür geben, mal wieder sonntags zum Frühschoppen zu gehen! Stattdessen mähe ich den Wagen und wasche den Rasen, und genagelt wird am Wochenende höchstens mit Utensilien aus dem Baumarkt.» Mike drehte seine Bierflasche um, sodass die letzten Tropfen auf den Tresen fielen. «Gehen wir zur Schaumparty, und wenn's nur dazu dient, dass ich nicht den Verstand verliere. Ich muss herausfinden, wie man sich bei den anderen Jungs Respekt verschafft, wenn man nicht mehr fünf ist.»

«Also gut», gab Damien sich geschlagen und fragte sich, ob Josies Neuer wohl von der Sorte war, die zu Schaumpartys geht. «Aber ich muss vorher nochmal telefonieren. Anscheinend steht eine dringende Präsentation an, die ich ganz plötzlich bis morgen vorbereitet haben muss, wenn ich nicht meinen Job aufs Spiel setzen will.»

Mike zwinkerte ihm aufmunternd zu. «Die Einstellung lob ich mir!»

«Und lass das Zwinkern», stöhnte Damien. «Ich möchte nicht, dass unsere allzeit bereite Alison das Gerücht verbreitet, ich sei schwul – nur weil mir nicht danach ist, mit ihr in die Kiste zu springen.»

Die Musik war so laut, dass man Angst um seine Trommelfelle haben musste. Es war dieses grauenhafte House-, Garage- oder sonst ein beknacktes Wohngebäude-Zeug, das einem das Hirn zu Brei stampfte. Auf Podesten oberhalb der Tanzfläche verrenkten sich mehrere halb nackte Frauen, und das erhöhte durchaus den Reiz des ansonsten recht schäbigen Rattenlochs. Zumindest konnte er sich ablenken, indem er ihnen unter die Röcke schaute. Damien sah auf seine Uhr, eine Platin-Rolex, die ihm als Auszeichnung überreicht worden war, weil er mit der letztjährigen schlagkräftigen Marketing-Kampagne von PowerConnect sämtliche Umsatzziele übertroffen hatte. Im Anschluss an die Feier dieser Beförderung kam es dann dazu, dass Damien zum ersten Mal Blicke und in der Folge auch Zungenküsse mit Melanie austauschte, die bis dahin nur in seinen Tagträumen für ihn erreichbar gewesen war. Als der Champagner alle war und das letzte Knallbonbon zerplatzt, war ihnen die Knutscherei unausweichlich erschienen. Damien betrachtete seine Armbanduhr gern und häufig – sie erinnerte ihn daran, dass er ein junger, aufstrebender Geschäftsmann war –, aber nicht, wenn sie so langsam ging wie jetzt.

Damien hob eine Flasche an die Lippen. Das Bier war warm und schal, und er schmeckte den Staub, der sich am Flaschenrand abgesetzt hatte. Die Platin-Rolex zeigte halb zwölf. Er war viel zu alt, um zu so nachtschlafender Zeit noch unterwegs zu sein, und sollte, wenn alles mit rechten Dingen zuging, in den Federn liegen, bereit und willens, die fleischliche Vereinigung mit einem weichen, warmen Körper zu genießen. Aber er hatte von ebendiesem weichen, warmen Körper, der gegenwärtig auf ihn wartete, Abstand gesucht und hoffte, sie würde fest schlafen, wenn er schließlich nach Hause kam.

Wo mochte Josie jetzt sein? Er hoffte, dass sie nicht schon wieder mit Mister Unbekannt zu Abend gegessen hatte und sich langsam bereitmachte, mit ihm ins frisch bezogene Bett zu schlüpfen. Damien starrte missmutig auf sein Bier; es schmeckte beschissen. Wie hatte er nur auf den Gedanken kommen können, dass er ohne sie besser dran sein würde?

«Komm, tanzen wir!», rief Mike. «Alison wartet schon.»

Alison wartete tatsächlich. Verführerisch wackelte sie mit ihrem kleinen Jungmädchenhintern. Das deprimierte Damien unsäglich. Die Musik stampfte immer lauter, sodass ihm die Adern im Kopf schmerzten, und mit

Hochdruck wurden rund um die Tanzfläche flaumige Schaumflocken aus unsichtbaren Düsen gepumpt, sodass sie die Beine derjenigen umhüllten, die unvorsichtig genug waren, vor den Öffnungen stehen zu bleiben. Die Lichter blitzten jetzt rosa, grün und gelb auf, sodass der Schaum wie eine Pfütze aus Technicolorkotze aussah.

Peter vom Einkauf verschmierte Hände voll Schaum auf Alisons prallen Brüsten, während sie hoffnungsvoll und ungeniert in Damiens Richtung starrte. Seine Füße fühlten sich an wie aus Blei, und nichts, so schien es, würde sie dazu nötigen können, sich in Bewegung zu setzen. Nicht einmal die Aussicht auf eine ganz unverbindliche Fummelei. Mike tauchte in den Schaum, schwenkte sein Bier über dem Kopf und hüpfte fröhlich umher, ohne zu merken, dass er der Einzige in dem ganzen Laden war, der wie Cliff Richard tanzte.

Viele Mädels hatten nur sehr wenig an, und viele besoffene und schmuddelige Kerle rauchten Joints. Damien warf einen Blick hinunter auf seine Designer-Schuhe und seine Designer-Socken und seinen Designer-Anzug und seine Designer-Uhr. Es war kurz nach Mitternacht. Selbstmitleid brach über ihn herein wie ein Erdrutsch. Er wusste zwar nicht, wo er gern wäre, aber er war verdammt sicher, dass er nicht bis zu den Knien in Schaum stehen wollte.

# Fünf

Wie versprochen wartete Matt am Fahrkartenschalter. In der Nähe spielte eine optimistische Steelband «Meet Me In St. Louis, Louis», und Matt stampfte nervös mit den Füßen, ohne so recht den Rhythmus zu treffen. Josie hatte nicht geahnt, wie erleichtert sie sein würde, ihn hier stehen zu sehen. Zuverlässigkeit – diese Eigenschaft wurde zunehmend seltener, bei Männern wie bei Geschirrspülmaschinen. Er trug eine lange Armeejacke, mit der er wohl den Rock-Journalisten herauskehren wollte. Um den Hals hatte er lose einen Schal geschlungen. Die Hände steckten tief in den Taschen, und er sah aus, als sehnte er sich nach etwas zum Anlehnen. Sie bemerkte, dass sich seine Miene aufhellte, als er sie sah.

«Sie sind gekommen», sagte er und lächelte zaghaft.

«Sie auch.»

«Ich dachte, Sie hätten es sich vielleicht anders überlegt.»

«Habe ich auch. Mindestens vierhundertmal.»

Er lachte.

«Und ich dachte, Sie wären vielleicht aus den Latschen gekippt.»

«Mein Gott, war ich denn so betrunken?» Matt schnitt eine Grimasse. «Tut mir Leid. Ich bin kein so toller Trinker.»

«Sie schienen sich aber ganz tapfer zu schlagen. Ich dachte, wenn Sie nicht umgekippt sind, haben Sie es vielleicht vergessen.»

«Ich vergesse nie. Noch unter extremstem Alkoholeinfluss habe ich ein Gedächtnis wie ein äh ..., wie ein äh ...»

«Elefant?»

«Genau wie der. Die Fähre legt gleich ab. Ich habe nicht gewagt, Fahrkarten zu kaufen, weil ich fürchtete, damit das Schicksal herauszufordern und zu bewirken, dass Sie nicht kommen. Möchten Sie denn noch immer hinüberfahren?»

«Ja.» Josie nickte.

Er griff nach ihrer Hand und drückte sie kurz und fest. «Kommen Sie. Wir müssen rennen.»

In aller Eile kaufte Matt die Fahrkarten. Sie würden die nächste Fähre gerade noch erreichen und rannten atemlos und noch immer Hand in Hand über den Vorplatz, als der Kapitän bereits die Gangway einholen lassen wollte. Er wartete jedoch noch und lächelte ihnen nachsichtig zu.

«Nun mal los, ihr Turteltäubchen», drängte er. «Ebbe und Flut warten auf niemanden, nicht mal auf junges Gemüse wie euch!»

Matt führte Josie auf das Achterdeck der Fähre und hielt ihre Taille umschlungen, während das Schiff wenig elegant auf das kabbelige graue Wasser der Bucht hinausschlingerte. Der starke Wind pfiff so laut, dass sie hätten schreien müssen, um sich verständlich zu machen, und daher standen sie schweigend auf dem verlassenen Deck. Sie sahen zu, wie der Battery Park im Rhythmus der Wellen ihren Blicken entschwand und die Skyline von Manhattan auf eine Höhe schrumpfte, für die man sich nicht mehr den Hals zu verrenken brauchte.

Matt war anzusehen, dass er einen schweren Kater hatte. Der kalte Wind malträtierte sie beide gnadenlos. Er setzte Matts fahlen Wangen so zu, dass sie sich röteten, und zerzauste sein widerborstiges Haar, das ohnehin schon so ausgesehen hatte, als müsste es dringend einmal gut durchgekämmt werden. Matt war hoch gewachsen, schlank – zu schlank, um für athletisch gehalten zu werden, aber nicht mager – und leicht ungelenk in seiner Haltung. Vielleicht war er stets größer als seine Mitschüler gewesen und hatte darunter gelitten.

Josie fragte sich, wie sie wohl aussah, und erschauerte bei dem Gedanken. Im Hotelzimmer hatte ihr ein kurzer Blick in den Spiegel gezeigt, dass sie die schauerliche Blässe von Morticia Addams angenommen hatte – aller Wahrscheinlichkeit nach dank ihrer schauerlich frühen Abreise.

Irgendwie schien es aber unerheblich zu sein, dass sie beide so gepflegt aussahen wie Björk nach einer schlaflosen Nacht. Josie sah Matt an und lächelte. Er reagierte darauf mit einem frechen rotnasigen Grienen, knuddelig wie ein Hundebaby. Wie sie so allein ganz hinten auf der Fähre zusammenstanden, bildeten sie eine behagliche kleine Einheit, abgeschirmt von der wahren Welt wie in einem Kokon. Sie hatten Abstand zwischen sich gelassen, aber etwas verband sie, ein statisches Knistern vielleicht, wie bei einem Luftballon, den man an einem Wollpullover reibt und der schließlich irgendwie haften bleibt. Und auch wenn der Ballon entfernt wird, übt er noch Anziehungskraft aus, die hinterher alle Fasern der Kleidung ewig lange zu Berge stehen lässt. Alles an ihr strebte unwillkürlich zu Matt, und sie war ziemlich sicher, dass auch er von ihr angezogen wurde. Es war irgendwie unheimlich, aber auch erregend, und sie glaubte nicht, dieses Gefühl bei irgendjemandem zuvor gehabt zu haben.

Sie strich sich zum millionsten Mal vergeblich das Haar aus dem Gesicht und sah sich auf dem halb leeren Fährschiff um. Das Schönste an New York um diese Jahreszeit war die Tatsache, dass man so gut wie keine Touristen traf, abgesehen von einem Häufchen knipsfreudiger Japaner hier und da. Aber welche Metropole war ohne sie vorstellbar, ganz gleich bei welcher Temperatur und zu welcher Jahreszeit?

Als die Fähre anlegte, zupfte Matt an ihrem Arm. «Rennen wir mit denen um die Wette», sagte er, bereits atemlos vom Wind, und sie rannten den Japanern davon, die ihnen den Spaß verdarben, weil sie direkt auf den Andenkenladen zusteuerten. Rennend und kichernd erreichten sie die Statue. Allein. Zu zweit allein. Josie sah Matt an. Im Wind war seine Jacke aufgegangen, Matt grinste sein vorwitziges Labradorwelpengrinsen und öffnete ihr die Tür. Zu zweit allein war ein schönes Gefühl.

Die Aufzüge zur ersten Plattform waren außer Betrieb. Klar. Am Fuß der Treppe warnte ein Schild mit typisch amerikanischer Übertreibung: «VERSUCHEN SIE DEN AUFSTIEG NICHT, WENN SIE UNTER SCHWINDEL, KLAUSTROPHOBIE ODER EINER GEISTESKRANKHEIT LEIDEN!» Beruhigend.

«Sind Sie sicher, dass Sie den Versuch wagen wollen?», fragte Matt.

«Ich leide nicht unter einer Geisteskrankheit, falls Sie sich deswegen Sorgen machen sollten.»

Sie blickten beide die Treppen hinauf, die sich in die Unendlichkeit und darüber hinaus zu erstrecken schienen.

Trotz eines gewissen unguten Gefühls begannen sie mit dem Aufstieg und kletterten in stetigem Tempo die Treppen hinauf. Josie war schon ein Wrack, bevor sie den riesigen Zehen der Freiheitsstatue nahe gekommen waren. «Die vielen Abende Aerobic-Plackerei waren völlig unnütz», pustete sie.

Es war ermutigend, dass es Matt anscheinend auch nicht besser erging. Noch ein paar weitere Treppenabsätze, und von ihm kam schwereres Atmen als bei einer 0190er-Nummer.

Es war ein elend weiter Weg, rauf wie runter. Sie kämpften sich vorwärts und aufwärts.

Nach der Trennung von Damien schien sie eine Art selbst auferlegtes Draufgängertum entwickelt zu haben. Es war fast so, als hätte sie seit dem Moment, als ihre Post mit der Adresse «Ms J. Flynn» durch den Briefkastenschlitz fiel, das unbedingte Bedürfnis, sich als unerschrocken und furchtlos zu beweisen. Ihr «neues Leben» brachte es mit sich, dass sie im Schwimmbad um die Ecke (wo alles Hansaplast seine letzte Ruhestätte fand) Sporttauchen lernte und sich Vereinen anschloss, bei denen sie nur den Nerv für einen einzigen Besuch aufbrachte – wie zum Beispiel SPLIT – Single Persons' Leisure Interest

Therapy (FFFG – Freizeitgestaltung Für Frisch Geschiedene), wo sie auf den ersten Blick sagen konnte, warum die meisten von ihnen geschieden waren. Sie schaffte es, ohne Begleitung in angesagte Bars zu gehen *und* die aufdringlichen Blicke *mindestens* einen Drink lang zu ertragen. Sie war so weit gegangen, in den Gelben Seiten nach Leuten zu suchen, die Unterricht im Motorradfahren gaben, und jetzt erkletterte sie sogar enorm hohe Statuen, wo doch alle, die sie kannten, wussten, dass sie unter pathologischer Höhenangst litt. Das einzig Gute daran, verheiratet zu sein, bestand darin, dass man die eigenen Unzulänglichkeiten dem Partner anlasten konnte. Jetzt war sie auf sich allein gestellt.

Auf Zehenspitzen maß sie knapp einen Meter sechzig, wog fünfundvierzig Kilo, nachdem sie zwei Mars-Riegel hintereinander gefuttert hatte, und füllte Blusen der Größe 8 nur knapp aus – dank der Damien-Flynn-Gewichtsabnahme-durch-Seelenschmerz-Diät. Das hier war eine extrem enge Wendeltreppe. Wie konnten Amerikaner, die doch dem Fastfood so zugetan waren, diesen Aufstieg bewältigen? Ihre Hände schwitzten stark, und obwohl sie in gleichmäßigem Rhythmus aufstieg, gerieten ihre Knie immer wieder aus dem Takt.

Matt hatte sich hinter sie geklemmt, um sie abzusichern, und er kletterte mit gemächlichen Schritten, ganz entspannt. Zwischen Keuchen und Japsen murmelte er immer wieder aufmunternde Worte.

«Ist nicht mehr weit.» Schnauf. «Steiler wird es nicht mehr.» Ächz.

Woher wollte er das wissen?

«Immer schön ruhig und langsam.» Keuch und pust.

Gibt es denn keinen anderen Weg?

Nie zuvor hatte sie solche Angst gehabt. Ihr Mund war trocken, ihre Handflächen schweißnass, und in ihren Lungen breitete sich brennender Schmerz aus. Sogar in diesem vor Schreck erstarrten Zustand dämmerte ihr, dass Damien vorausgeeilt wäre, um zu beweisen, was für ein Mann er war, und ihre Bemühung mit Hohn und Spott überschüttet hätte, statt ihr Mut zuzusprechen und sie voranzutreiben, wie Matt es tat. Nicht dass es den geringsten Unterschied machte, aber es war eben der Gedanke, der zählte.

Die kupferfarbenen Falten im Gewand der Statue verschwammen ihr vor Augen, es gab nichts Festes, auf das man sich hätte konzentrieren können, und ein Rinnsal aus kaltem Schweiß schlängelte sich ihre Wirbelsäule hinunter. Es war eine höchst unangenehme Erfahrung und exakt das gleiche Gefühl wie in dem Moment, als Damien verkündet hatte, er werde sie verlassen.

«Möchten Sie stehen bleiben und sich ausruhen?», fragte Matt, als sie einen winzigen Absatz in dem gnadenlosen Gewendel der Treppe erreicht hatten.

«Nein», brachte Josie mit einem gequälten Flüstern heraus.

«Wirklich nicht?»

«Nein.» Sie würde nie wieder in Bewegung kommen, wenn sie erst einmal stehen blieb. Daran hatte sie keinen Zweifel. Es gab nur einen Weg hinauf und einen wieder hinab. So war es eben mit den Amerikanern. In der Theorie toll, aber es bedeutete eben auch, dass man nicht umkehren und zurückgehen konnte. Hatte man erst einmal den gewählten Pfad betreten, gab es nur eine Richtung, und man musste ihm bis zum Ende folgen.

Die Erleichterung, die sie verspürte, als sie beide die Aussichtsplattform erreichten, war fast greifbar – wenn auch kurzlebig. Die Fenster, die vom Boden aus gewirkt hatten, als würden sie einen grandiosen Rundblick bieten, waren so groß wie Windschutzscheiben eines Autos und verschmiert dazu. Es war nicht zu übersehen, dass sie seit langer Zeit niemand mehr mit «Fensterklar» behelligt hatte. Eins von ihnen war so weit geöffnet, dass man einen Pfeil hindurchschießen konnte, und ein Hauch kühler Luft drang verführerisch in den engen Raum, in dem es zum Ersticken heiß war. Im Hochsommer musste es hier sein, als stünde man, bekleidet mit einem Thermomantel, in einem Tandoori-Backofen.

«Das ist ja herrlich», sagte Matt, auf attraktive Weise außer Atem.

Das war es. Ein Kampf hinauf auf den Gipfel, aber sie hatte es geschafft. Als hätte sie sich von Damien befreit. Freiheitsstatue.

Matt stand hinter ihr und legte die Hände auf ihre Schultern. Warm und besänftigend. Stark. Er küsste ihr Haar. «Sie waren phantastisch. Ohne Sie hätte ich niemals durchgehalten.»

Das sagt er mir!

Der Blick zurück auf Manhattan war atemberaubend. Aus der Ferne sah es aus wie ein Legoland. Ihre Beine zitterten jedoch so stark, dass sie den Augenblick nicht uneingeschränkt genießen konnte. Josie fuhr sich mit der Zunge über die Lippen. Und sie hatten ja noch den Abstieg vor sich.

## Sechs

Matt stellte das Plastiktablett mit Tee in Pappbechern und passenden, nach Plastik aussehenden Hot Dogs so behutsam vor ihr ab, als habe er eine Schwerkranke vor sich. Das Café wirkte ebenfalls wie aus Plastik. Es war in aufdringlichen Pastelltönen gehalten und wirkte leicht schmuddelig wie die Kantine in einem altmodischen Krankenhaus. Sie waren die einzigen Gäste.

«Fühlen Sie sich jetzt besser?», fragte er.

«Ja. Danke.» Ihr Lächeln war so lasch wie der Tee. Nein. Eigentlich doch nicht.

«Und charakterbildend war es auch», sagte Matt.

Josie erschauerte. «Ich denke, der Nachweis einer Geisteskrankheit sollte obligatorisch sein, wenn man die Freiheitsstatue erklimmen will.»

Matt lachte.

«Ich habe an diversen Lehrerfortbildungen unter dem Motto ‹Überleben in freier Natur› teilgenommen, unter anderem auch im November in Wales, und daher weiß ich nur zu gut, wie man sich durchschlägt, wenn es hart hergeht», versicherte ihm Josie. «Ich hab mich abgeseilt, bin über ein Netz aus Seilen gelaufen und Kanu gefahren, und zwar mit den echten Könnern. Ich hab die Euston Road zur Hauptverkehrszeit überquert, ohne den Fußgängerüberweg zu benutzen. Einmal, aber auch nur ein einziges Mal hab ich auf eine dieser anrüchigen Zeitungsanzeigen geantwortet und mich auf ein Blind Date eingelassen. Aber all das hat mir nicht annähernd so große Angst gemacht wie unser Aufstieg», gestand sie.

«Es ist wie bei einer Geburt», versicherte er ihr. «Warten Sie nur, bis Sie Ihren Freunden zu Hause davon erzählen. Sie werden schon bald alle Angst und allen Schrecken vergessen haben.»

Wie auch den Trennungsschmerz, der ebenfalls im Lauf der Zeit verging.

«Mit Geburten kennen Sie sich also bestens aus, oder?»

«Ich habe nicht die geringste Ahnung.» Matt grinste. «Ich weiß alles, was man über die Bewältigung von Hindernissen wissen kann, und ich glaube, diesen Tee hier auszutrinken dürfte ebenfalls eine große Herausforderung sein.»

Das Zittern ihrer Hände hatte sich etwas beruhigt, zu einem leichten Beben, das auf der Richterskala kaum noch registriert werden konnte. Jedenfalls war da nicht mehr der Delirium-tremens-Tatterich, mit dem alles begonnen hatte. Sie konnte nur hoffen, dass sich ihre Knie bald anschließen würden.

Sie warf einen Blick auf die beige Flüssigkeit, die vor ihr stand. «Da könnten Sie Recht haben», sagte sie.

Sie wanderten Arm in Arm im Museum unter der Freiheitsstatue umher und staunten immer wieder über die Neigung der Amerikaner, noch den geringsten Nichtigkeiten übergroße Bedeutsamkeit zuzuschreiben, wenn es darum ging, gläserne Ausstellungsvitrinen zu füllen. Der Andenken-Shop war angefüllt mit billigem Tand, dem man Zwanzig-Dollar-Preisschilder verpasst hatte.

«Lassen Sie mich Ihnen das hier zum ewigen Andenken an Ihre gigantische Leistung kaufen», sagte Matt und präsentierte ihr eine kitschige grüne Plastiknachbildung der Freiheitsstatue mit goldener Krone.

«Vielen Dank.» Das Teil war unglaublich geschmacklos, und sie wusste instinktiv, dass sie es für immer in Ehren halten würde.

«Und würde das hier nicht dazu passen?» Er stülpte ihr eine große grüne Schaumgummikrone über den Kopf.

Josie posierte gehorsam.

«Sie sehen wunderschön aus», sagte er.

«Und Sie sind ein Lügner», erwiderte sie. Dann lachte er und kaufte die Krone trotzdem.

Die Art, wie Matt auf dem Rückweg zur Anlegestelle ihre Hand hielt, hatte nichts Sexuelles, sondern war irgendwie kumpelhaft. Dennoch verspürte sie eine gewisse Erregung und hatte das Gefühl, als würde unter ihrer Krone Hitze aufwallen.

Sie nahmen die letzte Fähre zurück, als die Dämmerung bereits die Konturen der hoch aufragenden Gebäude verwischte. Sie standen an der Reling und sahen zu, wie sich Manhattan auftürmte, während sie gemächlich über die Upper New York Bay schaukelten. Matt zog sie an sich und nahm sie fest in den Arm, um sie vor der Kälte zu schützen. Sie wäre gern nach drinnen gegangen, um in der warmen Snackbar zu kauern, aber sie wagte sich nicht zu bewegen, weil sie fürchtete, Matt würde es dann vielleicht nicht mehr für angebracht halten, sie wieder so in den Arm zu nehmen.

«Vielen Dank für einen tollen Tag», sagte Matt an ihrem Hals. «Es hat mir großen Spaß gemacht.»

Jetzt kam die blöde Situation, die Situation, die sie hasste. Wenn man um den heißen Brei herumredete und eigentlich nur darauf wartete, sich verabschieden zu können. Es war toll, aber ich muss jetzt gehen. Ruf mich doch an. Nein, besser noch, ich rufe dich an. Irgendwann. Schon bald. Kannst du dich absolut drauf verlassen. Und dann das schlimmste Dilemma – küssen oder nicht küssen? Küssen, aber dabei einen möglichst unbeteiligten Eindruck machen? Küssen, aber nicht so wirken, als sei man zu allem bereit?

Was auch immer es sein mochte, allem Anschein nach machte sie etwas falsch, denn sie wurde stets abgespeist, und die Herren meldeten sich nie wieder. Warum konnten sie nicht ehrlich sein und sagen: «Hör mal, es war toll, aber du bist einfach nicht mein Typ. Ich bevorzuge Frauen, die größer/kleiner/dicker/dünner/blonder/mehr wie meine Mutter sind – also letztlich so, wie du nun ganz und gar nicht bist»? Warum meinten Erwachsene, sie müssten mehr Spielchen spielen als Kinder?

«Josie …», seufzte Matt.

O nein, sie hoffte, er würde nicht sagen, sie sei nicht sein Typ. Sie hoffte, er würde ihr seine Handy-Nummer geben und dabei zufällig mit Absicht einen Zahlendreher einbauen, sodass sie ihr Pech mit den Männern der Launenhaftigkeit moderner Technologie zuschreiben konnte und nicht etwa einem generellen Manko ihrer Rendezvous-Technik. Manchmal zahlte es sich aus, freundlich zu sein, wenn man grausam war.

«Ich fühle mich in Ihrer Gegenwart …», seufzte Matt, «… irgendwie behaglich.»

«Behaglich?» Josie runzelte die Stirn. «Wie in alten Hausschuhen?»

«Nein.» Matt ließ den Blick über den Horizont streifen. «Wie in eleganten Lederhandschuhen.»

Josie kicherte.

«Ich würde Sie heute gern wiedersehen», sagte er dicht an ihrem Ohr. «Haben Sie schon Pläne fürs Abendessen?»

Aber ja, wenn ich in New York bin, schaue ich gern bei meinen alten Spezis vorbei – Donald Trump, Woody Allen, Sly Stallone, vielleicht auch Bill Gates. «Nichts, was ich nicht absagen könnte», erwiderte sie.

Matt warf einen Blick auf seine Uhr. «Ich muss gehen und diese hormongesteuerte Boygroup erwischen.»

«Die bekannt ist unter dem Namen …?»

«Headstrong.» Er schaute ziemlich betreten drein. «Ich weiß ja», seufzte er. «Vielleicht werde ich langsam zu alt für dies ganze Zeug. Ich kann mich noch an Neil Sedaka erinnern. Ich *mag* Neil Sedaka. Obwohl mir davor graust, das einzugestehen.» Er schüttelte den Kopf und seufzte noch einmal. «Das Studio ist unten in der Lower East Side. Wollen wir uns vielleicht später treffen? Worauf hätten Sie Lust?»

Sie war froh, dass die witzige Bemerkung, die ihr durch den Kopf schoss, unausgesprochen blieb. «Mögen Sie mexikanisches Essen?», fragte sie. «Ich kenne einen guten Laden namens The Alamo an der East Forty-eighth Street.»

«Ich liebe mexikanisches Essen. Um acht Uhr?» Matt kramte in seinen Taschen. «Ich sollte mir das lieber aufschreiben. Muss wohl an meinem Alter liegen. Mein Gedächtnis ist leider nicht mehr wie …»

«Wie das eines Elefanten?»

«… wie es mal war.» Er holte einen Kugelschreiber und einen Papierfetzen hervor und machte sich eine Notiz. Nachdem er das Papier tief in seiner Armeejacke hatte verschwinden lassen, zog er sie an sich und verstaute sie ebenfalls tief in seiner Jacke.

Josies Lippen waren trocken. Eine Verabredung. Wahrhaftig eine Verabredung zum Abendessen. Mit jemandem, den sie vorher noch nie gesehen hatte. Also, Josie Flynn, du alte Jungfer aus dem Kirchspiel Camden, so schwierig war es doch gar nicht. Oder?

Matt lächelte ihr zu und presste sie an sich. Ein nervöses Flattern meldete sich kurz in Josies Magen, und sie wusste, dass es diesmal nichts mit dem Besteigen der Freiheitsstatue zu tun hatte.

## Sieben

Alle vier waren glattgesichtige Teenager. Bei keinem von ihnen auch nur die Andeutung eines Pickels. Matt ließ sich tiefer in den Sessel sinken, und sein Kater entfaltete sich genüsslich im Einklang mit dem Beat. Im abgedunkelten Kellerraum einer renovierten Mietskaserne präsentierten Headstrong großspurig ihre fetzige Musik, aber sangen banale Textzeilen über enttäuschte Liebe zu ähnlich banalen Tönen. Die neuen Beatles? Nicht ganz.

Und was wussten sie in ihrem Alter auch schon von den Tragödien der Liebe? Meine Güte, sie waren doch kaum über die Petting-Phase hinaus. Obwohl man als Teenie-Idol wohl eine bessere Chance hatte, sein Liebeswerben mit mehr Stil zum Erfolg zu bringen, als ein durchschnittlicher Teenager. Man warte nur ab, bis diese Jungs dreißig sind und dies und jenes durchgemacht haben. Dann würden sie wissen, was es hieß, in der Liebe den Kürzeren zu ziehen. Headstrong – querköpfig. Waren wir das nicht alle in diesem Alter gewesen?

Matt schloss die Augen, um sich gegen den entmutigenden Anblick der vier pilzköpfigen Pophelden abzuschirmen, die umherstolzierten und ihre Muskeln zur Schau stellten.

Warum hatte er so gelitten, als ihm die Scheidungspapiere zugestellt worden waren? Lag es daran, dass ihm dadurch ins Gedächtnis gerufen wurde, wie er Nicolette im Ehebett vorgefunden hatte, und zwar beim Liebesspiel mit einem unendlich viel dickeren, kleineren, kahlköpfigeren und beträchtlich langweiligeren Kerl als er selbst? Oder war es einfach nur deswegen, weil sie trotz der offenkundigen Mängel ihres Zukünftigen mit dem Übermut eines Labradorwelpen den Gang zum Altar antreten würde, noch bevor die Tinte auf den Papieren getrocknet war, während er hingegen erst mal eine Frau finden musste, die ihn dazu brachte, die Augenbrauen zu heben, oder gar seinen Puls beschleunigte?

Zugegeben, Josie Flynn hatte seine Hormone durchaus

in Aufruhr versetzt. Sie war eine Frau, die einen Mann auf den Gedanken bringen konnte, doch noch einmal von der Hochzeitstorte zu naschen.

*Uuh, uuh, Baby, du schaffst mich, uuh, uuh …*

Matt öffnete ein Auge und warf einen zynischen Blick auf die Boygroup. Wirklich. Josie war sexy und feminin, auf eine kumpelhafte Tritt-mir-ja-nicht-auf-die-Zehen-Weise, und sie verfügte zudem über einen beträchtlichen Boah-ey-Faktor, der sich nicht so richtig definieren ließ. Sie hatte etwas an sich, das deutlich verkündete, sie würde niemals im Leben Sex beim ersten Rendezvous in Betracht ziehen – was ihm sehr gefiel, da er es von Herzen leid war, auf Schlafsofas mit Frauen rumzumachen, die er nicht kannte und eigentlich auch gar nicht kennen lernen wollte. Und sie konnte zwei zusammenhängende Sätze formulieren, heutzutage ein seltenes Talent bei Frauen, die noch zu haben waren – oder zumindest bei denen, die ihm über den Weg gelaufen waren. Und sie besaß einen niedlichen kleinen Hintern, der munter wackelte, wenn sie eine Treppe emporstieg. Da er ihr hatte zuschauen dürfen, wie sie ungefähr eine Million und vierzehn Stufen hinaufgeklettert war, und das Wackeln ihm daher unauslöschlich in Erinnerung bleiben würde, durfte er sich wohl durchaus als Josie-Flynns-Po-Experte betrachten.

Die Krönung war, dass er eine Verabredung mit ihr hatte, deren Einzelheiten in den unergründlichen Tiefen seiner Jackentasche schlummerten. Er hatte ein Keuschheitsgelübde abgelegt, das nicht notwendigerweise mit moralischem Anspruch zu tun hatte, sondern viel eher damit, dass sich ihm monatelang nicht die geringste Gelegenheit geboten hatte, eine Dame flachzulegen. Er würde jedoch in Erwägung ziehen, für Josie Flynn das Gelübde zu brechen. Matt verschränkte die Arme über der Brust und gestattete sich ein selbstzufriedenes Grinsen. Alles in allem ein guter Tag, trotz der Strapazen, die seine Trommelfelle durch diese so genannte Musik erlitten.

«Martha? Josie hier. Der Adler ist gelandet.» Josie stand vor dem mit Fingerabrücken übersäten Spiegel ihres Hotelzimmers und hielt sich eine sehr bunte Bluse an. Zu grell für ein erstes Date.

«Jo-Jo!» Marthas Kreischen war ohrenbetäubend. «Hattest du einen guten Flug?»

«Einen ausgezeichneten. Ich hab mich mit einem Mann, der neben mir saß, betrunken. Wir sind zusammen auf die Freiheitsstatue geklettert. Er hat mich zum Abendessen eingeladen.»

«Und hast du angenommen?»

Josie fingerte behutsam an der grünen Krone, die sie noch immer trug. «Ist der Papst katholisch? Natürlich hab ich angenommen!»

«Ist der Typ zum Anbeißen?»

«Er ist Spitze!» Sie grinste ihr Spiegelbild an.

«Ich will alles wissen! Wann kommst du raus zu mir?»

Josie hielt sich einen schwarzen Pullover vor den Oberkörper: bei der gegenwärtigen Morticia-Blässe unvorteilhaft. «Wann brauchst du mich denn?»

«Wir haben unseren Termin für die Gesichtskosmetik und die Maniküre um halb elf hier im Schönheitssalon.

Um zwölf folgt dann der Lunch für die Brautjungfern bei Ginelli's. Die Probe für die Trauung ist um sechs, dann zurück ins Haus zum Probendinner um halb acht und schließlich um Punkt zehn ins Bett, damit wir unseren Schönheitsschlaf kriegen.»

«Liest du das etwa von einem Stundenplan ab?»

«Diese Hochzeit wurde mit einer militärischen Präzision geplant, auf die man im Pentagon stolz wäre. Nichts, ich wiederhole, *nichts* bleibt dem Zufall überlassen.»

«Hast du meine Schuhe besorgt?»

«Deine Schuhe hab ich. Hast du daran gedacht, dein Kleid mitzubringen?»

«Das Kleid hab ich.» Fünfzehn Meter gewichtslosen lila Chiffons, in ihren Koffer gestopft.

«Und wie ist es dir so ergangen?»

«Es war die reine Hölle.»

«Wie hält sich dein Vater?»

«Er tut sich schwer.»

«Und du?»

«Ich kann es kaum abwarten, dass du hier aufkreuzt, Josie.» Es klang verdächtig danach, als ob Martha die Stimme versagte.

«He», sagte Josie leise. «Ich bin da, ehe du dich's versiehst.»

Sie hörte Martha schniefen.

«Ich seh dich dann morgen früh. In alter Frische.»

«Sieh nur zu, dass du dein Versprechen hältst, Josephine Flynn. Ich möchte nicht, dass du dich die ganze Nacht lang in einem New Yorker Hotelzimmer vergewohltätigen lässt und dann völlig verschwiemelt hier auftauchst, mit blauen Flecken, Liebesbissen und Bartstoppelausschlag am ganzen Körper. Schönheitssalons können schließlich keine Wunder bewirken.»

«Ich versprech's.» Sie hielt den pinkfarbenen Kaschmirpulli hoch. «Ich werde nur die halbe Nacht damit verbringen, mich vergewohltätigen zu lassen.» Perfekt. Jugendlich, modisch und mit starker Aussage. Teuer, aber nicht einschüchternd. Zurückhaltend, aber voller Finesse. Mit Rouge nicht gespart, dann könnte sie schon fast wieder menschlich aussehen.

«Komm nicht zu spät.»

«Bestimmt nicht.»

«Viel Spaß.»

«Werde ich haben.»

«Und ich möchte, dass du mir alles *haarklein* berichtest!»

Josie grinste ihr Spiegelbild an und fragte sich, ob sie das Risiko eingehen sollte, ihre Schienbeine zu zerfetzen, indem sie ihre schmerzenden Beine noch einmal rasierte.

Die PR-Tante war dürr, hatte Titten wie Kylie Minogue, trug extrem tief sitzende Hosen und hatte kurz geschorenes Haar. Sie streckte ihm den flachen Bauch entgegen. «Hi», sagte sie durch den Lärm hindurch. «Holly Brinkman.»

«Matt Jarvis.» Er stand auf und schüttelte ihr die Hand, was sie wohl komisch fand.

«Die sind doch cool, oder?»

«Äh, ja. Echt cool.» Damit demonstrierte er das Ausmaß an Begeisterung, das er für die nicht gerade fabelhaften Vier aufbringen konnte. Vielleicht sollte er sich einen anderen Job suchen.

«Ich hab eine Pressemappe für Sie und die CDs der Gruppe.»

«Hervorragend.»

«Und wann kann man mit der Geschichte rechnen?»

«Schon ziemlich bald. In jeder Ausgabe bringen wir im Vorfeld vom Jahrestag der Ermordung John Lennons ein paar Nostalgieartikel über die Beatles …» Sie gab sich verzweifelte Mühe, Interesse zu heucheln, während ihr Blick sagte: *John wer?* «Wir vergleichen die Beatles mit der neuen Welle einflussreicher Musiker.» Er sah hinüber zu Headstrong. Und dergleichen.

«Cool.» Sie klopfte sich im Geist selbst auf die Schulter: PR-Job erfolgreich erledigt.

«Sind Sie schon mal in New York gewesen?», fragte sie.

«Schon oft.»

«Also benötigen Sie keine freundliche Fremdenführerin?»

«Eigentlich nicht.»

«Ich führ die Jungs zum Essen aus und dann in einen Club. Möchten Sie mitkommen?»

Eine grauenhafte Vorstellung. «Ich habe bereits Pläne für heute Abend.» Ich hab ein ganz, ganz, ganz heißes Date!

«Oh.» Sie schien enttäuscht zu sein.

Er lächelte ihr freundlich zu. Sie war süß und jung und wollte nur ihren Job machen, und er benahm sich ungehobelt. «Danke für die Einladung», sagte Matt. «Vielleicht ein andermal.»

«Drink gefällig?» Holly wedelte mit einer Flasche. «Jack Daniel's.»

«Nein danke.»

«Einen ganz kleinen?»

«Nein, wirklich nicht.»

«Die Jungs wollen mal ihre neue Single durchspielen. Bleiben Sie und hören Sie es sich an.»

«Ich muss aber bald los.»

«Vielleicht einen Schluck für den Weg?» Hollys Blick war fast flehend.

«Gut, einen ganz kleinen.»

Nach zwei Stunden, zwei weiteren Wassergläsern Jack Daniel's und zweiundzwanzig Durchgängen von «I Want You For My Lover, Baby» wusste Matt, dass er stockbesoffen war und schon vor geraumer Zeit hätte verschwinden sollen.

«Ich muss jetzt los», lallte er.

«Hier ist meine Telefonnummer.» Holly reichte ihm eine Visitenkarte und bedachte ihn mit einem herausfordernden Blick, der gleichzeitig verschämt wirken sollte. «Rufen Sie mich an. Wann immer Sie wollen.»

«Was ich brauche, hab ich wohl schon hier», sagte er und tätschelte seine Pressemappe. Trotz seiner Trunkenheit schaffte er es, sie absichtlich misszuverstehen. «Ich komme dann morgen wieder, um die Jungs zu interviewen.»

«Ich versuche, hier zu sein.»

«Ich auch», sagte er und torkelte in Richtung Straße.

Das Alamo war randvoll mit schicken jungen New Yorkern. Männer in gestreiften Hemden und Hosenträgern, kurz berockte Frauen, die über die Tische hinweg gackerten und kreischten.

An ihrem Tisch, mitten im Restaurant und im Blickfeld aller Gäste, saß Josie noch immer allein. Matt war eine Stunde überfällig. Das wusste sie so genau, da sie jede Minute auf ihre Uhr schaute und das inzwischen sechzigmal getan hatte. Ihre dritte Erdbeer-Margarita neigte sich dem Ende zu, und das Getränk, das ihr anfangs wie himmlische Wonnen im Glas vorgekommen war, schmeckte inzwischen eher wie Batteriesäure. Sie hatte lässig mit ihrem gestreiften Strohhalm gespielt und mit ihrer Armbanduhr und ihren Ohrringen und ihrem Haar, aber überzeugend lässig konnte man höchstens zehn Minuten lang wirken. Danach sah es nur noch nach albernem nervösem Gefummel aus. Wo zum Teufel blieb er denn? Sie hatte so fest damit gerechnet, dass er kommen würde. Hatten sie nicht einen wunderbaren Tag zusammen verbracht?

Der Kellner ging mit einem Tablett köstlich gewürzter Speisen vorbei und warf ihr einen mitleidigen Blick zu. Josie nippte an dem Mineralwasser, das sie sich als Ausgleich zum Trio Margaritas bestellt hatte. Mein Gott, wie sie die Männer hasste. Alle.

Sie spielte mit dem Gedanken, sich telefonisch zu erkundigen, ob Matt noch in seinem Hotel war. Sie fragte sich, ob sie sich wohl erinnerte, um welches Hotel es sich handelte. Vielleicht war er nach seinem Besuch bei dieser Band ins Hotel zurückgekehrt und dann in ein Alkohol-plus-Jetlag-Koma gefallen, sodass er nicht mehr wahrnahm, wie die Zeit verging, und sich nicht klar machen konnte, dass er eine Frau versetzte, mit der er möglicherweise mehr Spaß hätte haben können als mit Denise Van Outen. Vielleicht war er aber auch überfallen worden und lag jetzt blutüberströmt in irgendeiner Seitengasse. Oder er war einfach nur ein Mistkerl.

Eine Viertelstunde würde sie ihm noch geben, und dann war Schluss.

Nach einer halben Stunde kam der Kellner wieder vorbei. «Meinen Sie, Ihr Bekannter kommt noch, Ma'am?»

«Das glaube ich nicht.» Wahrscheinlich wurde ihr Tisch für ein glücklich verliebtes Turtelpärchen gebraucht und sollte nicht mehr länger von einer bekümmerten und versetzten Geschiedenen blockiert werden.

«Möchten Sie also bestellen?»

Sie hätte keinen Bissen runterbringen können. «Ich denke, ich geh dann lieber. Vielleicht versucht er ja, mich in meinem Hotel zu erreichen.»

Der Kellner sah aus, als hätte er da seine Zweifel. Und die hatte sie ebenfalls.

Der Wind heulte durch die Canal Street, als Matt aus dem Aufnahmestudio ins Freie trat. Er hätte doch bereits mit Josie beim Abendessen sitzen müssen – was war denn bloß in ihn gefahren, dass er geblieben war und so viel getrunken hatte? Mist, was war er doch für ein Idiot! Die erste Frau seit ewigen Zeiten, die bei ihm etwas ausgelöst hatte, was andere nie vermochten, und er war auf dem besten Wege, alles zu vermasseln.

Matt kramte in seiner Tasche nach dem Zettel mit Namen und Adresse des Restaurants. Irgendwann im Laufe der letzten Stunden hatte er das Stück Papier zu einer Kugel zerknüllt. Als er es jetzt auseinander falten wollte, wirbelte der Wind es ihm aus den ungeschickten Fingern und ließ es auf die Straße fliegen und davontrudeln.

«Nein!», schrie Matt laut auf, als es fröhlich zwischen den Autos tanzte. Er sprang vom Gehsteig und wollte sich auf die Verfolgungsjagd begeben, aber der stetige Strom von Autos riss nicht ab, und manche von ihnen gaben besonders garstige Huptöne von sich.

Matt raufte sich die Haare. Am liebsten hätte er vor Wut geweint oder auf etwas Lebloses eingetreten. Ein Taxi hielt direkt vor ihm. Verwirrt, aber dankbar kletterte Matt in den Wagen.

«Ich möchte zu einem … zu einem …» Wo wollte er denn eigentlich hin? «Zu … zu einem mexikanischen Restaurant.»

«Mecki – ka – nische?», fragte der Fahrer.

«Sie sind Mexikaner!»

*«Qué?»*

«Mexikaner?»

*«Sí.»*

«Wo würden Sie essen gehen?»

«Essen? Big Mac?»

«Nein. Nein.» Laut. Und langsam. «Wo – würden – Sie – mexikanisch – essen – gehen?»

«Mecki – ka – nische?»

Denk nach, Matt. Denk nach. Irgendwo unter diesem Strom von Jack Daniel's ist doch ein Hirn verborgen. «Es hat was mit einer Schlacht zu tun. Little Big Horn, Custers letzter Kampf, das Texas-Kettensägenmassaker …»

*«Quién?»*

Matt ließ sich auf dem Sitz zurückfallen. «Also, verflucht nochmal, Sie sind doch 'n Scheißmexikaner, da müssen Sie doch wissen, wo es ein anständiges Restaurant gibt!»

«Big Mac?»

Matt fasste sich an den Kopf und presste die Finger an die Schläfen. Denk nach. Denk nach. Denk nach. Aber die Erleuchtung wollte nicht kommen.

Der Fahrer sah ihn erwartungsvoll an. *«Quién?»*

Matt ließ die Schultern hängen. «Bringen Sie mich einfach zurück in mein Hotel», seufzte er.

*«Qué?»*

«Bitte, nicht schon wieder.» Matt gab dem Fahrer die Adresse seines Hotels.

Der schien beschwichtigt und reihte sich in den Verkehr ein. Matt lehnte den Kopf nach hinten gegen den Sitz. Blödmann. Blödmann. Blödmann. Da gab es eine schöne Frau, die irgendwo in dieser fremden Stadt saß und geduldig auf ihn wartete (wenn auch wahrscheinlich inzwischen höchst ungeduldig), und er war zu betrunken und zu blöd, um sich zu erinnern, wo sie verabredet waren.

Das Taxi hielt an einer Ampel, und Matt schloss die Augen, um sich für eine Weile vor dem blinkenden Neonlicht über den dunklen Straßen zu schützen. Er ließ die Geräusche der Stadt einschließlich des Heulens der allgegenwärtigen Polizeisirenen über sich hinwegrauschen. Plötzlich riss er die Augen auf und schoss auf seinem Sitz nach vorn.

«The Alamo!», rief er. «Das verdammte Alamo!»

«Aha, *sí señor*, das Alamo!»

«Mir ist es wieder eingefallen. Mir ist es eingefallen.» Vor Erleichterung wurde ihm mulmig.

«Das Alamo.»

Matt faltete die Hände. «Es gibt *doch* einen Gott!»

*«Sí.»*

«Schnell, schnell. Wenden Sie und bringen Sie mich hin. *Pronto. Pronto. Arriba!*»

Der Kaschmirpullover in Pink war ein Fehler. Ein großer Fehler sogar. Unter Josies Achseln wurde es feucht, und die Wolle kratzte überall. Wie hatte sie Matt nur so falsch einschätzen können? Uneingeschränkt hatte sie ihn für einen Ausbund an *Ehrlichkeit* gehalten. Es war ihr überhaupt nicht in den Sinn gekommen, dass Matt wegbleiben könnte, und sie wusste nicht, ob sie jetzt erzürnt oder besorgt sein sollte.

Erzürnt gewann die Oberhand.

Sie hätte den Rat ihrer Mutter befolgen und Bill Gates anrufen sollen. Der saß jetzt gerade bestimmt voller Selbstmitleid in irgendeiner Bude gleich um die Ecke, eine Pizza und ein Dosenbier vor sich, sah sich irgendwelchen Mist in der Glotze an und wartete nur darauf, dass jemand anrief und mit ihm ausgehen wollte. Im Gegensatz zur allgemein verbreiteten Ansicht war das Dasein als Millionär bei weitem nicht das, zu was es immer hochgejubelt wurde. Sie hinterließ ein Trinkgeld für den Kellner und drängte sich durch die fröhliche und lachende Gästeschar, bis sie schließlich allein auf dem Gehsteig stand.

Sollte sie ein Taxi anhalten oder die paar Blocks zurück zum Hotel zu Fuß gehen und damit das Risiko eingehen, verfolgt, überfallen und erschossen zu werden? Sie entschied sich fürs Verfolgen und Erschießen. So machte sie sich auf den Weg und schalt dabei Matt Jarvis dafür, dass er ein Schweinepriester erster Güte war.

Ein paar Meter hinter ihr hielt das gelbe Taxi mit kreischenden Bremsen vor dem Alamo.

Josie war unschlüssig. Sollte sie warten und das Taxi von dem Fahrgast übernehmen, der gewiss gleich aussteigen würde? Nein, sie hatte ihren Entschluss gefasst und würde zu Fuß gehen. Es würde ihr gut tun, all die Kalorien zu verbrennen, die sie gar nicht gegessen hatte. Sie drehte sich um und ging schnellen Schrittes die Straße hinauf.

Matt sprang aus dem Taxi, bezahlte den Fahrer und drückte ihm im Überschwang der Gefühle auch noch einen Kuss auf den Mund. Er schaute dem verdutzten Mann tief in die Augen, sagte: «Ich liebe dich», und stürmte in das Restaurant.

## Acht

«Lavinia? Wie geht es dir?»

«Bestens. Wer ist denn da?»

«Damien.»

«Ich muss mir die größte Mühe geben, nicht zu fragen: ‹Welcher Damien?›»

Damien lehnte sich in seinem Stuhl zurück und legte die Füße auf den Schreibtisch. Gott, er hatte Josies Mutter immer schon gehasst. Aber eigentlich hatte sie ja damit angefangen, sie hatte ihn zuerst gehasst. Von dem Moment an, als er ihr unter die Augen gekommen war, hatte sie es sich zur Aufgabe gemacht, ihn zu verabscheuen. Was bedeutete, dass er und Josie während der «Umwerbungsphase» einige Schwierigkeiten hatten durchstehen müssen, und auch die Hochzeit war nicht gerade ein Zuckerschlecken gewesen. Sie machte vom ersten Tag an deutlich, dass er ihrer Meinung nach nicht gut genug für ihre kostbare Tochter war – aber wahrscheinlich hätte sie jedem das Leben schwer gemacht, der um die Hand ihrer Tochter anhalten wollte.

Damien war immer beliebt gewesen, ob in der Schule, auf der Universität oder am Arbeitsplatz – und so war es ihm absolut neu, verabscheut zu werden. Aber wie die meisten Neuheiten hatte auch diese bald ihren Reiz verloren, und er und Lavinia hatten stets einen großen Bogen umeinander gemacht und waren sich nur begegnet, wenn familiäre Pflichten oder Josie es verlangten.

Aber auch dann, wenn der hässliche Ruf der Pflicht erscholl, gelang es ihm meistens, länger arbeiten zu müssen. Außer zu Weihnachten. Da konnte er versuchen, was er wollte – Truthahn à la Lavinia wurde aufgetischt und musste durchlitten werden. Er hatte schon immer Weihnachten auf den Malediven verbringen wollen, aber Josie hatte davon nichts wissen wollen. Für Josie bedeutete Weihnachten Lametta, Truthahn, mit Schinken umwickelte Würstchen und stummes Leiden.

Im vergangenen Jahr war es noch schlimmer gewesen – wenn das überhaupt möglich war. Mit Melanie waren zwei Kinder dazugekommen, die schon kurz vor Tagesanbruch auf der Matte standen und so taten, als würde es den Weihnachtsmann tatsächlich geben, und seine eigenen Wünsche wurden allgemein noch mehr vernachlässigt als früher. Riesenmengen Bares waren in das schwarze Loch versenkt worden, das sich Weihnachten schimpfte. Es mussten nämlich stets die allerneusten Plastikspielsachen angeschafft werden, und der Traum von den Malediven war schnell ausgeträumt.

«Du hast dich angehört wie ein Vertreter für Thermopanescheiben», sagte Lavinia.

«Lavinia, ich versuche, Josie zu finden.»

«Vielleicht will sie ja nicht gefunden werden.»

«Lavinia», sagte er und versuchte gar nicht erst, den Überdruss in seiner Stimme zu verhehlen. «Wir überlegen, wieder zusammenzukommen.»

«Nur über meine Leiche!»

Das klang verlockend.

«Sie hat gerade erst die Scheidungspapiere unterschrieben», erinnerte ihn seine Schwiegermutter.

«Das bereut sie vermutlich bereits», erwiderte Damien beherrscht.

«Wenn ich sie in die Finger kriege, wird sie es ganz sicher bereuen!»

«Ich hab schon den ganzen Tag versucht, sie anzurufen, aber sie ist nicht da. In der Schule sagt man, sie haben Ferien.»

«Die dürften es wohl wissen.»

«Also, wo steckt sie?»

«Ich glaube nicht, dass es dich das Geringste angeht.»

«Ist sie verreist?»

Eisiges Schweigen. Damien schwang die Füße vom Schreibtisch und beugte sich entschlossen vor. «Lavinia, ich muss ganz dringend mit ihr sprechen. Ist dir eigentlich klar, dass das zukünftige Glück deiner Tochter hiervon abhängen könnte?»

«Das zukünftige Glück meiner Tochter hängt davon ab, dass sie dort bleibt, wo sie sich gegenwärtig aufhält. Und zwar weit, weit weg von dir.»

«Also macht sie *tatsächlich* Urlaub.» Damien grinste voller Zufriedenheit über seinen Scharfsinn, bevor ihm ein schrecklicher Gedanke durch den Kopf schoss. «Ist sie mit diesem neuen Mann weggefahren?»

«Mit welchem neuen Mann?» Vor Besorgnis klang die Stimme seiner Schwiegermutter besonders streng.

Damien lächelte selbstzufrieden. Das hat gesessen, was, Lavinia?

«Ich finde sie, Lavinia, und dann bringe ich sie zurück.»

Er legte auf, bevor seine Schwiegermutter, wie sonst immer, das letzte Wort hatte. Sie würde vor Wut kochen. Er grinste das hinterlistige Grinsen der uneingeschränkten Selbstzufriedenheit.

Josie machte also Urlaub mit diesem neuen Mister Unbekannt. Und ihre Mutter hatte keine Ahnung, wer dieser Mann war. Das Grinsen war verschwunden, und er trommelte mit den Fingern auf seinem Schreibtisch. Das waren schlechte Nachrichten. Denn wenn Josie ihre Mutter nicht eingeweiht hatte, was den Mann betraf, bedeutete es, dass es was Ernstes war. Was gleichermaßen bedeutete, dass der Sache Einhalt geboten werden musste. Und zwar unverzüglich.

## Neun

Im Hertz-Mietwagen und mit Sonnenbrille auf der Nase fädelte Josie sich behutsam auf den Henry Hudson Parkway ein und ließ sowohl die Skyline von Manhattan als auch Matt Jarvis irgendwo hinter sich. Sie hatte nicht gut geschlafen. Als sie endlich eingeschlafen war, wurde es auch schon wieder Zeit aufzustehen, und beim heftigen Zähneputzen hatte sie vor sich hin gewütet, weil sie von Matt so schmählich im Stich gelassen worden war.

Inzwischen fühlte sie sich schon beträchtlich besser. Das hatte sie einem starken Kaffee und einem Blaubeermuffin zu verdanken, die sie in einem ziemlich schmierigen Imbiss zu sich genommen hatte, und überdies auch den flotten Klängen von «Jammin' 101» aus dem Autoradio.

Sie freute sich darauf, ihre Cousine wiederzusehen. Normalerweise trafen sie sich mindestens einmal im Jahr, wobei sie sich jeweils abwechselnd auf heimischem Boden besuchten. Dazu sorgten sie regelmäßig für horrende Telefonrechnungen, wenn Lebenskrisen transatlantische Gespräche erforderten. Und davon hatte es in den zurückliegenden Jahren diverse gegeben.

Martha hatte auf ihrer verzweifelten Suche nach der

wahren Liebe niemals bequeme Pfade eingeschlagen, und Josie hatte sich daran gewöhnen müssen, dass ihr Telefon entweder früh am Morgen oder tief in der Nacht klingelte, weil Martha vor lauter Seelenqual und Kummer nicht mehr an den fünfstündigen Zeitunterschied gedacht hatte. Josies unschöne Trennung von Damien hatte ebenfalls erheblich zur Profitmaximierung der British Telecom beigetragen. Und dann hatte der plötzliche und völlig unerwartete Anruf, der im vergangenen Sommer den Tod von Marthas Mutter verkündete, schlagartig alle aus der Bahn geworfen.

Josies und Marthas Mütter waren eineiige Zwillinge. Lavinia und Jeannie. Die zickigen Zwei. Jeannie hatte sich in den frühen Sechzigern von ihrer Heimatstadt Liverpool verabschiedet, und als alle mit dem Rucksack nach Indien aufbrachen oder sich der Devise «Turn on, tune in, drop out» verschrieben, wurde sie Kindermädchen bei einer reichen New Yorker Familie. Sie hatte sechzehn Stunden am Tag eine Horde widerspenstiger Nachkommen gehütet und nicht einen Gedanken an Vergangenheit oder Heimat verschwendet. Sie hatte sizilianisches Geld dritter Generation geheiratet und die einzige Erbin, eben Martha Rossani, produziert. Lavinia war über die Vororte nicht hinausgekommen, hatte eine einigermaßen akzeptable Partie gemacht und Josie zur Welt gebracht. Sie lebten zwar dreieinhalbtausend Meilen entfernt voneinander, aber eine engere Verbindung zwischen zwei Schwestern konnte es nicht geben.

Sie waren beide intelligent, schön und lebensfroh, und jetzt war Jeannie nicht mehr da. Sie war an Herzversagen gestorben, als sie bei einem Doppel in ihrem Tennisclub einen Schmetterball schlug. Das hätte sie gewiss mächtig gewurmt, denn sie und ihre Partnerin lagen weit in Führung. Natürlich war die gesamte Familie am Boden zerstört, aber Josies Mutter traf es härter als die meisten anderen, und ein Teil von Lavinia war gewissermaßen ebenfalls auf jenem Tennisplatz gestorben. Sie hatte nicht an der Beisetzung teilgenommen, und ebenso wenig hatte sie es über sich bringen können, zu Marthas Hochzeit zu erscheinen, weil sie wusste, dass ihre andere Hälfte nicht dabei sein würde. Wodurch Josie zur einzigen Repräsentantin des britischen Familienzweigs wurde und wodurch in ihrer Tragetasche das halbe Warenangebot von British Home Stores, Marks & Spencer und Debenham's klirrte.

Josie bog schließlich von der Hauptstraße ab und fuhr mit Schwung bergab nach Katonah hinein. Katonah war Peyton Place. Eine lebensechte Filmkulisse ohne jeden Müll auf den Straßen. Es gab eine putzige alte Eisenbahn, die die Pendler zur Grand Central Station, in das Kerngehäuse des Big Apple, brachte, und eine Ansammlung von Holzhäusern, die eine Hauptstraße mit Antikmärkten, Textilgeschäften und Feinkosthändlern säumten – sogar die kleinen, weiß getünchten Banken waren hübsch anzuschauen.

Martha wohnte am Stadtrand in einem imposanten Haus, das in der Farbe gebrannter Mandeln gestrichen war und inmitten eines weitläufigen Grundstücks lag, das sich bis in den umgebenden Wald erstreckte. Es hatte jede Menge Fensterläden und Holzdielen und roch nach Ahornsirup. Als Josie noch ein Kind war, hatte sie es als ihre zweite Heimat betrachtet und oft zusammen mit ihrer Mutter die Schulferien dort verbracht.

Sie sah ihre Cousine, gleich als sie um die Kurve in die breite gerade Straße eingebogen war. Martha saß in sich zusammengesunken auf der Vorderveranda und schaukelte, die Beine untergeschlagen. Sie wirkte winzig und unsicher, bis sie Josies Wagen sah und mit wirbelnden Armen und Beinen die lange Auffahrt hinuntergestürzt kam, um ihre Cousine mit dem exaltierten Kreischen zu überfallen, das die High-School-Mädchen in amerikanischen Teenie-Filmen bevorzugen.

Josie stieg aus, und sie umarmten einander liebevoll.

«Du hast das Kleid mitgebracht?» Martha hatte dunkle Ringe unter den Augen.

«Ich hab das Kleid mitgebracht.» Josie schob ihre Cousine auf Armlänge von sich weg. «Was ist mit dir geschehen? Du bist ja nur noch Haut und Knochen.»

«Das Vorrecht einer Braut. Glaub mir, ich hab mich nur von Junkfood ernährt.»

Josie glaubte ihr. Marthas Ernährung war schon immer höchst eklektisch gewesen. Sie hatte es eigentlich verdient, fett und picklig zu sein, aber dem Wankelmut der Natur hatte sie zu verdanken, dass es nicht so war. Martha hätte perfekt in eine Strandszene von *Baywatch* gepasst: Sie war hoch gewachsen, unentschuldbar schlank, hatte widerlich feste Brüste und Beine wie ein Rennpferd. Sie hatte langes, mit Chemie aufgehelltes naturblondes Haar, Augen, so zartgrün wie die ersten Blätter im Frühling, und einen vollen, ständig lächelnden Mund mit perfekten Zähnen. Damien hatte immer gesagt, er habe noch nie einen Mund gesehen, der so sehr zum Küssen einlud, aber das war eben Damiens Art. Das Schlimmste an Martha war jedoch, dass sie so richtig, richtig nett war. Wäre sie nicht ihre Lieblingscousine gewesen, hätte Josie sie zweifellos verabscheut.

«Ich bin ja so froh, dass du kommen konntest, Jo-Jo. Du weißt ja gar nicht, wie viel es mir bedeutet.»

«Fang nur nicht so an, Martha. Sonst haben wir beide gleich unsere Wimperntusche ruiniert.»

«Du hast doch gar keine aufgelegt», hielt ihr Martha vor. Nach Marthas Etikette war es ein unverzeihliches Verbrechen, ohne zumindest eine Schicht Make-up in der Öffentlichkeit zu erscheinen. «Du siehst ausgesprochen mitgenommen aus.»

«Ich hab ja auch nicht geschlafen.»

«Josie, du hattest mir was versprochen!»

«Ich hab mich aber nicht von Kronleuchter zu Kronleuchter geschwungen.» Bedauerlicherweise nicht. «Ich hab aus äußerst langweiligen Gründen nicht geschlafen.»

«Dein heißes Date war also doch nur lauwarm?»

Josie hievte ihr Gepäck aus dem Auto. «Mein heißes Date ist gar nicht erst aufgetaucht.»

«Du bist versetzt worden?»

«Bin ich.»

«Das ist mir noch nie passiert. Nicht einmal in der High School.»

«Hört sich nicht besonders tröstlich an, Martha.»

«Mistkerl!»

«Mistkerl hoch zwei!»

«Schaffen wir erst mal die Sachen rein. Dann kannst du

mir alles erzählen.» Als Martha sich die Tragetasche über die Schulter schwang, schepperten ihre Hochzeitsgeschenke beängstigend. Sie drängte sich durch die Tür in den Windfang und dann weiter bis zur Küche, wo sie Josies Tasche mit Schwung unter den Tisch beförderte und dadurch die Sammlung von Royal Doulton erneut zum Klappern brachte.

«Du brauchst was, um dich wieder aufzumuntern. Du hast nämlich eine hammerharte Hochzeit vor dir!»

«Ich denke, eine Tasse Tee würde schon reichen.»

Martha schaltete den Wasserkocher ein. «Die ganz schwarzen PG Tips? Lavinia hat uns zu Weihnachten den Vorrat aufgestockt.»

«Die gute alte Mum.»

«Wie geht's ihr denn?»

Josie ließ sich am Küchentisch niederplumpsen. «Wie immer.»

«Ich find es schade, dass sie nicht kommt.»

«Find ich auch. Glaub ich.»

«Mum fehlt ihr noch immer?»

«Ganz furchtbar. Es scheint sogar schlimmer zu werden statt besser.»

Martha setzte sich und schob eine Teetasse in Josies Richtung. Vielleicht war die Unfähigkeit, Tee zu kochen, selbst wenn ihnen die allerbesten Zutaten zur Verfügung standen, den Amerikanern angeboren. Diese PG Tips sahen so fade aus wie der Tee, den sie mit Matt im Café bei der Freiheitsstatue getrunken hatte. Stopp, Josie Flynn, schlag ihn dir ganz und gar aus dem Kopf! Sonst ist Gefahr im Verzuge!

«Und du? Wie kommst du ohne Jeannie zurecht?»

«Versuch mal, ganz allein eine Hochzeit zu organisieren.» Martha schnitt eine Grimasse. «Zum Kotzen.»

«Wenn die Mutter bei der Organisation einer Hochzeit mitmischt, ist es auch nicht gerade ein Zuckerschlecken. Ich hatte mit Mom Streit wegen des Kleids, wegen des Schleiers, des Kuchens, der Blumen, der Kirche, des Sitzplans, der Brautjungfern und besonders wegen des Bräutigams – ein Thema, bei dem sie Recht hatte, wie ich inzwischen eingestehen muss. Die ganze Sache wäre beinahe abgeblasen worden, weil Damien zu seinem Hochzeitsfrack eine quietschbunte Weste tragen wollte.»

Martha lächelte traurig. «Wie gern hätte ich mich mit Jeannie über all das gestritten.»

«Ich weiß.» Josie drückte ihre Hand. «Es wird alles gut werden, glaub mir.»

«Na ja, erzähl du mir lieber mal von diesem klasse Mann, der dich versetzt hat.»

«Ich konnte es gar nicht fassen. Warum fall ich bloß immer wieder auf die falschen Männer rein? Anderthalb Stunden lang hat er mich allein in einem Restaurant sitzen lassen: bestellt und nicht abgeholt. Dabei wirkte er so sensibel und liebevoll. Wie konnte er das nur tun?»

«Die einzigen sensiblen und liebevollen Männer in New York haben bereits feste Freunde.»

«Er ist aber Engländer. Ich habe ihn im Flugzeug kennen gelernt. Er war nett, lustig, freundlich, ungepflegt. Im Grunde das absolute Gegenteil von Damien.»

«So freundlich, dass er dich versetzt hat», schnaubte Martha.

«Er hat mir echt gefallen, Martha, und das hat es wahrhaftig lange nicht mehr gegeben.»

«Gefallen klingt gut. Bleib bei gefallen. Hättest du von Verlieben geredet, wäre ich sehr beunruhigt gewesen.»

Josie seufzte. «Jedenfalls läuft wohl alles darauf hinaus, dass die englischen Männer allesamt Blindgänger sind. Ich hoffe, du hast dir so einen richtigen All-American Boy geangelt.»

Martha stürzte ihren Kaffee hinunter. «Wir müssen los.» Sie schwenkte ein Blatt Papier vor Josies Nase. «Zeitplan der Hochzeitsvorbereitungen. Jede Abweichung davon geschieht auf eigene Gefahr. Und im Augenblick läuft die Uhr bereits in Beatrice' Schönheitssalon. Dort treffen wir auch die anderen Mädels. Gesichtspackungen Pariser Art und französische Maniküre. Und ich spiele mit dem Gedanken, mir für die Flitterwochen das Schamhaar herzförmig frisieren zu lassen.»

Was Martha betraf, musste man eins wissen: Bei einer englischen Mutter aus Liverpool und einem sizilianischen Vater hatte sie einen höchst eigentümlichen Humor entwickelt.

## Zehn

Headstrong zertrümmerten mit ihren Gitarren die Verstärker und hatten unübersehbar einen Riesenspaß dabei. Die Lakaien von der Plattenfirma standen milde lächelnd daneben. Matt wünschte sich nur, dass jemand ihnen sagen würde, The Who hätten dasselbe schon vor Zeiten getan, und dazu weitaus stilvoller. Am Ende des Tages hatten sie nur noch mit den guten Stücken für die Fotografen posiert; keiner von ihnen konnte hoffen, den Instrumenten einen Ton zu entlocken.

Holly Brinkman tauchte neben ihm auf. «Hi.»

High war sie zweifellos. So high, wie er low war.

Er hatte sich den Ruf erworben, Mister Verlässlich zu sein. Verlässlichkeit war eine der vielen Eigenschaften, die seine Exfrau an ihm hasste: Sie betrachtete die Tatsache, dass er im Allgemeinen genau das tat, was er angekündigt hatte, als eine Schwäche und bezeichnete es als Mangel an Spontaneität. «Der gute alte Matt», pflegten seine Freunde belustigt zu sagen und ihm dabei kräftig auf die Schulter zu klopfen, «der lässt einen nie im Stich.» Und doch hatte er die erste Person im Stich gelassen, die ihm seit Monaten etwas bedeutet hatte. Ein einziges Mal war er zu uneingeschränkter Spontaneität überredet worden, und das kam ihn teuer zu stehen. Wahrscheinlich ließ Josie ihn in ebendiesem Moment bei der Meldestelle für Mistkerle registrieren. Und das zu Recht.

Holly lächelte geistesabwesend.

«Das Interview läuft heute nicht mehr, oder?» Es war eher eine resignierte Feststellung als eine Frage.

«Ich schätze, nein. Wollen Sie es auf morgen verschieben?»

Nicht unbedingt. «Ja, würde mir passen.»

«Möchten Sie mal?» Sie streckte ihm den Joint entgegen.

«Ich rauche nicht.»

«Möchten Sie auf ein Bier mitkommen?»

«Ich hab noch was zu erledigen. Ich seh Sie dann morgen», sagte er und entfloh in den Sonnenschein New Yorks.

Was mochte Josie jetzt wohl gerade tun, fragte er sich. Sie sei zur Hochzeit ihrer Cousine angereist, hatte sie gesagt. Und wie hieß die noch? Maria? Maureen? Marian? Maude? Martha! Genau! Marthas Hochzeit. Matt schmunzelte, denn er hatte eine geniale Idee. Er brauchte doch nur herauszufinden, wo in New York eine Hochzeit ausgerichtet wurde, bei der die Braut Martha hieß. Wie schwierig konnte das denn schon sein?

Es gab vier Brautjungfern: Felicia, Betty-Jo, Kathleen und Josie. Das hört sich sehr nach den Teletubbies an, dachte sie. Man hatte sie anscheinend ausgesucht, um Marthas Hochzeit das Flair der United Colours of Benetton zu verleihen. Felicia war schwarz, Betty-Jo italienischer Abstammung, Kathleen Chinesin, und Josie war, so hatte es den Anschein, die Alibi-Rose aus England.

Felicia war auf der High School Marthas beste Freundin gewesen und arbeitete inzwischen als Radio-Produzentin im Mittelwesten. Sie wusste nicht genau, ob sie lesbisch war oder so radikal feministisch, dass sie die Myriaden von Unzulänglichkeiten nicht ertragen konnte, die den meisten Männern eigen waren, denen sie bisher begegnet war. Sie hatte es mit beiden Geschlechtern versucht und keines von beiden als zufrieden stellend empfunden. Daher hatte sie sich einen Hund zugelegt und war jetzt rundum glücklich.

Betty-Jo war Immobilienmaklerin in Arizona und verdiente ein Vermögen, indem sie Ruhestandswohnsitze an verwöhnte und käsig blasse New Yorker, aber auch alle anderen verkaufte, die ihren Lebensabend in schneefreien Gegenden verbringen wollten, um höchstens auf Golfbälle einzudreschen und ihre Mint Juleps in großzügigen Wohnanlagen zu schlürfen, zu denen dankenswerterweise niemand unter sechzehn Zutritt hatte. Zum Ausgleich gönnte sie sich knackige junge Liebhaber, die sie nach eigener Aussage so regelmäßig wechselte wie ihre Strumpfhosen.

Kathleen war eine tolle Frau und hatte hervorragend geheiratet: irgendeinen attraktiven und sportlichen Computerfritzen. Sie arbeitete als Finanzberaterin in Boston und verbrachte die Wochenenden in ihrem Haus in Martha's Vineyard, wo sie die Zeit totschlug, bis sie eine kluge, hübsche und artige Familie beisammenhatte, was zweifellos irgendwann so sein würde.

Josie hatte – erfolglos – versucht, ihre Lehrtätigkeit in Camden als romantisch darzustellen. Ihr blieb nicht verborgen, dass die anderen extrem wenig von ihrem Leben beeindruckt waren, auch wenn sie sich alle Mühe gaben, interessiert zu klingen. Sie konnten sich jedoch wegen ihres Akzents kaum einkriegen und baten sie immer wieder, doch noch einmal «actually» zu sagen.

Sie lagen allesamt in Beatrice' Schönheitssalon, aufgereiht in einem Raum, der zartrosa war wie ein Babyhintern, zurückgelehnt auf verstellbaren Liegen, die Körper in Handtücher gehüllt, die Gesichter von einem seltsam riechenden Schmadder bedeckt, der angeblich ihre abgestorbenen Hautzellen abschälen und die Epidermis regenerieren sollte. Oder so ähnlich. Josie konnte es kaum erwarten. Sie war bereit, das alles als eine primitive Foltermethode zu ertragen, solange es dazu diente, sie zehn Jahre jünger und ein bisschen mehr wie Sharon Stone aussehen zu lassen.

«Also, wie ist er denn so, dieser Klassekerl, den du heiraten wirst?»

«Jack?»

«Ja, es sei denn, du hast noch einen anderen in der Warteschleife. Aber du hast nur wenig von ihm gesprochen, und das ist so gar nicht deine Art.»

«Jack …» Martha ließ ein leicht unzufriedenes Schnaufen hören. «Er ist … äh … er ist toll.»

Josie hob einen Wattebausch vom linken Auge und drehte sich in Marthas Richtung. «*Toll.*» Sie imitierte Marthas emotionslosen Tonfall.

Marthas Wattebäusche blieben an Ort und Stelle. «Mm hmm.»

Josie senkte die Stimme. «Könnten wir das bitte noch einmal wiederholen, und zwar mit etwas mehr Überzeugung?»

Tammy Wynette trällerte «Stand By Your Man» über die Stereoanlage, während Martha eigentümlich stumm blieb. Josie entledigte sich des anderen Wattebausches und drehte sich so, dass sie ihre Cousine ansehen konnte. Obwohl sich die Gesichtsmaske sehr schnell härtete, konnte sie erkennen, dass Marthas Lippen verdrossen zuckten.

«Du hörst dich nicht gerade wie eine Frau an, die es

eilig hat, mit ihrem Auserwählten zum Altar zu schreiten und zu geloben, für den Rest ihres Lebens an ihn gekettet zu bleiben.»

«Das reicht, Josie.»

«Irgendwas stimmt doch da nicht, Martha.»

«Alles stimmt. Jack ist nett, er ist freundlich …»

«Er ist toll.»

«Ja.»

«Und warum redest du von ihm, als würdest du die neueste Salbe gegen Vaginalpilz beschreiben, die du gerade ausprobiert hast?»

Martha schnippte jetzt die eigenen Wattebäusche von den Augen und setzte sich auf. «Weil ich nervös bin, Josie. Morgen werde ich etwas tun, das ich noch nie zuvor getan habe. Ich bin nervös, weil ich Angst habe, dass mein Kleid vielleicht nicht gut genug aussieht. Ich bin nervös, weil ich Angst habe, dass ich das Gelöbnis vielleicht nicht richtig nachspreche. Ich habe Angst, dass die Garnelen, die beim Empfang serviert werden, schlecht sein könnten und die gesamte Hochzeitsgesellschaft sich vergiftet …»

«Aber du bist nicht nervös wegen der Heirat an sich, oder?»

Die Tür ging auf, und vier identisch aussehende Kosmetikerinnen standen im Raum, bewaffnet mit Schüsseln voll Wasser und Werkzeugen, die aussahen, als seien sie dazu gedacht, denjenigen, die ihre Schönheitspflege vernachlässigt hatten, ernsthaften Schaden zuzufügen.

«Martha?»

«Sei still, Josie, und stell dich darauf ein, dass dir die Haut abgezogen wird.»

Ihr Gesicht war wund, nachdem die Oberhexe von Kosmetikerin es mit ihren rauen Schwämmen abgeschmirgelt hatte. Ihre Wangen schimmerten rosa, und Martha schien der Ansicht zu sein, ebendies sei der bei einer Brautjungfer angestrebte Effekt. Alle vier saßen jetzt wieder in einer Reihe, und man widmete sich ihren Fingernägeln, die gefeilt, poliert und in diversen Pastelltönen lackiert wurden, alles unter den kritischen Augen von Beatrice, die im Laufe ihres Lebens unzweifelhaft ein erhebliches Maß an Nagellackerfahrung gemacht hatte.

Die Gesichtspackungen trockneten, und Martha und Josie teilten sich irgend so ein Ultraviolett-Gerät, das eigentlich den Prozess beschleunigen sollte, aber anscheinend lediglich einschläfernd brummen konnte. Die anderen United-Colours-of-Benetton-Brautjungfern lasen Zeitschriften und kicherten über die Lebenshilfe-Ratschläge. Plötzlich fühlte Josie sich steinalt.

Martha wirkte nachdenklich. Sie hob den Blick, nachdem sie ihre mit Perlen bestickte Seidenkorsage eingehend betrachtet hatte. «Warst du beunruhigt, bevor du Damien geheiratet hast?»

«Nicht so beunruhigt, wie ich – im Nachhinein betrachtet – hätte sein sollen.»

«Du weißt schon, was ich meine.»

Josie seufzte. «Du kennst Jack noch nicht besonders lange, hab ich Recht?»

«Macht das denn was aus?»

«Ehrlich gesagt, ich weiß es nicht. Ich dachte, Damien durch und durch zu kennen, aber letztendlich tat ich es nicht. Ich dachte nur, deswegen sei dir vielleicht ein bisschen unbehaglich zumute.»

«Mir ist nicht unbehaglich zumute.»

«Ich bin deine Lieblingscousine, Martha Rossani, also lüg mich nicht an. Wir haben keine Geheimnisse voreinander. Weißt du noch? Ich habe als Erste erfahren, dass du deine Jungfräulichkeit verloren hattest – abgesehen natürlich von dir selbst und dem beteiligten Gentleman.»

«Curtis Neill war kein Gentleman!»

«Und du keine Lady, soweit ich mich entsinnen kann!»

Sie kicherten beide in die frisch lackierten Nägel.

«War damals alles viel leichter, Jo-Jo? Es kommt mir vor, als läge es eine Ewigkeit zurück.»

«Für eine Braut in spe klingst du reichlich melancholisch.»

«Möglicherweise ist es ein schwerer Fall von Hochzeitsbammel, oder vielleicht fehlt mir auch nur Jeannie. Sie wüsste den richtigen Rat und würde auch gewusst haben, ob Jack der Richtige für mich ist.»

«Nicht besser, als du es wissen solltest, Martha.»

«Ich habe das Gefühl, ihre Zustimmung zu brauchen.»

«Was meint denn dein Dad?»

«Er findet, es wird langsam Zeit, dass ich heirate. *Ich* denke auch, es wird langsam Zeit. Aber er ist seit Jeannies Tod sehr verbittert. Er scheint zu glauben, dass es niemand verdient, glücklich zu sein, solange er selbst in tiefster Verzweiflung steckt und keinen Ausweg sieht. Die beiden waren sehr glücklich miteinander. Mehr als fünfunddreißig Jahre lang.»

Beatrice schritt die Parade trocknender Nägel ab und überprüfte, ob man sie in die große weite Welt entlassen könnte, ohne dass sie schnell Schaden nähmen.

«Liebst du Jack?»

«Kommt es allein darauf an?»

«Es kann jedenfalls nicht schaden.»

«Er ist freundlich. Aufmerksam. Er macht tolle Pastasoße.»

«Unverzichtbares Fundament einer wundervollen Ehe, da bin ich sicher.»

«Auf jeden Fall, wenn man sizilianischer Abstammung ist.» Martha seufzte. «Ich möchte im Kreis einer großen Familie an meinem eigenen Küchentisch tafeln. Ich bin die Single-Mahlzeiten leid, bei denen jede Kalorie gezählt wird.»

Beatrice kam und schaltete den Trockner ab. «Ich fürchte, ihr beiden Hübschen seid langsam durchgebraten.» Sie sah Martha bewundernd an. «Sie werden zweifellos eine verteufelt schöne Braut abgeben. Ich wette, Sie können es gar nicht abwarten bis morgen.»

Josie wusste, dass Marthas strahlendes Lächeln nur aufgesetzt war, und sie legte ihrer Cousine aufmunternd die Hand auf den Arm, als die sich daranmachte, die Rechnung zu bezahlen und eine weitere erledigte Aufgabe von dem militärisch ausgearbeiteten Terminplan der Hochzeitsvorbereitungen zu streichen.

«Wir sehen uns dann morgen, froh und munter», trällerte Beatrice.

Was war die Kollektivbezeichnung für eine Gruppe von Brautjungfern? Ein Bouquet von Brautjungfern? Eine Brautjungfernherde? Josie hatte keine Ahnung, aber die anderen drei geschälten und angepinselten Genossinnen fielen schnatternd, drängend, schiebend und einander organisierend über sie beide her, und der Sand rann zu schnell durchs Stundenglas, als dass sie hätte sagen können, was ihr am Herzen lag.

«Martha, bitte ...»

«Ich kann die Sache nicht mehr stoppen, Josie.» Martha blickte ihrer Cousine in die Augen, vermochte aber nichts darin zu lesen. «Nicht einmal, wenn ich es wollte. Alles ist gebucht.»

## Elf

Es gab vier Millionen und einhundertsiebenundzwanzig Hotels in New York City – so kam es ihm zumindest vor. Matt ließ sich aufs Bett fallen, die Gelben Seiten von New York vor sich aufgeschlagen. Plötzlich war sein schlauer Plan gar nicht mehr so schlau.

Na ja, niemand hatte behauptet, dass es auch ein guter Plan wäre.

Zum Teufel, er war doch Journalist. Und sprach nicht diese Berufsbezeichnung allein schon für die Fähigkeit zur Recherche? Matt griff nochmals zu den Gelben Seiten. A für Aardvark. Genauer: The Aardvark Comfortable Inn. Matt wählte die Nummer.

«Aardvark Comfortable Inn.»

«Hallo. Gibt es morgen bei Ihnen irgendwelche Hochzeitsfeiern?»

«Hochzeitsfeiern?»

«Sie wissen schon – Braut, Bräutigam, Torte.»

«Ja, Sir, gibt es.»

«Und heiratet jemand namens Martha bei Ihnen?»

«Kennen Sie auch noch den Nachnamen, Sir?»

«Nein, ich weiß nur Martha.»

«Nein, Sir, eine Martha feiert ihre Hochzeit nicht bei uns.»

«Sind Sie sicher?»

«Absolut.»

«Dann danke für Ihre Mühe.»

«Gern geschehen.»

Sie sagte nicht «Tschüs, Versager», aber er spürte, dass sie es dachte.

Matt blätterte in den Gelben Seiten: ein fünf Zentimeter dicker Teil ausschließlich für Hotels. Wenn nicht noch mehr. Gütiger Himmel, er könnte an Altersschwäche sterben, bevor er den Buchstaben P erreicht hatte. Und angenommen, Marthas Hochzeitsfeier wäre in Zigfeld's Wedding Lodge?

Zwei Stunden später, als sich Albie's Amish Inn als Schlag ins Wasser erwiesen hatte und er gerade in Alicia's All-American Motel anrufen wollte, klingelte das Telefon. Hoffnungsvoll griff er nach dem Hörer.

«Ja?»

«Matt? Hi, hier ist Holly.»

Holly? Wer war Holly, zum Teufel?

«Holly Brinkman», beendete sie die peinliche Pause. «Die Pressefrau von Headstrong.»

«Oh, hallo», sagte Matt, als ihm endlich ein Licht aufgegangen war. Er konnte nur hoffen, dass er nicht so enttäuscht klang, wie er war.

«Ich rufe nur an, um zu bestätigen, dass die Jungs morgen Vormittag für ein in die Tiefe gehendes Interview zur Verfügung stehen.»

In welche Tiefe würde man mit vier geistig beschränkten Teenagern wohl gelangen können? Worüber wollten sie wohl diskutieren? Quantenphysik, Relativitätstheorie, den Urknall? Oder wollten sie sich vielleicht darüber austauschen, dass die Engländer nicht mehr Tennis, Kricket oder Fußball spielen konnten, obwohl sie diese Spiele doch erfunden hatten? Er hatte inzwischen genügend Gruppen interviewt, um zu wissen, dass sie sich alle für Experten in so gut wie jeder Thematik hielten, die man ansprach. Vielleicht kam das dabei heraus, wenn man von der Gesamtpopulation vierzehnjähriger Mädchen angebetet wurde. War er vielleicht nur alt und verbittert? An ihm waren vierzehnjährige Mädchen nicht einmal interessiert gewesen, als er vierzehn war.

«Können Sie dann gegen elf Uhr morgens im Studio sein?»

«Ja, kein Problem.» Ich kann's gar nicht abwarten.

Es folgte eine weitere Pause, in der sie beide gleichermaßen den Moment zum Auflegen verpassten.

«Ich hab mir überlegt, ob Sie vielleicht heute Abend essen gehen möchten.»

«Mit der Band?» Oh, sehr clever, Matt!

«Nein.» Holly seufzte leise und genervt ins Telefon. «Nur mit mir. Ich kenne da ein nettes Lokal in Greenwich Village.»

«Also ...» Matt kaute auf einem Fingernagel und versuchte zu überlegen, warum er ablehnen sollte. Schön, sie war aufdringlich. PR war zweifellos der richtige Job für sie. Aber sie war auf ihre unterernährte Weise auch hübsch. Und was hatte er sonst zu tun? Außer sich durch die Liste sämtlicher Hotels in ganz Manhattan zu arbeiten? «Könnte ich Sie zurückrufen, Holly? Im Moment verfolge ich nämlich noch ein anderes Projekt.» Journalistenjargon für die Suche nach der Stecknadel im Heuhaufen.

«Haben Sie meine Handy-Nummer?»

«Ich glaub schon.»

Sie gab sie ihm aber noch einmal, sodass er wirklich keine Ausrede mehr haben würde. Gehorsam kritzelte Matt die Nummer auf einen Hotel-Notizblock. Gut, dass sie nicht ahnte, wie unachtsam er mit Zetteln umging, wie wichtig sie auch sein mochten.

«Ich hoffe, Sie melden sich, Matt», sagte sie.

Er hoffte, sie würde nicht zu sehr hoffen. «Wenn ich es schaffe, rufe ich bestimmt an.» War das hinreichend unverbindlich? Wie ließ man heutzutage jemanden auf die sanfte Tour abblitzen? «Man sieht sich.»

Er legte auf. Mein Gott, wie spießig sich das anhörte. *Man sieht sich?* Matt starrte an die Wand und besonders auf die Dübellöcher, wo ein Bild hingehörte. Warum hatte er nicht ganz einfach zusagen können? Darum nicht:

Mit einem leisen Stoßseufzer griff er wieder zu den Gelben Seiten und vertiefte sich darin.

Als der Nachmittag vergangen war, hatte er Aylene's Homely Lodge erreicht und war zu dem Schluss gekommen, nicht mehr bei Verstand zu sein.

Diese Einsicht wurde dadurch bekräftigt, dass ausnahmslos jede Person am Empfang der Hotels ihm die Überzeugung vermittelt hatte, er könne nur völlig verrückt sein. Aber an solche Menschen musste man in New York doch wohl gewöhnt sein, oder?

«Du bist ein Idiot, Matthew James Jarvis», sagte er in die Leere seines öden kleinen Hotelzimmers hinein.

Er war bei dem letzten Eintrag mit A angelangt. Klasse, ein halber Tag vergeudet und nur noch fünfundzwanzig Buchstaben übrig.

«Weiß ich doch», antwortete er sich selbst laut genug, um das Surren der Klimaanlage zu übertönen. Vielleicht gab es ja nur wenige Hotels, deren Namen mit X oder Y begannen. Er blätterte zu den entsprechenden Seiten und war sofort niedergeschlagen (d. h. tierisch sauer), weil es so viele Eintragungen zu geben schien, dass der Zeigefinger, mit dem er die Tasten drückte, schon im Voraus einen Krampf bekam.

Azekal's Manhattan Motel hörte sich irgendwie nicht so an, als könne es den idealen Ort für Hochzeitsfeiern abgeben. Matt zwang sich jedoch dazu, die Nummer zu wählen, und seine Fingerspitze kam pedantisch genau und schwerfällig ihrer Aufgabe nach. Als die Telefonistin forsch antwortete, mangelte es seinem eingeübten Spruch anfänglich doch an Überzeugungskraft.

«Hallo. Finden morgen bei Ihnen vielleicht irgendwelche Hochzeiten statt?»

«Aber selbstverständlich, Sir. Wie kann ich Ihnen helfen?»

«Haben Sie auch eine Frau namens Martha, die heiratet?»

«Lassen Sie mich nachsehen.»

Er ließ seine Finger geduldig über die Bettdecke spazieren, während er ihre Finger auf der Tastatur eines Computers klicken hörte.

«Hätten Sie vielleicht den Nachnamen für mich, Sir?»

«Nein.»

«Wissen Sie, um welche Zeit die Hochzeit stattfindet?»

«Nein.»

Noch mehr Klicken.

«Der Empfang beginnt um zwölf Uhr mittags, Sir.»

Matt saß auf einmal kerzengerade da. «Was?»

Das war unglaublich. Was hatte Humphrey Bogart noch gesagt? Von allen Hotels auf der ganzen Welt …

«Es beginnt um zwölf Uhr mittags.»

«Sind Sie ganz sicher?»

«Wir haben nur eine einzige Martha verzeichnet, die hier ihre Hochzeit feiert.»

Am liebsten wäre er ins Azekal's Manhattan Motel geeilt, um die wunderbare Lady am anderen Ende der Telefonleitung zu küssen, weil sie ihm mit ihrer guten Nachricht eine so große Freude gemacht hatte. Zum zweiten Mal in zwei Tagen hatte er sich in einen fremden Menschen verliebt. Dreimal sogar, wenn man Josie mitzählte.

«Haben Sie eine Nummer, unter der Martha zu erreichen ist?»

«Tut mir Leid, aber ich bin nicht befugt, eine solche Information weiterzugeben. Ich könnte jedoch die Nachricht hinterlassen, dass Sie angerufen haben.»

Matt gab ihr den Namen seines Hotels und seine Zimmernummer. «Es ist überaus wichtig.»

«Stehen Sie auf der Gästeliste, Sir?»

«Noch nicht», sagte Matt mit einem Lächeln. «Noch nicht.»

Matt legte auf. Er hatte sie gefunden. Mein Gott, er hatte sie gefunden. Am liebsten hätte er getanzt, gesungen und Josies Namen von der Spitze des Empire State Building gerufen. Er fühlte sich im Einklang mit der Welt und durchdrungen von dem Bedürfnis, alle seine Mitmenschen zu umarmen.

Matt hüpfte durch sein Zimmer, hielt dann aber abrupt inne. Hatte er tatsächlich gerade gesagt, dass er in Josie verliebt war? Er fürchtete, dass er es getan hatte. Die Lage war anscheinend weitaus ernster, als ihm bewusst geworden war. Liebe auf den ersten Blick? Geschah das nicht ausschließlich in schnulzigen Songs? *Uuh, uuh, Baby, als ich in deine blauen Augen sah, wusste ich nicht mehr, wie mir geschah. Uuh, uuh …*

Mann, Mann, Headstrong würden doch bestimmt stolz auf ihn sein, oder?

# Zwölf

Die Kirche war eine gotische Scheußlichkeit. Und kalt obendrein. Was kein Problem war, wenn man Moonboots und Thermo-Unterwäsche trug, aber Josie fragte sich, wie lila Chiffon sich bei diesen Temperaturen bewähren würde. Sie saß zusammengekauert auf einer hinteren Kirchenbank, ließ die düstere Erhabenheit des Gebäudes auf sich einwirken und hatte den Geruch von Weihrauch und Nässe in der Nase. Kein Wunder, dass die Priester zölibatär lebten. Martha rannte hin und her, flirtete mit der Geistlichkeit und sah ihrem zukünftigen Status als Braut wohl ein wenig freudiger entgegen als noch vor ein paar Stunden. Deswegen war Josie ein ziemlich großer Stein vom Herzen gefallen.

Martha kam mit forschen Schritten auf sie zu. «Josie, mach dich doch nicht so rar und hock in der hintersten Ecke herum. Komm lieber und begrüß all die anderen.»

Sie zerrte Josie in den Mittelgang. «Das hier ist Peggy. Ihre beiden Töchter werden Blumen streuen.»

«Hi.»

«Hallo. Freut mich, Sie kennen zu lernen.» Josie schüttelte der Frau die Hand.

«Oh, Sie müssen die englische Brautjungfer sein!»

«Ja.»

«Was für ein schnuckeliger Akzent.»

«Danke schön.»

Martha schoss davon und kehrte dann mit einem Mann

im Schlepptau zurück. «Josie, erinnerst du dich noch an Glen?»

«Glen.» Sie machte große Augen. *«Glen?»*

Der Glen, um den es ging, war groß, blond und gebaut wie ein Geräteschuppen aus Ziegelsteinen. Er trug ein Uni-Sweatshirt und Jeans und sah aus, als wäre es ihm weitaus lieber, einen Football zu tragen als das Brautsträußchen, das er sich unter den Arm gequetscht hatte.

«Hi, Josie. Lange nicht gesehen.»

«Ja.» Hatte sie ein Wort herausgebracht?

«Glen wird Jacks Trauzeuge sein», wurde sie von ihrer Cousine informiert.

Glen war im Laufe der Zeit schon so einiges gewesen: Schwarm aller Mädchen in der High School, Fitnessfanatiker, Fotomodell und inzwischen erfolgreicher Marketing-Manager einer internationalen Sportartikelfirma. Er war zudem auch Marthas Freund gewesen, und das drei Jahre lang, wenn sie sich recht erinnerte. Und sie war furchtbar sicher, dass sie es tat. Außerdem auch die erste wahre Liebe ihrer Cousine, wenn sie sich nicht irrte. Und jetzt sah es so aus, als würde er Trauzeuge ihres Verlobten werden.

«Glen ist einer von Jacks Studenten in der Kampfsportakademie, die ihm gehört», verkündete Martha, bevor sie davonrauschte. «Ich lass euch zwei allein, damit ihr euch neu beschnuppern könnt.»

Kampfsportakademie?

Glen holte die Blumen unter dem Arm hervor. «Übungsstrauß», sagte er. «Martha will sichergehen, dass alles klappt.»

«Nichts wird dem Zufall überlassen», nahm Josie seinen Gedankengang auf.

«Und – wie behagt dir das Eheleben?», fragte Glen.

«Gar nicht. Wir haben uns getrennt.» Sie versuchte zu lachen, aber es klang erbärmlich.

«Oh – das tut mir aber Leid.»

«Ging mir auch so, aber so was passiert eben.» Josie lächelte. Was für ein Gesprächsthema in einer Kirche am Vorabend einer Hochzeit. «Ich genieße mein Single-Dasein.» Und ich kann nur von Glück sagen, dass meine Nase nicht aus Holz ist, sonst wär sie nämlich schon gute zehn Zentimeter länger geworden.

«Ich genieße es auch.»

«Du hast den Schritt nie gewagt?»

«Nein.» Glen lachte unsicher. «Die Wörter Hochzeitsmarsch, Altar und Choral sind mir irgendwie zuwider.» Er sah ihrer Cousine nach, die Hof hielt, mit schriller Stimme plapperte und dabei ihre blonde Mähne schüttelte wie ein ungebärdiges Fohlen. «Vielleicht hätte ich Martha einen Antrag machen sollen.»

«Na ja, du weißt doch, was man über denjenigen sagt, der einmal davongekommen ist …»

«Dasselbe wie über den frühen Vogel, der den Wurm fängt?»

«So ähnlich.»

«Übernachtest du bei Martha im Haus?»

«Nur heute Abend. Ich habe ein Hotelzimmer in Manhattan.»

«Ich hätte mich bei Martha erkundigen sollen. Ich war nämlich gestern Abend in der Stadt. Ich hätte dich zum

Essen ausführen und dir ein paar Sehenswürdigkeiten zeigen können.»

«Das wäre nett gewesen.»

«Hattest du denn gar nichts vor?»

«Nein.» Matt Jarvis? Wer ist Matt Jarvis? «Ich hab mir einen ruhigen Abend gemacht.»

«In New York?»

«Auf Marthas Anweisung. Sie hat mir meine gewohnte Drogen-und-Schnaps-Orgie untersagt.»

«Verstehe.» Glen wirkte unschlüssig.

«Das war ein Witz», sagte sie, als ihr einfiel, dass Ironie eher eine britische Eigenart war.

«Hast du Jack schon kennen gelernt?» Unzweifelhaft hielt Glen es für klüger, das Thema zu wechseln.

«Nein», musste Josie zugeben. «Ich bin schon gespannt. Woher kennst du ihn denn?»

«Er ist mein Jiu-Jitsu-Lehrer. Ich trainiere bei ihm, wenn ich übers Wochenende zu Hause bin.»

Daher seine muskulösen Oberarme. «Und du kennst ihn schon lange?»

«Fünf Jahre. Aber erst vor kurzem habe ich herausgefunden, dass er und Martha ...» Glen räusperte sich. «Ich wette, Martha redet unentwegt von ihm.»

«Äh ... ja.»

«Sie lieben sich also wirklich?» Glen sah Martha versonnen an.

«Das will ich doch hoffen.»

«Hier kommt der Mann höchstpersönlich», sagte Glen und lächelte.

Josie drehte sich um und sah dem Mann entgegen, der

durch die Kirchentür getreten war. Ihr blieb der Mund offen stehen. Martha stürzte vor.

«Du kommst zu spät.»

Er drückte sie unbeteiligt. «Wichtige Geschäfte.»

«Na ja, egal. Jetzt können wir ja anfangen. Küss mich und lern meine Cousine kennen, die den weiten Weg von England hierher gemacht hat.»

Jack schürzte die Lippen und küsste sie, wobei er ein Geräusch machte wie ein Pferd, das einen Apfel mampft.

«Josie, das ist Jack.» Martha strahlte vor Stolz.

«Sie sind also die englische Brautjungfer.» Josie ergriff seine Hand, und die war feucht, genau wie sie erwartet hatte.

«Ja», antwortete sie, und der Autopilot übernahm.

Der Augenblick war eingefroren und verlängerte ihr Unbehagen endlos. Glen strahlte freundlich, Martha schien endlich vor lauter Glück zu glühen, und Jack hielt ihre Hand mit dem Charme eines toten Fisches. Es war einer jener Augenblicke, in denen man nicht in der Lage war, auch nur irgendetwas von dem zu registrieren, was um einem herum geschah. Das Dach hätte einstürzen können, der Organist hätte einen der Chorknaben hinter der Kanzel pimpern können, und man würde auch den eiskalten Wind nicht wahrnehmen, der den Körper erstarren ließ.

Sie sah die beiden an, ihre schöne Cousine und deren Zukünftigen, und während sie versuchte, den Kloß runterzuschlucken, den sie im Hals hatte, fragte sie sich, ob Martha völlig den Verstand verloren hatte.

# Dreizehn

Damien trank seinen Tee aus einer feinen Porzellantasse in Mrs. Benthams Empfangszimmer. Es war ein Wohnraum, in dem die Zeit stehen geblieben war: randvoll mit geblümtem Dies und geblümtem Das, mit Porzellanfigürchen und Nippes aller Art. Ein erheblicher Kontrast zu Josies Wohnung im oberen Stockwerk, die Ikea-minimalistisch eingerichtet war. Ihm war nur einmal der Eintritt erlaubt worden. In die Diele. Weiter nicht. Alles karg und schick, ohne das kleinste Andenken an ihr gemeinsames Leben. Damien war klar und deutlich aufgefordert worden, niemals wieder vor Josies Tür zu stehen. Und Josie konnte sehr halsstarrig sein, wenn sie wollte.

Mrs. Benthams Spinnenfinger flatterten über ihre Frisur. «Sie ist gestern abgefahren», informierte ihn Josies Nachbarin und nippte an ihrem Tee. «Ich kümmere mich bis Montagmorgen um das Baby.»

Der Kater, Ehemals Bekannt Als Prince, öffnete ein Auge und sah Damien an, als wisse er, wo und wann sich eine gute Gelegenheit für ihn ergab. Wenn Damien nur mit der Intuition des dämlichen Katers gesegnet gewesen wäre, bevor er der hübschen Melanie hinterhergelaufen war. Als der Sex seine olympischen Proportionen verloren hatte, war nicht mehr viel übrig geblieben. Melanie hatte nicht Josies Verstand, nicht ihre Integrität, weder ihre Fähigkeiten am Herd noch darin, Geld zu verdienen – obwohl sie, und das war durchaus ein Plus, eine ziemlich erstaunliche Anzahl an Latexdessous besaß.

«Sie hat mir ja gesagt, dass sie Urlaub machen will.» Damien lachte über seine eigene Vergesslichkeit. «Doch das hab ich dann *völlig* vergessen.» Er ließ ein «ts-ts» folgen, und Mrs. Bentham kicherte ihn an. Er verdrehte die Augen, um zu bekräftigen, dass er ein absoluter Idiot war. Ihr Mitgefühl war rührend. Man brauchte sie nur anzusehen, um festzustellen, dass sie zweifellos in dem Alter war, in dem sie sich notieren musste, morgens zu frühstücken. «Ich kann mich nicht mal mehr erinnern, wohin sie wollte.»

«Dummerchen», mahnte Mrs. Bentham. «Sie ist doch bei Marthas Hochzeit.»

Meine Güte, ging das leicht! Man brauchte nur seinen Charme spielen zu lassen und die bekloppte Nachbarin zu löchern, die dann treuherzig alles ausplauderte. Damien lehnte sich auf dem Plüschsofa zurück und gestattete sich ein selbstzufriedenes Lächeln. «Marthas Hochzeit.»

Der Kater, Ehemals Bekannt Als Prince, bedachte Mrs. Bentham mit einem Blick, der «Verräterin» sagte, und Damien mit einem, der nur «Mistkerl, hast du ein Glück!» bedeuten konnte. Damien sah den Kater aus zusammengekniffenen Augen drohend an. Du wirst dich schnell an das billige Futter mit den fiesen Fischbrocken gewöhnen müssen, Kumpel, wenn ich erst wieder das Sagen hab! Und nachts fliegst du gnadenlos aus dem Bett! In Josephine Flynns Leben werde ich schon bald wieder das bevorzugte Objekt der Zuneigung sein, und du kannst dich zusammen mit Mister Unbekannt ein für alle Mal verziehen!

Damien schluckte den Rest seines Darjeelings und unterdrückte das Bedürfnis, sich zu schütteln.

«Ich muss weiter.» Damien stand auf und wischte die Katzenhaare von seinen marineblauen Hosen. Dabei bedachte er den Kater, Ehemals Bekannt Als Prince, mit einem finsteren Blick. Er küsste Mrs. Benthams Handrücken, und sie kicherte wie ein junges Mädchen. «Es war sehr nett, Sie kennen gelernt zu haben.» Und so nützlich!

«Bleiben Sie doch noch ein wenig.»

«Das würde ich liebend gern», versicherte ihr Damien, «aber ich muss noch einiges erledigen.»

Unter anderem einen Flug nach New York erwischen.

Mrs. Bentham stand auf, glättete die Falten ihres Plisseerocks und begleitete ihn zur Tür. Sie schob ihren Kneifer nach vorn. «Sie sind ein sehr netter Mann.»

Damien rückte seinen Schlips zurecht und schenkte ihr ein einnehmendes Lächeln.

«Es ist schon eigenartig», sagte Mrs. Bentham lächelnd. «Josie hat doch gesagt, dass sie mit einem absoluten Mistkerl verheiratet war.»

## Vierzehn

Sich eins mit der Welt zu fühlen und durchdrungen zu sein von dem gottgegebenen Wunsch, seinen Mitmenschen Gutes zu tun, war nach Matts Ansicht insofern ein Problem, als er beschlossen hatte, Holly Brinkman einzubeziehen. Und genau deswegen stand er jetzt in einem schmuddeligen Nachtclub. Der Schweißgeruch von tausend Körpern stieg ihm in die Nase, er hielt sich an einem schrill gefärbten Drink von zweifelhafter Zusammensetzung fest, und er hörte Musik mit dem poetischen Charme von einem Dutzend gleichzeitig angeworfener Pressluftbohrer.

Wenn er nur den Zettel mit Hollys Handy-Nummer verloren hätte und nicht den, der das zarte Band zu Josie Flynn bildete, dann müsste er gar nicht hier sein. Aber der Gedanke war nicht nett. Holly war jung, gab sich größte Mühe, ihn zu beeindrucken, und hatte definitiv etwas Spaß zu zweit im Sinn.

«Tanzen?»

«Was?»

Sie berührte mit dem Mund beinahe sein Ohr. «Tanzen?»

«Was?»

«Tanzen?» Holly ließ direkt vor ihm die Hüften kreisen.

Tanzen. Diesen Moment in einer Beziehung hatte Matt schon immer gehasst. Man konnte Wochen darauf verwenden, das Image von Mister Ice Cool aufzubauen. Man konnte sie mit Speis und Trank verwöhnen und so richtig gut miteinander auskommen – und dann, in einem ganz kurzen Augenblick, lief alles höllisch schief, wenn sie herausfand, dass man sich auf der Tanzfläche mit der Grazie einer von allen Fäden gelösten Marionette bewegte. Wenn er sich also zu tanzen traute, würde Holly dann plötzlich klar werden, wie viel älter er war?

«Okay», sagte Matt mit einem leichten Zögern, das andeuten sollte, dass Tanzen nicht gerade seine Sache war. Zumindest ergab sich dadurch die Möglichkeit, den vielfarbigen Cocktail loszuwerden.

Holly ließ ihre Hand in seine gleiten und führte ihn auf die Tanzfläche, die zu seiner unendlichen Erleichterung so überfüllt war, dass man sich unmöglich bewegen konnte. Die Musik wurde langsamer und schien sogar eine Art Rhythmus zu bekommen. Matt stand da und schüttelte sich ein wenig, während sie die Arme über den Kopf hob und ihren Körper an ihm rieb. Das war ganz und gar kein übles Gefühl.

«Sie bewegen sich großartig», sagte sie durch den Lärm hindurch.

«Danke. Sie sind aber auch nicht schlecht», rief er zurück. Alle Achtung, charmant und weltgewandt geantwortet, Matt. Vielleicht mal in einem Buch mit Aufreiß-Sprüchen gelesen?

Es war schon lange her, dass eine Frau ihren Körper beim Tanzen oder bei einer sonstigen Gelegenheit an ihm gerieben hatte, aber es schien eine fast schon vergessene Wirkung zu haben. Matt beschloss, ein wenig zurückzureiben. Was könnte es schon schaden?

Morgen würde er Headstrong schneller interviewen, als man Ein-Hit-Wunder sagen konnte, sofort wieder verschwinden und sich zum Azekal's Manhattan Motel aufmachen, um Marthas Hochzeit zu stürmen und seinen Frieden mit der bestgekleideten Brautjungfer im gesamten Westen zu machen. Oder im Osten.

Eine neue Welle von Tanzwütigen drängte auf die Tanzfläche und presste ihn gegen Holly. Sie machte keine Anstalten auszuweichen, sondern schlang die Arme um seine Taille. Wie sollte er darauf reagieren? Er klebte an ihr und konnte nirgends hin. Er ließ die Hände ihren Rücken hinuntergleiten, der dank ihres geradezu lächerlich knappen Tops so gut wie nackt war. Ihre Haut fühlte sich warm und feucht an, und plötzlich erging es seiner Oberlippe nicht anders. Holly drückte sich an ihn und lehnte den Kopf an seine Schulter. Er spürte einen Kloß in der Kehle. Und was nun, Matthew?

## Fünfzehn

Stellen Sie sich einen von diesen Hunden mit tausend Falten und einem Fell vor, das zehnmal zu groß ist. Sie kennen die Sorte. Ein Shar-Pei. Bei aller Hässlichkeit irgendwie niedlich. Stellen Sie sich vor, dass er einen selbst gestrickten Pullover in Ethno-Technicolor trägt, der bis auf seine rundlichen kleinen Knie hinabreicht, und obendrein einen langen Zopf nach chinesischem Stil. Oh, und nicht zu vergessen – dass sein Kopf ansonsten so kahl und glänzend ist wie der von Yul Brunner.

Haargenau so sah Marthas Zukünftiger aus, und Josie hatte ihren Mund nicht mehr ganz zugekriegt, seit sie ihn zum ersten Mal gesehen hatte. Die schöne, schlanke und langbeinige Martha heiratete einen Mann, neben dem Danny DeVito aussah wie Mister Universum. Die Tatsache, dass er fast so alt war wie Marthas Vater, trug ebenfalls zur Maulsperre ihrer Cousine bei.

Sie waren wieder bei Martha zu Hause, wo es inzwischen von Speisenlieferanten, alten Käuzen und sizilianischen Vettern und Cousinen wimmelte, die zur Hochzeit eingeflogen waren. Die Generalprobe war nach Plan verlaufen, und jetzt war das Übungsdinner in vollem Gang – die Chance für bis dahin nicht miteinander bekannten Familien, einander zu taxieren.

Drei Brüder stritten vehement über die Authentizität der Lasagne, eine schlanke und bleichgesichtige junge Dame lackierte sich die Nägel neben dem Nudelsalat, und zwei halbstarke Bürschchen aus Palermo mit Pomade im Haar brachten einem ältlichen Onkel, der noch nie zuvor seine Heimatstadt verlassen hatte, nützliche Floskeln aus einem englischen Sprachführer bei.

Das Haus war mit Blumen geschmückt, die auf die Farbgestaltung der Hochzeit einstimmen sollten. Ungeöffnete Geschenke zierten jede erdenkliche Fläche, auch ohne die Bettlaken von British Home Stores. Die Leute wanderten von Raum zu Raum mit Tellern, auf denen sich Canapés, Cannelloni und Melonenstücke häuften.

Martha und Jack befanden sich auf entgegengesetzten Seiten des Raums. Josies Cousine hatte die Dame untergehakt, die schon bald ihre Schwiegermutter sein würde. Sie sprachen mit Marthas Vater, und die Gereiztheit war augenfällig. Bei der Probe hatte Marthas Vater Joe an allem etwas auszusetzen gehabt – am Priester, an der Musik, dem Geld, das das Fest kostete. Es sah so aus, als hätte er sich jetzt in dasselbe Thema verbissen.

Der ältliche Onkel tauchte neben ihr auf. Ein freundliches Lächeln strahlte auf den dünnen weißen Lippen in seinem Pergamentgesicht. «Hallo. Wer sind wir denn heute?»

«Josie», sagte sie. «Marthas Cousine. Die englische Brautjungfer.»

Er legte die Hand aufs Herz und verbeugte sich leicht vor ihr. «Ich bin Onkel Nunzio gewesen.»

«Freut mich, Sie kennen zu lernen.»

Er schürzte die Lippen und warf ihr einen Kuss zu. «*Bella. Bella.* Bumsen Sie gut, dann geht es Ihnen gleich besser.»

«Danke», erwiderte Josie. «Das werde ich mir merken.»

Die Pomadejungs kicherten aus der Ecke und hielten den Sprachführer hinterm Rücken versteckt. Sehr komisch. Josie bedachte sie mit ihrem besten Lehrerinnenblick. Obwohl sie einräumen musste, dass Onkel Nunzio wahrscheinlich Recht hatte.

Glen kam mit einer Flasche Wein auf sie zu. «Sieht so aus, als müsstest du nachtanken.»

Ich glaube, ich hätte gern ein ganzes Fass. Josie streckte ihm ihr Glas entgegen. «Danke.»

«Ich fand, die Probe lief sehr gut.»

«Hmm. Fand ich auch.»

«Sehr schön, dass man uns verkuppelt hat.» Glen nippte an seinem Wein. «Das bedeutet, ich kann mich den ganzen Tag um dich kümmern.»

Wenn Männer mit den Augenlidern klimperten, dann hatten sie definitiv etwas im Sinn. Etwas Besseres konnte sie sich gar nicht vorstellen. Das perfekte Patentrezept, um Matt Jarvis zu vergessen.

«Und, gibt es gegenwärtig irgendwelche Männer in deinem Leben?»

«Nein.» Josie seufzte. «Und in keinem der Männer, die ich kenne, steckt viel Leben.»

Glen bedachte sie mit dem uramerikanischen Mann-was-bin-ich-doch-für-ein-dufter-Typ-Grinsen. «Das könnte sich ändern. Vielleicht lebst du ja auf der falschen Seite des Großen Teichs.»

Aus dem Augenwinkel sah sie, dass Jack sich von den sizilianischen Vettern und Cousinen absonderte und auf sie zusteuerte. Seinen chinesischen Zopf hatte er über die Schulter drapiert.

«Vielleicht.»

«Hi.» Jack schüttelte ihr nochmals die Hand. «Wir hatten bis jetzt noch gar keine Gelegenheit, uns zu unterhalten. Martha hat mir sehr viel von dir erzählt.»

«Da weiß ich aber nicht, ob ich erfreut oder beunruhigt sein sollte.»

«Ihr zwei kennt euch schon ziemlich lange, stimmt's?»

«Unsere Mütter waren Zwillingsschwestern.»

«Cool.»

Besaßen Männer Ende fünfzig die Lizenz, «cool» zu sagen?

«Entschuldigt mich.» Glen warf ihr einen Blick zu, den sie im Leben nicht hätte deuten können, und verschwand inmitten der Lasagne-Esser, bevor sie protestieren konnte. Einigermaßen bestürzt sah sie wieder Jack an. Sein Gesicht war teigig, er hatte Augenbrauen wie Groucho Marx, und am Rand seines Schnurrbarts hatte sich etwas Undefinierbares eingenistet.

«Ich nehme an, du bist froh, dass endlich jemand Martha an die Hand nimmt.»

Josie spürte, dass sich ihr die Nackenhaare sträubten, ganz genau wie es bei dem Kater, Ehemals Bekannt Als Prince, geschah, wenn er Gerald, den Rottweiler von nebenan, zu Gesicht bekam. «Ich bin gar nicht so sicher, dass Martha jemanden braucht, der sie an die Hand nimmt.»

Jack nickte selbstgerecht. «Ich glaube, darum hat das Universum uns zusammengebracht.»

«Verstehe.» Josie nahm einen Schluck Wein. «Und wo habt ihr beide euch kennen gelernt?»

«Im Wal-Mart.»

«Oh, da hat das Universum ja sogar Humor bewiesen.»

«Pardon?»

«Es war wahrscheinlich das einzige Mal, dass Martha je im Wal-Mart einkaufen war, und daher muss tatsächlich die launische Hand des Schicksals im Spiel gewesen sein.»

«Ich denke, ich wurde zu Martha geleitet, um ihr zu zeigen, wie sie ihr Leben führen sollte.»

«Tatsächlich?» Wo blieb nur Glen mit der verdammten Flasche? «Ich finde, Martha kommt schon jetzt ganz gut mit ihrem Leben zurecht. Ich kann nur hoffen, dass Sie ausreichend Geld auf Ihrem Bankkonto haben, um eine kleine südamerikanische Revolution zu finanzieren. Das würde nämlich reichen, um Martha überglücklich zu machen.»

«Ich bin überzeugt, sie wird ihre Abhängigkeit von materiellen Gütern nach unserer Hochzeit überwinden.»

«Ich kann nur hoffen, dass Sie sich nicht irren.» Josie gab sich alle Mühe, ein Lachen zu verbeißen, zumal Jack ernsthaft von dem überzeugt zu sein schien, was er sagte.

«Du magst es vielleicht albern finden, Josie, aber im Inneren Marthas wohnt eine höchst spirituelle Person, die sich nach Befreiung sehnt.»

Und in meinem Inneren wohnt ein Mörder, der dich erwürgen möchte!

«Ich möchte, dass Martha gleich nach unserer Hochzeit Veganerin wird, damit sie ihren Körper säubert und bereitmacht, mein Kind zu empfangen.»

«Wie romantisch», sagte Josie und beobachtete, wie Martha ein fettiges Rippchen von einem Tablett nahm, das an ihr vorbeischwebte.

«Es ist nur zu ihrem eigenen Wohl.»

War ihm eigentlich klar, dass diese Frau mit McDonald's, Kentucky Fried Chicken und Dunkin' Donuts groß geworden war? «Ich wünsche Ihnen viel Glück.»

«Ich hoffe, dass du es ernst meinst, Josie. Ich werde mich fürsorglich um sie kümmern.»

«Ich hoffe, dass auch Sie das ernst meinen, Jack.»

Sie betrachteten beide neugierig den Andrang derjenigen, die ihre guten Wünsche übermitteln wollten. Zu Josies größtem Missvergnügen befand sich in unmittelbarer Nähe niemand, der gerettet werden musste oder sie vielleicht hätte retten wollen.

«Einen Drink?»

Er sah sie mit einem hochmütigen Lächeln an. «Ich vergifte meinen Körper nicht mit Alkohol.»

Wie schade, dass du ihn nicht mit Strychnin vergiftest.

«Martha dürfte ja wohl erwähnt haben, dass ich in den mystischen Künsten des Ostens sehr bewandert bin.»

Martha hat nicht das Geringste erwähnt, was dich betrifft, und jetzt weiß ich auch, warum! «Nun, Jack, ich werde mich jetzt darum kümmern, mich in der weniger mystischen Kunst des Alkoholmissbrauchs zu üben.»

Seine Miene spiegelte Missbilligung.

«Es macht Ihnen nichts aus, wenn ich das tue?»

«Nur zu doch, es ist dein Leben.»

Was Josie interpretierte als «Ich hoffe nur, deine Leber versagt während der Tischreden». «Schönen Dank.»

«Josie, ich kann ja deine Besorgnis verstehen, insbesondere in Anbetracht deiner eigenen fehlgeschlagenen Beziehung, aber bitte mach dir keine Gedanken um Martha. Ich liebe sie.»

Ihre Cousine sah vom anderen Ende des Raums herüber, ließ die Zähne in einem ihren strahlenden Lächeln blitzen und formte die Lippen zu einem stummen «Hilfe». Josie beschloss, dem Ruf zu folgen. Entweder das, oder sie könnte an Ort und Stelle bleiben und diesem arroganten Mistkerl eine Brotstange mit Knoblaucharoma in die Nase rammen.

«Ich hoffe, ihr Erleuchtung zu bringen.»

Sie kippte den Rest Wein hinunter und fixierte den Mann neben ihr. «Das tue ich auch, Jack. Ich auch.»

Josie drängte sich durch die Menge und schnappte sich auf dem Weg noch ein Glas Wein. Zum Teufel, was hatte Martha sich bloß dabei gedacht? Es mochte stimmen, dass Schönheit nichts als Oberfläche ist, aber unter seinem schon reichlich alten und unansehnlichen Äußeren lauerte ein Mann, der sich für heiliger hielt als Mutter Theresa. Martha war schon mit Männern ausgegangen, neben denen Brad Pitt unauffällig und schlicht aussah. Glen zum Beispiel. Warum war da was schief gelaufen? Martha hatte mit so vielen Männern Schluss gemacht, dass man sich nur schwer erinnern konnte, warum Glen nicht durchgehalten hatte. Hatte sie ihn abgesägt oder er sie?

Der Gedanke, dass er Josie am morgigen Tag seine ganze Aufmerksamkeit schenken wollte, war höchst angenehm. Sie musste grinsen. Zuschlagen, solange der Brautstrauß noch nicht welk war. Sie würde Martha von ihrem Vater und den schlimmen neuen Verwandten befreien und danach Glen finden und ihre Klauen in ihn schlagen, bevor es jemand anders tat. Sie würde sich mit Hilfe von lila Chiffon in eine heiße Biene verwandeln und sich einen Mann greifen. Man würde ja sehen, was Matt Jarvis dazu sagte!

## Sechzehn

Holly Brinkman war unermüdlich. Sie sah aus wie eine junge Frau, die stets darauf achtete, neben den vielen Drogen, die sie nahm, auch eine entsprechend große Menge Vitamine zu sich zu nehmen. Es war bereits spät, schon sehr spät, und sie war noch immer außer Rand und Band. Ihr Lippenstift war verschmiert, und die Wimperntusche malte schwarze Alice-Cooper-Ringe unter ihre Augen.

Im Club herrschte inzwischen schon eine halbseidene Atmosphäre. Der Mief aus Zigaretten- und Dope-Rauch waberte vor den Stroboskoplampen. Musik und Leute waren längst nicht mehr so gestylt. Matt hatte sich in dieser Szene noch nie sonderlich wohl gefühlt, obwohl sie sein Berufsrisiko war. Vielleicht hatte seine Exfrau ja Recht gehabt, und er war im Grunde seines Herzens ein langweiliger alter Furz.

Holly holte mit den Lippen nach Matt aus, aber verfehlte ihn.

«Komm, Schnuckiputzi», sagte Matt. «Ich denke, es wird Zeit, dass wir ins Bett gehen.»

Holly schwankte vor ihm. «Seid ihr Engländer alle so direkt?»

«Es handelte sich um das, was wir Briten als Pluralis Majestatis bezeichnen. Ich meinte, Sie sollten zu Bett gehen. Und zwar allein.»

Holly schwankte noch mehr. «Seid ihr Engländer alle solche Spielverderber?»

«Sie brauchen Kaffee. Viel und schwarz.»

«Ich nehme kein Koffein. Kommen Sie doch mit zu mir.»

«Das halte ich nicht für eine gute Idee.»

«Ich aber.»

«Ich denke, wir sollten unsere Beziehung auf professioneller Ebene belassen.»

«Es könnte sein, dass wir uns nach diesem Wochenende nie mehr wiedersehen. Können wir nicht ein bisschen Spaß haben, solange Sie hier sind?»

«Ich habe immer wieder die Erfahrung gemacht, dass

ein bisschen Spaß zu fürchterlich viel Komplikationen führte.»

Hätte er das auch gesagt, wenn er nicht Josie begegnet wäre? Warum empfand er es als notwendig, einer Frau treu zu bleiben, die er beim ersten und wahrscheinlich letzten Rendezvous gleich versetzt hatte?

Matt warf einen Blick auf seine Uhr. «Frühstücken wir doch zusammen. Einen Zimttoast miteinander zu teilen kann mindestens so viel Spaß machen, wie mit einem völlig fremden Menschen im Bett zu toben.»

Holly kicherte, und daraus las er Zustimmung.

«Also kommen Sie.»

«Ich kenne einen prima Laden.»

Matt bahnte ihr den Weg durch die Menge und wusste, dass er dies hier irgendwann im Leben nochmal bereuen würde.

Die Stadt, die niemals schläft, wirkte auf ihn ziemlich müde. Einige wenige Leute saßen in den Ecken des Cafés gleich am Times Square, den Holly ausgesucht hatte, aber ansonsten war er so gut wie menschenleer. Jammerschade, denn die Pfannkuchen mit Ahornsirup, die er bestellt hatte, schmeckten himmlisch. Holly schaufelte Eier mit Speck, der so knusprig war, dass man ihn brechen konnte, in ihren hübschen rosa Mund. Für jemanden, der aussah, als könne eine steife Brise ihn wegpusten, hatte sie einen beachtlichen Appetit. Ein Wust widerspenstiger blonder Korkenzieherlocken fiel über ihr markantes kleines Gesicht, und Matt fragte sich, ob Hollys Drogenkonsum wohl genauso außer Kontrolle war wie ihr Haar. Über seine Pfannkuchen hinweg beobachtete er sie.

Matt versuchte ihr Alter zu schätzen. Dreiundzwanzig? Vierundzwanzig? Vielleicht auch schon ein wenig älter. Heutzutage war es schwierig zu schätzen. Er hatte eine dreizehnjährige Nichte, die ohne weiteres als achtundzwanzig durchgehen konnte. Vielleicht weckte Holly eher seinen Beschützer- als seinen Jagdinstinkt. Wer weiß? Er hoffte nur, dass es nicht alles Folge des JFS war – des Josie-Flynn-Syndroms. Er hoffte nur, dass er nicht von jetzt an durchs Leben gehen und jede Frau, die ihm begegnete, an Josie messen würde. Wie sollte man es aushalten, den heimlichen und undenkbaren Gedanken zu hegen, einen Moment lang seine Seelenverwandte gefunden und im nächsten Augenblick aufgrund hirnverbrannter Unbedachtheit auch schon wieder verloren zu haben?

Holly hatte Tomatensoße am Kinn und sah sehr süß aus. Matt nahm eine Serviette und wischte die Soße ab.

«Darf ich Sie etwas fragen?»

Matt nickte.

«Was halten Sie wirklich von Headstrong?»

«Ehrlich?» Matt spießte mit seiner Gabel das letzte Stück Pfannkuchen auf.

«Ich würde es gern wissen. Ehrlich.»

Matt faltete die Hände. «Sie waren wirklich schrecklich.»

«Wie schrecklich?»

«Äußerst schrecklich.»

«Schrecklicher als …?»

Matt schluckte seinen Pfannkuchen hinunter und

spielte mit der Gabel. Er hatte die Bay City Rollers überlebt, die Wombles, die Nolan Sisters und dazu Songs von jodelnden Hamstern, und verglichen mit Headstrong waren sie alle auf ihre Weise wahrhaft schrecklich. «Schrecklicher als … ‹Paper Roses› von Marie Osmond.»

«So schrecklich?»

«Tut mir Leid.»

«Oh.»

Holly zerbrach ein neues Stück Speck mit den Fingern und zerkaute es knirschend. «Wissen Sie was?»

Matt wartete.

«Ich bin derselben Meinung.» Ein Lächeln trat auf ihre Lippen, und ihr Gesicht strahlte. Sie senkte den Blick und lachte in sich hinein.

Matt lachte ebenfalls, laut und herzlich, sodass die anderen Gäste des nur spärlich besuchten Cafés neugierig von ihrem Frühstück aufsahen.

«Sie werden Sie aber trotzdem positiv besprechen.»

«Dazu könnte ich mich überreden lassen.»

«Es sind nette Jungs», sagte sie. «Wenn sie nicht gerade versuchen, die Weltherrschaft zu übernehmen. Aber ihre Musik ist Scheiße.»

«Wird dadurch Ihr Job nicht etwas schwierig?»

«Ich bin eine tolle Lügnerin.»

«Na ja, mich haben Sie jedenfalls getäuscht.»

Ihre Miene war plötzlich ernst. «Ich glaube ganz und gar nicht, dass Sie leicht zu täuschen sind, Matt.»

«Ich bin nicht gut darin, Spielchen zu spielen, Holly.»

«Sie wissen ja nicht einmal, welche Spielchen ich im Sinn habe.»

«Es ist spät», sagte er freundlich. «Oder ist es früh?»

Dann ging er die Rechnung holen.

«Geht auf mich.» Holly zog sie ihm zwischen den Fingern hervor. «Spesen.»

«Danke.»

«Sie hatten Recht», sagte sie. «Zu frühstücken hat sehr viel Spaß gemacht. Aber vielleicht doch nicht ganz so viel Spaß wie unverbindlicher Sex.»

«Den gibt es gar nicht.»

Holly zog ihre Jacke an. «Ich wohne nicht weit von hier.»

«Ich besorge Ihnen ein Taxi.»

«Wir könnten zu Fuß gehen. Die Luft tut uns bestimmt gut. Sie könnten vielleicht sogar den Arm um mich legen.» Sie sah ihm herausfordernd in die Augen. «Man kann ja nie wissen, vielleicht würden Sie ja Gefallen daran finden.»

«Geben Sie eigentlich nie auf, Holly Brinkman?»

Sie stand auf und ergriff seine Hand. «Erst wenn ich bekomme, was ich will.»

## Siebzehn

Der Hochzeitsvorbereitungszeitplan war aufgehoben worden. Zumindest zeitweilig. Der Zehn-Uhr-Termin für den Beginn des Schönheitsschlafes war schon längst überschritten. Die Gäste waren fort, und Martha und Josie saßen in der frischen Nachtluft auf der Fensterbank und ließen die Beine über dem abschüssigen Ziegeldach baumeln. Das Dachgesims des Hauses verlor sich im tintenschwarzen Himmel, in den die Sterne winzige Löcher brannten. Es würde nicht mehr lange dauern, bis das Morgengrauen sie zum Verlöschen brachte.

Martha hatte für sie beide kuschelige Pyjamas und dicke Socken aufgetrieben, und zusätzlich hatten sie sich gegen die Kälte in Decken gewickelt. Ihre Cousine zog an dem Joint, den sie sich teilten. «Das hab ich nicht mehr gemacht, seit ich siebzehn war», sagte sie.

Als sie selbstvergessen den Rauch in einem stetigen Strom aus der Nase blies, nahm Josie ihr den Joint ab und sagte: «Ich auch nicht.»

Sie kicherten.

«Ich bin so froh, dass du hier bist, Jo-Jo.» Martha griff nach Josies Hand und drückte sie.

«Ich auch.»

«Es war die Hölle ohne Jeannie.» Marthas Augen glitzerten im Schein der Sterne. «Sie war eine wundervolle Mom.»

«Ihr wart wie Hund und Katze.»

«Es ist schon seltsam, dass diese Dinge nicht mehr zählen, wenn es zu spät ist.»

«Besonders morgen wird sie dir fehlen.»

Martha nickte. «Jack und ich werden sie besuchen, wenn wir in der Kirche fertig sind. Nur für ein paar Minuten. Ich möchte ihr meinen Hochzeitsstrauß ans Grab legen.»

«Das ist lieb.»

Martha schaute in den Himmel hinauf. «Da ist der

Orion.» Mit dem Joint deutete sie auf das Sternbild. «Der edle Jäger. Ich hab mir früher immer vorgestellt, dass irgendwo auf der Welt mein Held ebenfalls hinaufschaut und eines Tages auftauchen würde. Irgendwie würden wir dann wissen, dass es eine Verbindung zwischen uns gibt und es uns bestimmt ist, für immer zusammenzubleiben.» Martha kicherte bekifft. «Romantisch, was?»

«Was ist zwischen dir und Glen passiert?»

Martha schaute zur Seite und schnaubte: «Wieso kümmert dich Glen?»

«Neugier.»

Martha zog die Augenbrauen in die Höhe.

«Also schön, ich bin neugierig. Und war ein bisschen überrascht, ihn hier zu sehen.»

«Mehr als nur oberflächliches Interesse?»

«Vielleicht.»

«Er ist süß.»

«Ist mir aufgefallen.»

«Er findet dich auch süß.»

«Umso besser.»

Martha lehnte den Kopf an den Fensterrahmen. «Ich dachte, er wäre der Traummann. Wir waren während der gesamten High-School-Zeit zusammen. Er war alles, was ich mir erträumte. Ich betete ihn an. Und ich dachte, er würde auch mich anbeten.» Sie sah zu, wie der Rauch sich kräuselte und aufstieg.

«Und …?»

«Und. Als wir die Abschlussprüfung bestanden hatten und das ganze Leben vor uns lag, da wurde ich schwanger.» Sie schürzte die Lippen in Josies Richtung.

«Ich hab's niemandem erzählt», fuhr sie fort und zog die Knie an die Brust. «Dir nicht. Nicht einmal Jeannie. Ich hab's nur Glen erzählt. Und der ist total ausgerastet. Er sagte, mit der Verantwortung könne er nicht leben. Er fand, es würde unser beider Leben ruinieren. Ihm war gerade ein toller Job in Europa angeboten worden, und den wollte er auch annehmen. Kurz gesagt, er wollte weder unser Baby noch mich.»

Josie atmete tief durch. «Scheiße.»

«Ich hatte eine Abtreibung. Für die Glen zahlte, ritterlich wie er war. Er nahm dann den Job in Europa an, und dann verschwand er.»

«Mistkerl.»

«Bis vor zwei Jahren hat er mir jedes Jahr geschrieben. Immer wieder hat er betont, dass er sein Verhalten bereute, mich noch immer liebte und alles dafür tun würde, dass es zwischen uns wieder in Ordnung käme.»

Martha nahm einen letzten tiefen Zug von dem schrumpfenden Joint und drückte ihn dann an der Fensterbank aus. Sie hob ihr Gesicht den Sternen entgegen und atmete laut aus. «Ich hab die Briefe alle zerrissen.»

«Scheiße», flüsterte Josie. Stumm sahen sie beiden hinauf zum Orion. «Bereust du es?»

«Die Abtreibung oder die Trennung von Glen?»

Josie zuckte die Achseln.

«Beides hat mir damals schwer zugesetzt. Doch es schienen auch die richtigen Entscheidungen zu sein. Ich kann jetzt nichts mehr daran ändern. Wenn ich jedoch nochmal die Chance bekäme, würde ich anders handeln.»

«Und jetzt ist er Jacks Trauzeuge?»

Ihre Cousine lachte. «Komisch, was?»

«Neiiiin», hauchte Josie, «ganz und gar nicht!»

«Jack und ich, wir haben uns, schon einen Monat nachdem wie uns kennen gelernt haben, verlobt.»

«Im Wal-Mart …»

«Davon hast du gehört?» Martha rieb sich das Gesicht. «Eine lange Geschichte. Du würdest sie nicht glauben!»

«Ich denke, inzwischen glaube ich alles.»

«Jedenfalls erzählte Jack mir, dass er einen tollen Typ kannte. Jack war so eine Art Guru an einer Kampfsportakademie. Dieser tolle Typ hatte gerade schwere persönliche Probleme gehabt, und Jack hatte ihm zur Seite gestanden. Es stellte sich heraus, dass es Glen war.»

«Weiß Jack denn von dir und Glen?»

«Er weiß, dass wir mal kurz was miteinander hatten. Von dem Baby weiß er aber nichts.»

«Und wie fühlst du dich dabei?»

«Sprichst du von der Tatsache, dass sie beide wissen, wie ich gut ich blasen kann?» Martha gackerte.

«Martha Rossani, du bist unmöglich! Bleib doch mal ernst.»

«Die sind beide cool.» Sie zog die Mundwinkel nach unten. «Obwohl ich eigentlich noch nicht so richtig mit Glen gesprochen habe. Ich schätze, manches bleibt am besten unausgesprochen.» Martha rutschte auf der Fensterbank zur Seite und zog ihre Decke enger um sich. «Er hatte seine Fehler – haben sie das nicht alle? –, aber mit keinem anderen hatte ich auch nur annähernd so schöne Zeiten.»

«Und dein Zukünftiger?»

«Ich habe die letzten zehn Jahre mit der Suche nach einem Mann verbracht, der es mit Glen hätte aufnehmen können.»

«Und Jack kann das?»

«Jack ist anders.»

Was du nicht sagst!

«Also?» Ihre Cousine drehte sich zu ihr und zog verschwörerisch die Braue hoch. «Machst du dich an Glen ran?»

«Nicht nach dem, was du mir erzählt hast.»

«Er ist ein sehr sexuell orientierter Mann», sagte Martha. «Und er hat klasse Arschbacken.»

«Ich suche bei einem Mann aber etwas mehr als das», erwiderte Josie gespielt hochtrabend.

«Gibt es denn überhaupt mehr?»

«Damien hatte auch einen tollen Hintern. Nur leider hat er ihn allzu gern mit anderen Frauen geteilt.»

«Denkst du noch manchmal an ihn?»

Josie zupfte an ihren Fingernägeln. «Immer seltener.»

«Die einzige Möglichkeit, über jemanden hinwegzukommen, besteht darin, ihn zu ersetzen. Politisch korrekt ist das nicht besonders, oder?»

«Aber wohl wahr.»

«Ich habe gern eine Beziehung. Ohne Mann fühle ich mich einfach nicht vollständig. Ich brauche jemanden, der mich braucht. Seit Jeannie fort ist, kommt es mir vor, als würde ich hilflos dahintreiben. Ich habe meinen Anker verloren, Josie.» Martha hatte mit dem letzten Satz zu kämpfen gehabt und kauerte sich einen Moment lang stumm zusammen, bevor sie die Augen verdrehte und sagte: «Heavy, oder?»

Josie lachte.

«Ich finde, Glen würde zu dir passen.»

«Ich hab höllische Angst, wieder auf den falschen Mann reinzufallen.»

«Du denkst oft an diesen Kerl, den du gerade erst kennen gelernt hast, stimmt's?»

Josie nickte. «Öfter, als ich zugeben mag.»

«Dann bist du vielleicht schon wieder auf den falschen Mann reingefallen?»

«Diese Erfahrung kann ich einfach nicht noch einmal machen. Mein Selbstvertrauen würde das nicht überstehen.»

«Dann überleg dir, ob du nicht mit Glen ein bisschen Spaß haben willst. Er hat sich verändert, Josie. Jack sagt, er besitzt große moralische Integrität. Es ist viel Zeit vergangen, die Dinge ändern sich, und die Menschen ändern sich ebenfalls.»

«Und du glaubst an das, was Jack sagt?»

«Ich respektiere seine Meinung.»

«Meinungen hat er eine Menge.»

«Ich werde dich gar nicht erst fragen, was du von Jack hältst.»

«Und ich werde keinen Ton sagen.»

«Das brauchst du auch nicht. Es steht dir ins Gesicht geschrieben.» Martha kuschelte sich noch mehr in ihre Decke.

«Martha», sagte Josie geduldig, «du bist das wunderbarste Geschöpf auf dieser Erde. Catherine Zeta Jones oder Douglas oder wie immer sie sich jetzt auch nennen mag, mal ausgenommen. Und Jack ist … na ja, möglicherweise eine Kreatur von einem *fremden* Planeten.»

«Aussehen ist nicht alles.»

«Es ist aber doch wichtig, wenn jemand aussieht wie Quasimodo, nachdem er eine Nacht durchgesoffen hat.»

«Das ist unfair.»

«Er sieht aus wie ein chinesischer Faltenhund.»

«Ich mag Hunde.»

«Aber heiraten würdest du keinen.»

«Josie», seufzte Martha, «ich hab Knackige gehabt, und ich hab Straßenjungs gehabt. Ich hab die ganz Feinen gehabt und die Kunstbeflissenen, ich hatte Neureiche und alteingesessene Reiche. Ich hatte sogar welche ohne Geld.»

«Und jetzt stürzt du dich also auf glatzköpfig, hässlich und unerträglich.»

«Keiner von allen hat mich glücklich gemacht.»

«Und Jack tut es?»

«Ich habe ihn in der Woche nach Jeannies Tod kennen gelernt. Er war einfach phantastisch. Er hat mich festgehalten, mir Ratschläge gegeben und mich ermutigt, mein Inneres zu öffnen. Seit ich Jack kenne, bin ich mir selbst und meinen Gefühlen viel näher gekommen.»

«Ist das etwa ein Grund, ihn zu heiraten?»

«Ich möchte ein Baby, Josie. Mein Leben hat ein babyförmiges Loch. Ich will endlich einen Kinderwagen schieben. Ich möchte alles über Wegwerfwindeln wissen. Ich will *Mama* sein …»

«Geht es vielleicht eher darum, die Vergangenheit nachträglich zu korrigieren, als um Liebe zu Jack?»

«Ich möchte ein Kind haben, bevor es zu spät ist, und Jack ist auch bereit, die Verantwortung zu übernehmen.»

«Er ist bereit? Martha, er geht hart auf die sechzig zu.»

«Er ist achtundvierzig. Er hält eben nichts von Feuchtigkeitscremes.»

«Wenn das die Wirkung von asiatischen Kampfsportarten ist, dann möchte ich lieber jeden Tag eine Mammutportion türkischen Honig.»

«Ich werde nicht jünger, Josie. Was ist, wenn alle meine Eizellen mutiert sind, weil ich zu viel Cola light getrunken hab oder so?»

«Du bist gerade erst vierunddreißig. Du hast noch viel Zeit.»

«Das weiß man nie so genau.»

«Angenommen, seine Spermien können nicht mehr richtig schwimmen? Angenommen, sie können nur noch im Flachen umherpaddeln? Würdest du ihn trotzdem heiraten?»

Martha zog eine unglückliche Schnute.

«Eine Zeugung lässt sich doch auch ohne Heirat arrangieren. Man braucht nur ein Marmeladenglas und eine Bratenpipette. Mensch, du feierst doch Thanksgiving, da hast du doch bestimmt irgendwo eine für den Truthahn rumliegen.»

«Das Gespräch wird zu albern. Ich will ein Kind, das in Liebe empfangen wurde.»

«Liebe! Genau darum geht es hier, Martha.»

«Er liebt mich. Er betet mich an. Er schätzt mich. Er ist

der einzige Mann, der mich gebeten hat, ihn zu heiraten. Alle anderen wollten mich nur ausnutzen.»

«Aber liebst du ihn denn, Martha?»

«Es ist viel zu spät, diese Frage zu stellen, Jo-Jo.»

«Nein, Martha, wenn du auch nur den geringsten Zweifel hast, dann ist es genau der richtige Zeitpunkt, diese Frage zu stellen.»

«Hast du je eine Richtung eingeschlagen, von der du glaubst nicht mehr abweichen zu können? Hast du noch nie das Gefühl gehabt, dass das Schicksal dich mitreißt, trotz all deiner Zweifel?»

«Geht es hier um Schicksal oder darum, dass die Lieferanten bereits bestellt sind?»

«Ich muss dringend in die Falle.»

«Martha, liebst du ihn?»

«Ich tue das Richtige, Josie. Dadurch werden meine Bedürfnisse erfüllt.»

«Liebst du ihn?»

Martha warf einen langen Blick auf den Orion. «Ich liebe ihn», sagte sie. «Und jetzt sollten wir uns etwas Schlaf gönnen.»

## Achtzehn

«Ja!» Damien legte den Hörer auf und ballte die Faust. Das Ticket für die Business-Class bei Virgin Atlantic Airlines nach New York hatte ihn Unmengen gekostet, aber das war es wert. Um Punkt sieben Uhr morgens würde ihn der Flug VA 100 mit dem Komfort, der für leitende Angestellte vorgesehen war, direkt zum John-F.-Kennedy-Flughafen bringen und danach schon sehr bald in die Arme einer gewissen Josephine Flynn.

«Was machst du da?»

Damien wirbelte herum.

Melanie lehnte am Türrahmen seines Arbeitszimmers. Ihr Haar war völlig zerzaust und stand in alle Richtungen von ihrem Kopf ab, was nicht im Geringsten vorteilhaft aussah. Sie trug einen kurzen Morgenmantel aus Seide und eine mürrische Miene zur Schau.

«Es ist drei Uhr nachts», bedeutete sie ihm. «Kommst du langsam ins Bett?»

Der Morgenmantel sprang am Hals auf und enthüllte ihre schwellenden Brüste, die vor Empörung bebten. Sie waren fest und weich zugleich und zählten zu den Gründen, warum er sich in Melanie verliebt hatte.

Es war hart. Aber er musste hart bleiben.

«Nein», sagte er. «Ich komme nicht ins Bett.»

Melanie warf einen Blick auf die Reisetasche, die er hastig gepackt hatte, während sie sich *Coronation Street* angesehen hatte.

«Ich kann das hier nicht so weitermachen», sagte Damien.

«Was?»

«Das!» Mit einer ausholenden Geste deutete er auf sich, sie und die nähere Umgebung.

Die normalerweise sonnengebräunte Melanie wurde blass. «Wieso?»

«Ich kann nicht so weitermachen.» Er schlug die Hände vors Gesicht. «Weil ich glaube, dass ich Josie noch immer liebe.»

«Du Mistkerl!» Melanie machte auf dem Absatz kehrt, marschierte in die Küche und knallte dabei mit den Türen. Er schnitt eine Grimasse, als er hörte, wie die Türen der Küchenschränke in den Angeln quietschten, der Kessel gegen den Wasserhahn krachte und zwei Porzellanbecher aneinander klirrten.

«Oh, Scheiße», murmelte er, als er hörte, wie immer mehr Haushaltsgeräte zu Bruch gingen.

Melanie stützte sich weinend auf die Arbeitsplatte in der Küche. Ihr Gesicht war rot und fleckig, verzerrt vor Wut oder Schmerz oder beidem.

«Melanie …»

«Liebt sie dich?»

Äh, schwierige Frage … «Ja.»

«Und du hast dich immer noch weiter mit ihr getroffen?»

«Nein.»

«Lügner!»

«Ich versuche doch nur, ehrlich zu sein», sagte Damien und trat neben sie, um sie in den Arm zu nehmen.

«Damien, du erkennst doch Ehrlichkeit nicht mal, wenn sie dir in den Arsch beißt.»

«Diese Bemerkung missfällt mir!»

«Und mir missfällt, dass du in mein Leben trittst und es ruinierst, dass du meine Kinder durcheinander bringst, weil du glaubst, dass du deine Exfrau noch immer liebst.»

«Sie ist noch immer meine Frau.»

«Damien, du wohnst jetzt seit sechs Monaten hier. Und

davor hast du mich sechs Monate lang auf deinem Büroschreibtisch gebumst! Du bist nicht gerade der Inbegriff eines treuen Ehemannes.»

«Ich wusste, dass du ungehalten reagierst.»

«Ungehalten!» Melanie schien vom Donner gerührt. «Ich hab noch gar nicht *angefangen*, ungehalten zu reagieren!»

«Ich möchte, dass du weißt, dass es mir ebenso wehtut wie dir.»

«Das tut es nicht, Damien. Dir tut gar nichts weh. Du bist derjenige, der anderen Schmerzen zufügt. Aber hier kommt etwas, das dir vielleicht eine Ahnung davon vermittelt, wie ungehalten ich reagiere.»

Melanie ergriff die Zuckerdose und schleuderte sie durch den Raum. Die Dose schlug über Damiens Kopf gegen die Wand, zerbrach in tausend Stücke und überschüttete ihn mit dem körnigen weißen Zucker von Tate & Lyle.

«Melanie!» Damien hob abwehrend die Hände.

Sie nahm die beiden Porzellanbecher und ließ sie der Zuckerdose folgen. Einer streifte Damiens Kopf, bevor er gegen den Türpfosten krachte.

«Du bist drauf und dran, etwas zu tun, was du bereuen wirst», warnte Damien.

«Nein, du wirst es bereuen», antwortete Melanie und öffnete den Küchenschrank.

Ihr Gesicht nahm einen entschlossenen Ausdruck an, als sie einen Stapel Teller hervorholte und den obersten in die Hand nahm. «Ich werde dafür sorgen, dass du das hier bereust, Damien.» Sie zielte mit dem Teller auf seinen Kopf und warf ihn wie ein Frisbee. Er zischte durch die Luft und zerschellte am Tiefkühlaufsatz des Eisschranks. «Ich werde dafür sorgen, dass du es bis ans Ende deiner Tage bereust.»

## Neunzehn

«Sorgen Sie bitte dafür, dass ich so richtig lasziv aussehe», sagte Josie.

«Natürlich ist besser, Beatrice», instruierte Martha und massierte dabei höchst penibel Handcreme mit Vanillearoma in ihre schlanken Finger.

«Also natürlich, aber dazu atemberaubend schön mit einem Touch lasziv», stellte Josie richtig.

«Sie möchten doch wohl nicht schöner aussehen als die Braut, oder?» Beatrice drohte spielerisch mit dem Rougepinsel.

«Aber selbstverständlich will ich das», sagte Josie. «Aber ich glaube, dazu bedürfte es einer umfangreichen Schönheitsoperation und einer Menge Wachstumshormone. Also geben Sie bitte zumindest beim Lidschatten ihr Bestes, Beatrice.»

Es war sechs Uhr morgens und noch dunkel. Raureif hatte die Bäume weiß verziert und ließ sie wie verzaubert aussehen. Hätten nicht minus fünf Grad Kälte mit Aussicht auf weiter sinkende Temperaturen geherrscht, wäre es der perfekte Tag für eine Hochzeit gewesen. Die versammelte Truppe saß in Marthas Küche, trank Kaffee und wurde von Beatrice, der Kosmetikerin, und ihrer reizenden Assistentin Christina geschminkt und frisiert.

Kurz bevor sie und Martha zu einer unchristlichen Zeit ins Bett gegangen waren, hatte Josie noch herausgefunden, dass sie ausersehen war, die Prozession zum Altar anzuführen, gefolgt von Martha und ihrer nicht unbeträchtlichen Schleppe. Außerdem war sie für eine Lesung vorgesehen, sollte den Tanz eröffnen und wahrscheinlich auch noch eine Ein-Frau-Comedy-Show beim Hochzeitsfrühstück improvisieren, um die Gäste zu unterhalten. Es hatte zudem den Anschein, als bestünde nicht die geringste Chance, sich zu verdrücken und sich irgendwo einen Schwips anzutrinken, wie es die Brautjungfern bei englischen Hochzeiten taten.

Die Lockenwickler wurden entfernt, und die Brennscheren kamen zum Einsatz, gefolgt von emsigem Toupieren und genügend Haarspray, um die Ozonschicht in Angst und Schrecken zu versetzen.

Das Telefon läutete. Felicia reckte sich über den Frühstückstresen, um den Hörer abzunehmen, den sie weit von sich hielt. Sie rief: «Tante Lavinia. Wer will als Erste ran?»

Martha wedelte die Haarspraywolke vor ihrer Nase weg und übernahm das Telefon. «Hallo, Lavinia. Ja, es ist langsam so weit. Ja, Josie benimmt sich anständig.»

Josie knurrte gereizt, und Martha unterdrückte ein Kichern.

«Ja, ich trage etwas Altes, etwas Neues, etwas Geborgtes und etwas Blaues. Ja, ich wünschte auch, du könntest hier sein. Ja, Daddy geht es gut. Ja, mir fehlt Mami auch sehr.» Martha biss sich auf die Lippe. «Ja, ich weiß, dass du an mich denkst. Ich muss jetzt Schluss machen, Lavinia, danke, dass du angerufen hast. Wir sprechen uns ganz bald. Hier ist Jo.»

Josie übernahm den Hörer. «Ja, ich bin gut angekommen. Ja, ich benehme mich gut. Ja, ich werde mich weiter gut benehmen. Ja, sie sieht gut aus. Ja, ich werde alle ganz lieb von dir grüßen. Ja, ich wünschte auch, du wärest hier. Was?»

Josie hielt inne.

«Nein, ich denke nicht daran, wieder zu Damien zurückzukehren. Wie kommst du denn darauf? Ja, ich bin sicher, dass wir einen schönen Tag verleben werden. Mum, warum hast du nach Damien gefragt? Mum … Mum …»

Josie hielt den Hörer weit von sich und runzelte die Stirn. «Sie hat aufgelegt, ohne die Gesprächsbeendigungs-Sequenz einzuhalten. Das ist noch nie passiert.»

Sie ließ sich wieder neben Martha auf den Stuhl fallen. «Meine Mutter hat mich gerade gefragt, ob ich daran denke, wieder zu Damien zurückzukehren.»

«Deine Mutter kann manchmal ziemlich eigenartig sein.»

«Was du nicht sagst!»

Joe, Marthas Vater, kam hereingewandert. Er trug eine Weste und Hosen mit offenem Reißverschluss. Sein Hemd umflatterte ihn wie ein Segel. «Ich krieg diese dämliche Pinguinverkleidung einfach nicht angezogen!»

Felicia kam zur Rettung herbei. «Hier, Mister Rossani, essen Sie einen Bagel, während ich Ihr Hemd richte.»

«Mist», stöhnte er, «bin ich aber froh, dass ich nur eine Tochter habe. Für das, was die kleine Veranstaltung hier kostet, könnte ich mir eine ganze Wohnanlage kaufen.»

«Hör auf, dich zu beklagen, Daddy. Momma hätte es genauso gewollt.»

«Deine Mutter hätte jede Minute genossen.» Er zupfte an seiner Fliege. «Aber ich kann es kaum erwarten, dieses verdammte Ding wieder loszuwerden. Warum muss ich mich denn schon um diese Zeit so auftakeln? Es ist doch immer noch mitten in der Nacht.»

«Wir wollen nur nicht zu spät zur Kirche kommen.»

«Da müssen wir doch erst in ein paar Stunden sein.»

«Es gibt aber noch viel zu tun.»

«Ihr Mädels macht wirklich Schwerstarbeit daraus, euch hübsch herzurichten.»

«Daddy!»

Er hob beschwichtigend die Hand. «Ich geh ja schon. Bin dann in meinem Zimmer und seh mir *Win Ben Stein's Money* an. Ruft mich nur, wenn die Party losgeht.»

Martha sah ihm nach und biss sich dabei auf die Unterlippe. «Im Grunde ist er schwer begeistert», sagte sie zweifelnd.

«Natürlich ist er begeistert», versicherte ihr Josie. «Dein Vater ist wie meine Mutter. Sie lieben es einfach, sich zu beklagen. Er wird einen wundervollen Tag haben und dann jahrelang von nichts anderem mehr reden.»

Martha und Josie verließen eilig die Kosmetikstühle. Felicia und Betty-Jo rückten sofort nach.

«Martha, möchtest du nicht frühstücken?»

«Dann verschmier ich mir den Lippenstift.»

«Die Hälfte hast du doch eh schon abgenagt. Beatrice kann es doch später noch korrigieren. Du musst was essen.»

Josie schob einen Bagel in ihre Richtung, und beide knabberten zaghaft.

«Hast du darüber nachgedacht, was ich letzte Nacht zu dir gesagt habe?»

«Vor lauter Sorgen habe ich die ganze Nacht kein Auge zugemacht.»

«Und?»

«Ich mache das Richtige.»

«Bist du sicher?»

«Ich bin mir sicher.»

«Wirklich sicher?»

«Wie oft muss ich dir das noch sagen.»

«Nur noch einmal, aber hör dich dabei glücklich an.»

«Ich werde noch viel glücklicher sein, wenn diese Nervosität vergangen ist.»

«Entspann dich und genieß den Tag. Er wird so schnell vorübergehen, dass du dich später kaum entsinnen kannst.»

Marthas Hände zitterten. «Ich möchte, dass es ein perfekter Tag wird, Jo. Ich möchte, dass sich alle für den Rest ihres Lebens an ihn erinnern und sagen: He, war nicht Marthas Hochzeit echt überirdisch?»

«Mach dir keine Sorgen.» Josie nahm beide Hände ihrer Cousine und drückte sie gegeneinander. «Das werden sie. Da bin ich mir ganz sicher.»

«O mein Gott», sagte Josie und setzte sich auf Marthas Bett. Sie biss sich auf die Lippe und ruinierte damit die letzten Spuren von Beatrice' Lippenstift.

«Wein nicht, wein nicht, wein nicht, sonst verschmierst du dir das Gesicht.»

«Ich weine ja nicht, ich schniefe nur ein bisschen.»

Martha wirbelte herum. «Gefällt es dir?»

«Du bist die schönste Braut, die es je gegeben hat.»

«Das war also ein Ja?» Martha bewunderte sich im Spiegel.

Das eng geschnittene Hochzeitskleid war aus Prinzesssatin und besaß eine mit Perlen bestickte Korsage. Außerdem hatte es lange Ärmel, wie Josie leicht pikiert feststellte.

«Jeannie wäre begeistert gewesen.»

Tränen traten in Marthas Augen. «Sag nichts mehr, sonst muss ich weinen.»

«Sie wäre so stolz auf dich gewesen.»

«Jack wollte auf den Fidschi-Inseln heiraten, nur wir beide. Ich bin aber froh, dass ich mich für das volle Programm stark gemacht hab.»

«Ich hoffe, es ist die Mühe wert.»

«Ich glaube, die Prinzessin wird glücklich bis an ihr Lebensende.» Martha wiegte sich vor dem Spiegel. «Ist das nicht immer so?»

«Nein», sagte Josie. «Immer nicht.»

«Tut mir Leid», sagte Martha. Sie ließ die Arme sinken. «Denkst du an Damien?»

Josie nickte.

«So stand ich auch mal da, Martha, genau wie du, und

das ist gerade mal fünf Jahre her. Herausgeputzt wie eine Prinzessin und in der Hoffnung auf ewig währendes Glück. Was ist nur zwischen damals und jetzt geschehen?»

«Damien hat eine andere gebumst.»

«Ja, danke für die messerscharfe Analyse der Situation», schnaubte Josie. «Aber was hat ihn dazu veranlasst? Lag es an mir? An etwas, das ich gesagt habe? Das ich getan habe? Oder nicht getan habe? Er hat es mir nie gesagt, Martha. Er hat mir nie gesagt, was ich falsch gemacht habe.»

«Du darfst jedenfalls nicht durchdrehen und dein Selbstbewusstsein verlieren, nur weil dein Exmann ein Arschloch ist.»

«Deswegen mache ich mir ja deinetwegen Sorgen, Martha. Ich will nicht, dass du dieselben Fehler machst wie ich. Aber ich weiß nicht einmal, was das für Fehler waren.»

«Ich krieg das schon hin.»

«Ich hab mal was gelesen – da hieß es, man solle niemals jemanden heiraten, mit dem man meint leben zu können, sondern nur jemanden, ohne den man nicht leben kann.»

«Josie, was liest du nur für einen Scheiß?»

Ihre Cousine lachte.

«Ich hoffe nur, dir ergeht es besser als mir, Cousine Martha.»

«Das tue ich auch.»

Sie kicherten beide.

«Komm her», sagte Martha, und sie fielen einander in die Arme.

«Martha», rief Felicia vom Fuß der Treppe, «der Fotograf wartet schon. Bist du noch nicht fertig?»

«Bin gleich unten!»

«Josie, du musst auch dein Kleid anziehen!»

Was für eine Freude! Auf diesen Augenblick hatte sie gewartet. Lila Chiffon, ich komme …

## Zwanzig

In Anbetracht der Tatsache, dass seine Zeitplanung ihm kaum Spielraum ließ, stellte Damien mit Genugtuung fest, dass alle Flüge pünktlich starten sollten. Er hievte seine Reisetasche über die Schulter und bahnte sich mühselig den Weg durch die Menschenmenge in der Abfertigungshalle. Er war recht zufrieden damit, wie die Pläne für die Mission «Rückeroberung von Josie» Gestalt annahmen. Welche Frau würde wohl bei einem derartigen Testosteron-Angriff nicht schwach werden und ihm in die Arme fallen? Viele Männer gab es bestimmt nicht, die sich von einer Sekunde zur anderen zu einem Flug über den Großen Teich entschlossen, nur um sich zu erklären. Das sollte Mister Unbekannt erst mal nachmachen!

Dennoch war noch nicht alles picobello. Als Damien an dem Krawattenladen Tie Rack vorüberging, betrachtete er sein Gesicht im Schaufenster. Es bot keinen schönen Anblick, da es noch die Spuren der Tellerwurfkünste von Mad Melanie trug. Aber andererseits, sollte Josie noch immer hartherzig auf ihn reagieren, wie sie es gelegentlich gerne tat, könnte es durchaus sein, dass sie sich zu einer gewissen Sympathie hinreißen ließ, wenn sie seiner Geschirrkratzer ansichtig wurde.

Er konnte sich überhaupt nicht mehr erklären, was er an Melanie gefunden hatte – abgesehen von der Attraktivität großer Brüste, eines prallen Hinterteils und der überschaubaren Anzahl von Gehirnzellen. Aber vielleicht bedurfte es ja auch keiner Erklärung. Es war einfach Männersache.

Damien ging an den vielen Geschäften vorbei und betrachtete ziemlich unbeteiligt die ledernen Aktentaschen, die von Hand genähten Seidenhemden und die Panamahüte in den Schaufenstern.

Und dann sah er ihn und war wie gebannt. Angestrahlt funkelte er im Schaufenster, glitzerte blau, rosa und grün. Er musste ihn haben. Es war der größte, knalligste und obergeilste Diamantring, den er je gesehen hatte. Und ebender würde, wie sonst nichts auf der Welt, in der Lage sein, das Herz der ihm entfremdeten Geliebten zurückzuerobern. In einem solchen Fall waren Diamanten eben der Männer beste Freunde. Dieser war makellos und rein, geschliffen in Tränenform (wie passend!). Damien konnte kaum fassen, wie romantisch das war. Ein Wiederverlobungsring. Er würde auf die Knie fallen und Josie anflehen, ihn zurückzunehmen. Absoluter Knaller!

Der Juwelier musste glauben, Valentinstag und Weihnachten seien zusammengefallen. Er grinste mit unverhohlener Genugtuung, als Damien das Samtkästchen in seine obere Jackentasche steckte und noch einmal tätschelte, um sicherzustellen, dass es gut verstaut war. Selbst seine mit Anfällen von Kaufrausch vertraute Amex-Karte war vor Schmerz zusammengezuckt, als sie durchs Lesegerät gezogen wurde.

Aber auf jeden Fall war sie es wert. Eine Frau wie Josie gab es nur einmal unter Millionen. Melanies hingegen konnte man an jedem Finger zehn haben – warum hatte er das nicht früher entdeckt und sich selbst eine Menge Leid und Anwaltskosten erspart? Keine Frau würde je für ihn sorgen, wie Josie es getan hatte. Ein Denkzettel war es. Ein teurer Denkzettel. Damien betastete nochmals seine Tasche. Aber jetzt war er geläutert. Egal wie oft er in Zukunft untreu sein würde, niemals käme er wieder auf den Gedanken, Josie zu verlassen.

Jetzt musste er nur noch herausfinden, wo das große Ereignis stattfand. Er wählte Marthas Nummer auf seinem Handy und klopfte mit dem Fuß auf den Boden, während er darauf wartete, dass die Verbindung durch den Äther hergestellt wurde.

«Hi», sagte eine weibliche Stimme in weiter Ferne.

Damien drückte einen Finger aufs Ohr. «Martha?»

«Nein, hier ist Felicia. Martha ist im Moment ziemlich beschäftigt. Sie macht sich fertig, um zur Kirche zu fahren.»

«Ich werde auch zur Hochzeit erwartet, habe aber meine Einladung verlegt. Könnten Sie mir vielleicht sagen, wo der Empfang stattfindet?»

«Sicher.» Felicia spulte den Namen des Hotels ab, während Damien ihn auf der Rückseite eines Briefumschlags notierte, den er aus seiner Tasche gefischt hatte.

«Danke, das ist großartig. Ist Josie auch da?»

«Ja, aber die ist auch ziemlich beschäftigt. Ist es denn dringend?»

«Nein.» Für ihn ging es schließlich um den Rest der gemeinsamen Zukunft.

«Soll ich ausrichten, wer angerufen hat?»

«Nein. Behelligen Sie sie nicht.» Er wollte es zur größten Überraschung ihres Lebens machen.

«Ich vermute, wir sehen uns dann später», sagte Felicia, bevor sie auflegte.

Daran gibt es wohl nicht den geringsten Zweifel, dachte Damien mit einem Lächeln auf den Lippen.

## Einundzwanzig

Überraschenderweise waren Headstrong im Studio erschienen. Natürlich nicht zur verabredeten Zeit, aber sie waren tatsächlich da, was man im Land der Boygroups als kleines Wunder bezeichnen konnte. Sie vertrieben sich die Zeit mit Gameboys, während sie auf das so genannte Interview warteten.

Matt saß neben Holly, die bemüht lächelte.

Matt hatte sich an der Tür ihres Apartmenthauses von Holly verabschiedet. Sie hatten sich einen Gute-Nacht-Kuss gegeben. Zwar nicht leidenschaftlich, aber doch unter Einsatz der Zungenspitzen, mit ein wenig Knabbern und leisen schmatzenden Geräuschen. Sehr angenehm. Aber Holly hatte dann doch entschieden angesäuert reagiert, als er deutlich machte, dass er nicht noch weiter gehen wollte. Sie hatte gejammert, sogar ein wenig gebettelt und war insgesamt sehr überzeugend gewesen – ja, um ein Haar hätten ihre Verführungskünste die Sache klargemacht. Es war nicht so, dass er sein Keuschheitsgelübde furchtbar ernst nahm – schließlich war er willensschwach wie alle Männer –, aber es schien heutzutage wichtig zu sein, dass man, wenn der Wunsch aufkam, Sex zu haben/Liebe zu machen/Matratzensport zu betreiben, zumindest begeistert an die Angelegenheit heranging, ein wenig Zeit mit dem anderen verbringen wollte und nicht vorhatte, sich davonzuschleichen, noch bevor Eier und Speck in der Bratpfanne brutzelten. Schaden konnte es einem solchen Abenteuer letztlich auch nicht, wenn man den Mitabenteurer näher kannte. All das hatte er Holly zu erklären versucht, bevor er sie verlassen hatte und mit dem Taxi zurück ins Hotel gefahren war.

«Vielleicht ja ein anderes Mal», sagte Matt jetzt und hoffte dabei, dass es nicht zu abweisend klang.

«Dein Pech, Junge aus England.» Sie klang kühl, und er hoffte, dass er sie nicht verletzt hatte. «Interesse, nachzufragen, welche Gedanken sich die Typen da zu weltbewegenden Themen gemacht haben?»

«Ich wüsste nicht, was ich lieber täte.»

Ihre Blicke trafen sich, und Holly zwinkerte ihm zu. «Ich schon.»

## Zweiundzwanzig

Josie saß im hinteren Teil der Kirche und hielt ihr Sträußchen weißer Rosen in blau gefrorenen Händen. Wind in Sturmstärke pfiff ihr um die Knie, die bereits gegeneinander schlugen. Martha hatte fingerlose Spitzenhandschuhe ausgeteilt, die zu ihren eigenen passten. Um die Kälte abzuwehren, hatte sie gesagt. Das war eine Geste von unverbesserlichem Optimismus.

Der Wagen mit der Braut traf ein, und nur Augenblicke später betraten Joe und Martha die Kirche durch die hohe Doppeltür. Joes Lippen bebten, und nach Josies Überzeugung lag es bestimmt nicht daran, dass Ben Stein wieder einmal sein Geld behalten hatte.

Glen und Jack waren bereits in der Kirche. Jack blickte unverwandt nach vorn, während Glen ständig an der Rose in seinem Knopfloch fummelte und sich alle zehn Sekunden nervös umdrehte. Beide trugen schwarze Smokings, und Josie musste zugestehen, dass Jack sich sehr gut herausgeputzt hatte. Glen sah absolut toll aus – breite Schultern, schmale Hüften, strahlendes Lächeln –, aber auch ein wenig wie ein Rausschmeißer in einem Nachtclub. Es waren noch drei weitere Freunde des Bräutigams zugegen, um die Brautjungfern zu begleiten, doch von ihnen kannte Josie nur Marthas Vetter Albert. Die beiden anderen waren Jacks Brüder und sahen absolut blendend aus. Es lag auf der Hand, dass Jack den Verstand geerbt haben musste.

Die Musik wurde angestimmt, und die vertrauten

Klänge von «Here Comes The Bride» hallten durch den weiten Kirchenraum. Josie nahm ihren Platz an der Spitze des Brautzugs ein und zwang sich dazu, tief durchzuatmen. Alle Köpfe wandten sich ihr zu. Es sah aus, als wäre der Weg zum Altar sehr lang. Warum durfte sie nicht hinter allen anderen den Kirchengang entlangschlurfen?

«He, Josie», flüsterte Felicia laut, «da hat so ein Typ für dich angerufen, kurz bevor wir losmussten, aber du wurdest gerade fotografiert.»

«Und wer war das?»

«Er hat seinen Namen nicht genannt. Sagte, er würde dich dann später treffen. Hatte einen englischen Akzent.»

Wer wusste, dass sie bei Marthas Hochzeit war? Josies Herz setzte für eine Sekunde aus. Es gab nur einen Mann, der ihr einfiel. Matt Jarvis! Sie merkte, dass ihre Hände in den Handschuhen feucht geworden waren.

Wie mochte es ihm nur gelungen sein, sie aufzuspüren?

«Du siehst ganz blass aus», sagte Martha. «Geht es dir nicht gut, Cousinchen?»

«Du bist es, die blass aussehen müsste!» Josie lächelte Martha an. Sie hatte noch nie freudiger ausgesehen. «Alles klar?»

Ihre Cousine brachte mit einem kleinen Ruck ihre Schleppe in die richtige Position.

«Gehen wir und bringen Schwung in die Bude», sagte Martha.

Es blieb kein Auge trocken, auch nicht bei Josie, als Martha die Kirche betrat. Ein ergriffenes Raunen ging durch die versammelte Hochzeitsgesellschaft, unterbrochen nur von dem einen oder anderen leisen Schluchzer, der sich nicht unterdrücken ließ. Ihre Cousine schwebte den Mittelgang entlang, strahlend, prächtig, eine Frau, die liebte. Marthas Vater weinte frei heraus auf dem gesamten Weg zu der Stelle, wo Jack am Altar wartete, und klammerte sich an sie, als wolle er sie niemals aus der Hand geben. Es blieb unausgesprochen, dass Jeannie es in vollen Zügen genossen hätte.

Jack und Martha näherten sich dem Altar. Er hielt zärtlich ihre Hand, und aus seinen Augen leuchteten unverhohlen Liebe und Verehrung. Vielleicht irrte sich Josie, was ihn betraf. Schwarzweißurteile über andere Menschen zu fällen war einer ihrer schlimmsten Fehler. Sie tat das ständig, und dann erforderte es gigantische Mühe, ihre Meinung zu ändern. Oder gigantische Enttäuschung. Siehe das Fallbeispiel Matt Jarvis.

Martha reichte Josie ihr Bouquet.

Der Pfarrer hob an mit seiner Litanei: «Wir haben uns heute hier versammelt, um zwei Menschen miteinander zu vermählen – Martha und Jack ...»

«... versprichst du, ihn zu lieben, zu ehren und ihm zu gehorchen ...»

Was für lächerliche Versprechen das doch waren, dachte Josie. Wie hatte sie nur je dort stehen können und denken, dass sie die Chance besaß, diese Versprechen zu halten? Damien hatte als Erster sein Versprechen gebrochen, und aus der Kenntnis, dass sie der betrogene Partner war, resultierte eine gewisse moralische Selbstgefälligkeit. Aber wie lange würde es wohl gedauert haben, bis sie den Kopf nach jemand anderem verdreht hätte – wenn auch in der glanzvollen Welt einer Lehrerin, in der Champagner in Strömen floss, nicht besonders viele Kopfverdreher zu finden waren. Wäre sie es irgendwann satt geworden, Damien zu lieben, zu ehren und ihm zu gehorchen? Im Rückblick schien es so, als sei nicht viel Ehrenwertes an ihm dran gewesen.

«… in guten wie in schlechten Zeiten, weder in Reichtum noch in Armut, weder in Gesundheit noch in Krankheit …»

Die meisten Männer brachen doch schon zusammen, wenn man ihnen ein Pflaster verpasste. Wie standen also die Chancen, dass sie mit weich gekochten Eiern und selbst gekochter Suppe treppauf, treppab rannten, um den Appetit ihrer kranken Ehefrauen wiederzubeleben? Viel eher waren sie doch alle in der Eckkneipe, kaum dass Schmerzen bei der Monatsblutung erwähnt wurden. Wie sollten Frauen überhaupt all diesen Forderungen zustimmen, ohne mit der Wimper zu zucken? Was veranlasste Tausende von Menschen Tag für Tag, weltweit und seit langer Zeit, überstürzt diese Verpflichtungen einzugehen? Mutter Natur und die Prospekte exotischer Urlaubsziele hatten einige Schuld daran.

«… zueinander zu stehen, solange ihr lebt.»

Es folgte ein gespannter Augenblick der Stille. Dann erklang Marthas Stimme laut und deutlich.

«Ja.» Sie wandte sich Jack zu. «Das gelobe ich feierlich.»

Eines war tröstlich, dachte Josie. Trotz des langen Gesprächs bis tief in die Nacht und der Nervosität, die ihre

Cousine in letzter Minute heimgesucht hatte, sodass Josie vor lauter Sorge um sie kein Auge hatte zumachen können, hatte Martha jetzt sehr entschieden und sicher geklungen.

Es schneite, als sie aus der Kirche kamen. Die Flocken hinterließen bleibende Flecken auf dem lila Chiffon. Selbst Josies Gänsehaut hatte jetzt eine Gänsehaut, und mit ihren Brustwarzen hätte sie jemandem die Augen ausstechen können. Glen hielt sie untergehakt.

«Du siehst toll aus, Josie», sagte er und meinte es auch.

«Danke, Glen. Du hast dich auch schwer in Schale geworfen.»

Er geleitete sie die Stufen hinunter und legte dabei den Arm lose um ihre Taille.

«Nur ein paar Aufnahmen», rief der Fotograf.

«Dass keiner von euch wagt, so auszusehen, als würde er frieren!», sagte Martha. «Auf meinen Hochzeitsbildern sind lila Lippen nicht erlaubt!»

«Zu den Kleidern würden sie jedenfalls passen», murmelte Josie.

Der Fotograf ließ sie auf den Kirchenstufen Aufstellung nehmen und knipste los.

«Hier.» Mit Schwung zog Glen sein Smokingjackett aus. «Leg es dir um, dann bleibt dir vielleicht der Tod durch Erfrieren erspart.»

Die Limousinen kamen vorgefahren. Feuchtes Konfetti wurde auf Martha geworfen und landete in kleinen bunten Klumpen zu ihren Füßen. Ohne weitere Zeit zu vertrödeln, eilte man die Stufen hinunter. Martha und

Jack stiegen in den ersten Wagen. Die Brautjungfern und die Freunde des Bräutigams folgten im nächsten.

Josie ließ sich auf den Ledersitz fallen und rutschte zur Seite, um den anderen Platz zu machen. Glen folgte ihr. Vom CD-Spieler säuselte transatlantische Schmusemusik, und die Myriaden winziger Discolichter an der Decke der Limousine pulsierten im Takt. Glen hatte eine Flasche Champagner entdeckt und öffnete sie, ohne einen Tropfen zu vergießen – eine Großtat, denn immerhin jagte das Luxusgefährt auf dem Weg zum Hochzeitsempfang bereits über den Freeway. Er kredenzte jedem ein Glas.

Sein Glas streckte er ihr entgegen. «Ich möchte auf die allerschönste Brautjungfer anstoßen.»

Josie ließ die Gläser klirren. «Und ich trinke auf den attraktivsten Freund des Bräutigams.»

Glens Augen funkelten im bunten Discolicht. Josie ließ sein Jackett von den Schultern gleiten, wodurch ein lila Chiffonträger verrutschte. Obwohl die Schneeflocken gegen die Scheiben wirbelten, war es hier drinnen schon fast schrecklich warm. Langsam fand sie ziemlich großen Gefallen an Marthas Hochzeit. Sie gestattete sich ein leicht selbstzufriedenes Lächeln und dem lila Träger, noch ein wenig mehr zu rutschen. Vielleicht hatte Matt Jarvis ja einen kümmerlichen Telefonanruf geschafft, um sich zu entschuldigen, aber der kam vielleicht auch etwas zu spät.

# Dreiundzwanzig

«Hast du alle Informationen, die du für deinen Artikel brauchst?», fragte Holly.

«Es reicht dicke.»

«Dann haben wir jetzt frei. Wie wär's mit Essengehen?»

«Nein, danke. Ich muss noch einen Besuch machen, solange ich in New York bin.»

«Und später? Ich bin zu einer Party eingeladen. Eine alte Freundin. Müsste schwer was los sein. Ich hab's gedeichselt, dass die Jungs ein paar Nummern spielen. Vielleicht möchtest du ja mitkommen?»

«Eher nicht.» Wie sollte er ihr sagen, dass er hoffte, die ganze Nacht lang bei Marthas Hochzeit mit einer ziemlich sexy Brautjungfer zu knutschen.

«Ich will dir mal was sagen: Burt Reynolds ist auch nicht dahin gekommen, wo er jetzt ist, indem er auf unnahbar gemacht hat.»

«Ich spiele gar nicht den Unnahbaren. Letzte Nacht war doch vergnüglich. Aber wahrscheinlich bin ich heute Abend beschäftigt, und morgen Nachmittag fliege ich ja schon wieder weg.»

«Meldest du dich vielleicht bei mir, wenn du wieder mal in der Stadt bist?»

«Klar. Auf jeden Fall.»

«Lügner.»

«Bestimmt. Das mach ich.»

«Vielleicht treffen wir uns ja auch, wenn Headstrong auf ihrer Tournee die Welt erobern.»

Matt grinste. «Vielleicht. Ich muss jetzt los.»

«Bis dann, Matt», sagte Holly. «Wir hätten viel Spaß haben können.»

Azekal's Manhattan Motel war ein aufgepepptes Backsteingebäude im Flat-Iron-Bezirk und sah trotz seines ätzenden Namens nach einem ziemlich verschärften Ort für eine Hochzeitsfeier aus.

Er zahlte das Taxi und sprintete in die Lobby des Hotels, wo er zuerst die Schneeflocken aus seinem Haar auf den vornehmen roten Teppich schüttelte. Das gesamte Foyer war mit völlig übertriebenen Blumenarrangements gefüllt, wie sie typisch für Hochzeiten sind. Cremefarbene Blumen ergossen sich aus griechischen Urnenvasen, Ampeln oder was immer man dazu sagte (die Terminologie des Blumenschmucks war noch nie seine Stärke gewesen) hingen in Gebinden von den Deckenbalken, und die Empfangsdame ertrank förmlich im Blumenmeer.

«Ich möchte zu Marthas Hochzeit», sagte er und hoffte, so überzeugend zu klingen, dass man ihn nicht für einen ungebetenen Gast hielt.

«Marthas Hochzeit?»

«Ich nehme doch an, dass ich hier richtig bin.»

Die Empfangsdame bediente ihren Computer. Sie lächelte Matt an, wirkte aber doch ein wenig nervös. «Tut mir Leid, aber ich habe gerade erst nach dem Mittag angefangen. Marthas Hochzeit ist im Great Room.» Sie beugte sich an dem Blumenarrangement vor ihrer Nase vorbei und zeigte ihm den Weg. «Die Treppen rauf und dann links. Dann kommen Sie direkt darauf zu, Sir.»

Matt stürmte die Treppen zu den Toiletten hinauf. Selbst der Bereich zum Händewaschen war von Blumen übersät – ziemlich ungewöhnlich für ein Männerklo, auch bei einer Hochzeit. Diese Martha musste einen höllisch großen Etat für Blumen haben.

Er schälte sich aus seinem Mantel und hängte ihn an einen Haken. Ob seine Krawatte zu grell war? *South Park* war der letzte Schrei in England – jedenfalls als er diesen lustigen Schlips gekauft hatte –, aber was würden die Leute hier davon halten? Na ja, zumindest hatte er überhaupt eine Krawatte um. Er hoffte, das würde als Ersatz für ein Jackett reichen. Er hatte für Interviews mit Boygroups gepackt, nicht für eine Hochzeit.

Matt warf sich in die Brust und drehte sich mit seiner Schokoladenseite zum Spiegel. Gleich darauf sank er in sich zusammen. Überzeugend schaute er nicht aus. Er konnte nur hoffen, dass der Dimmer in diesem Laden auf extraschummrig gestellt war.

«Das hier haut nicht hin», sagte er und ging vor dem Spiegel auf und ab. «Ich kreuze unangemeldet auf. Ich seh aus wie aufgewärmtes Porridge und bin angezogen wie ein Vorstadtgigolo. Die allerliebste Josephine wird eventuell nicht beeindruckt sein.»

Tief durchatmen, Matthew. Du wirst doch wohl so kurz vor Schluss nicht schlappmachen!

«Nein, schließlich habe ich sie ausfindig gemacht, um mich für das abscheuliche Verbrechen zu entschuldigen, sie versetzt zu haben. Ich werde sie mit Schwingungen der Anbetung bombardieren, und sie wird augenblicklich merken, was für ein Spitzentyp ich bin.»

Das klingt zu einfach. Sie könnte ja auch eine Szene machen, mich rauswerfen lassen, mir Hochzeitstorte in die Nase stopfen. Alle anderen dazu anstacheln, mir ebenfalls Hochzeitstorte in die Nase zu stopfen!

«Reiß dich jetzt zusammen, Matthew», fauchte er sein Spiegelbild an. «Bist du ein Mann oder eine Maus? Was wäre das Schlimmste, das sie tun könnte? Dir sagen, dass du dich verpissen sollst? Zumindest könntest du erhobenen Hauptes sagen, dass du es versucht hast.»

Matt hüpfte auf der Stelle, um sich locker und warm zu machen. Er zuckte mit den Achseln, atmete tief ein und aus, um sich zu beruhigen.

«Ich bin bereit und war noch nie bereiter», verkündete er dem Spiegel.

Die Tür der Kabine hinter ihm wurde geöffnet. «Das hört man gern», sagte der Mann, der herauskam. «Und wenn Sie meine Meinung hören möchten: Sie sehen völlig okay aus.»

«Danke», erwiderte Matt etwas kleinlaut. «Entschuldigung. Ich dachte, ich sei allein.»

«Ach, das ist doch kein Problem.» Der Mann zog an seiner Zigarre. «Durch Sie wurde die Sitzung höchst unterhaltsam.»

Der Mann ging auf die Tür zu.

«Moment», sagte Matt. «Sie sind nicht zufällig Gast bei Marthas Hochzeit?»

«Und ob ich das bin.»

«Denken Sie, dass ich Sie begleiten könnte?»

Der Mann zuckte die Achseln. «Klar.»

«Danke. Danke.»

«Keine Ursache.»

«Ich kenne dort nämlich niemanden, verstehen Sie?»

«Außer Martha …»

«O ja, natürlich.» Matt schüttelte den Kopf. «Übrigens, mein Name ist Matt Jarvis.»

«Und ich bin Onkel Hymi.»

«Freut mich sehr, Sie kennen zu lernen.»

«Bis jetzt haben Sie noch nichts verpasst», versicherte ihm Onkel Hymi. «Die Party hat gerade erst angefangen.»

«Wunderbar.»

Sie gingen zusammen zur Tür.

«Diese Frau, die Sie beeindrucken möchten …», sagte Onkel Hymi.

«Josie?»

«Josie. Sie sollten ihr Blumen mitbringen.»

«Blumen.»

«Damit kriegt man sie immer k. o., mit Blumen.»

«Blumen.»

Matt ließ den Blick durch den Raum schweifen und schnappte sich einen Strauß aus einer Vase neben dem Waschbecken. Er löste den Steckschaum, mit dem sie zusammengehalten wurden, und ließ das Wasser abtropfen. Dann zog er zwei Papiertücher aus dem Handtuchspender und wickelte sie unten um die Blumen. Er hoffte nur, dass Josie nicht den Wunsch hatte, *ihm* damit den K. o. zu versetzen.

«Blumen», sagte Onkel Hymi anerkennend.

«Blumen», stimmte Matt zu.

«Gehen wir und versetzen ihr den Knockout!»

«Ja», sagte Matt unsicher. Und dann machten sie sich gemeinsam auf den Weg, um Marthas Hochzeit zu feiern.

## Vierundzwanzig

«Gott sei Dank haben wir das hinter uns!», sagte Martha, als sie sich auf das Chintzsofa fallen ließ. «Jetzt können wir endlich zum lustigeren Teil übergehen.»

Das Hotel hatte der Hochzeitsgesellschaft vorsorglich einen Raum zur Verfügung gestellt, in dem man sich ein wenig frisch machen konnte, bevor das Fotomarathon stattfand. Die Gäste genossen indessen die Cocktailstunde, zu der auch ein Buffet mit Fingerfood präsentiert wurde, auf dem sich die Köstlichkeiten so hoch auftürmten, dass sogar die Fünftausend satt geworden wären, hätten sie vorbeigeschaut, und in der Alkoholmenge, die ausgeschenkt wurde, hätte man ohne weiteres auch die *Titanic* untergehen lassen können. Und das alles gab es, bevor man Platz nahm, um richtig zu essen und zu trinken. Allmählich verstand Josie, warum Marthas Vater sich über die Kosten beklagt hatte.

Zwei Kellnerinnen kamen mit Tabletts, auf denen Jakobsmuscheln lagen, die in Speck gehüllt waren, und dazu die größten Shrimps, die sie je gesehen hatte.

«Champagner, Ma'am?»

Martha streckte ihnen begierig ihr Glas entgegen. «Ich werde mir ungeheuer die Kante geben!»

«Findest du, dass du an deinem Hochzeitstag Alkohol trinken solltest, Liebste?», fragte Jack und deckte seinen Orangensaft mit der Hand ab.

«Welcher Tag wäre besser geeignet?» Sie zupfte an ihrem Schleier, konnte ihn jedoch nicht lösen. Beatrice schien ihn ihr an die Kopfhaut geschweißt zu haben. «Ich denke, nach all der Organisiererei hab ich's mir verdient.»

«Na ja, ein klein wenig kann wohl nicht schaden.»

«Aber wenn ich eine Menge trinke», sagte Martha, schleuderte die Schuhe von den Füßen und legte sich gemütlich zurück, «spüre ich ganz und gar keinen Schmerz.»

Jack wanderte hinüber zu den Tabletts mit Köstlichkeiten. «Habe ich nicht ausdrücklich angeordnet, dass ich im kalten Buffet keine Schweinefleischprodukte wünsche?»

«Entspann dich, Jack», sagte Glen. «Heute ist der Tag deiner Hochzeit. Der schönste Tag deines Lebens und all das. Was macht da schon ein bisschen totes Schwein aus? Lass dir deswegen keine grauen Haare wachsen.»

«Ich hab gar keine Haare.»

«Hier hast du wenigstens einen Shrimp», sagte Martha und nahm einen von dem Tablett, das Felicia ihr reichte.

«Die ernähren sich doch auch nur von Dreck.»

Martha hob den Shrimp zu einer rüden Geste.

«Nimm wenigstens einen Schluck Blubberwasser», drängte Glen. «Dann wirst du vielleicht ein bisschen gelassener.»

«Ich glaube, ich suche mir einen ruhigen Ort und mache ein paar Übungen Regenbogen-Qigong.»

«Jack!» Martha schmollte. «Wir werden fotografiert, und unsere Gäste warten.»

«Ich muss in der richtigen spirituellen Verfassung sein», sagte er und verließ den Raum. Betont fest schloss er die Tür hinter sich.

«Jack!», rief Martha.

«Lass ihn nur», sagte Glen. «Gönn ihm ein paar Minuten, und dann geh ich hinter ihm her. Er war die ganze Zeit schon sehr nervös wegen alldem hier. Es ist doch ein ziemlicher Schritt für ihn.»

«Das ist es für mich auch!» Marthas Unterlippe schien zu zittern.

Glen legte den Arm um ihre Schulter. «Du weißt doch, wie er ist.»

«Tu ich das?», fragte Martha und ließ sich an seine Schulter fallen.

Dann stand Glen auf und schickte einen besorgten Blick zu Josie. «Ich geh nach Jack sehen.»

Josie frischte Marthas Lidschatten auf. Nicht dass es nötig gewesen wäre. Um die Schicht herunterzubekommen, wäre ein Ausflug in die Autowaschanlage vonnöten gewesen. Beatrice war garantiert Stuckateurin gewesen, bevor sie Kosmetikerin wurde. Sie selbst würde sich sofort nach der Rückkehr ins Hotel mit Ako Pads abschrubben müssen.

Felicia und die anderen Brautjungfern hatten sich erschöpft auf dem Sofa hinter ihnen langgemacht. Der Fotograf hatte angefangen, nervös mit dem Fuß auf den Boden zu tippen.

Ihre Cousine sah recht niedergeschlagen aus.

«Wenn es dich tröstet – Damien und ich hatten ebenfalls Zoff am Tag unserer Hochzeit.»

«Meinst du nicht, das könnte ein schlechtes Omen gewesen sein?»

«Da magst du wohl Recht haben», stimmte Josie zu. «Er hat nämlich den Brautjungfern in den Hintern gekniffen.»

«In meinen auch.»

Martha seufzte tief und lange. Dann senkte sie die Stimme: «Glaubst du, ich habe das Richtige getan, Josie?»

«Aber natürlich hast du das!»

«Mir ist irgendwie ...» Martha nagte an der Unterlippe, «so komisch.»

«Ist doch kein Wunder! Es ist der Tag deiner Hochzeit, du bist ein Nervenbündel, wärst beinahe erfroren, und jetzt ist es hier drinnen wie in einer Sauna, und du hast nichts zu dir genommen außer einem halben Bagel und einem Swampwater-Cocktail. Natürlich ist dir irgendwie komisch!»

«Ich dachte aber gerade auch daran, was du letzte Nacht gesagt hast.»

«Du solltest dem, was ich sage, keine Beachtung schenken. Wenn ich nichts habe, worüber ich beunruhigt sein kann, bin ich eben darüber beunruhigt. Ich hab doch nur meine eigene Unsicherheit auf dich übertragen.»

«Du glaubst nicht, dass ich mich übereilt in diese Ehe gestürzt habe? Seit Jeannies Tod sind meine Gefühle so in Aufruhr, dass ich nicht klar denke. Hätte ich vielleicht noch warten sollen?»

«Das haben wir doch alles schon durchgekaut, und du weißt, dass deine Entscheidung richtig war. Du möchtest doch Babys, weißt du noch?»

«Mal angenommen, wir können keine bekommen? Das hab ich mir nie überlegt.»

«Ihr werdet Hunderte kriegen. Mindestens genug, um euer eigenes Football-Team aufzustellen.»

«Soccer.»

«Soccer-Team», korrigierte sich Josie.

Glen kam wieder herein.

«Ist er okay?» Marthas Gesicht sah verkniffen aus.

«Alles prima.»

Martha lächelte schwach. Glen fasste ihr aufmunternd unters Kinn. «Komm, das kannst du besser.»

«Muss ich ja wohl», stimmte Martha zu, «denn jetzt soll fotografiert werden.»

Jack kam in den Raum zurück und fiel vor ihr auf die Knie. Er küsste ihre Hand und sagte: «Entschuldige bitte, Liebes. Ich denke, es war für uns alle zu großer Stress. Vergib mir bitte.»

Martha wickelte seinen Zopf um ihre Finger und studierte ihn. «Sind alle so weit?», fragte sie. «Der Fotograf hat schon lange genug gewartet.»

Jack legte den Arm um ihre Taille und zog sie an sich. Martha sah starr über seine Schulter und biss sich auf die Lippe. Ihr Blick traf sich mit dem von Glen, und nur Josie schien das zu bemerken.

## Fünfundzwanzig

«Hava Nagila» war in vollem Gange, als Matt und Onkel Hymi die Tür zum Ballsaal öffneten. Onkel Hymi fing auf der Stelle an, zu klatschen, mit den Fingern zu schnippen und die Hüften im Rhythmus der Musik zu schwingen. Matt hielt krampfhaft seinen in Papierhandtücher eingewickelten Blumenstrauß fest und stand unbeholfen da. Er suchte den Raum nach einem Anzeichen von Josie ab.

«Fühlen Sie sich in die Musik ein», regte Onkel Hymi an und zog Matt in den Kreis der Tänzer, die allesamt genau zu wissen schienen, was sie taten – bis auf ihn. Er gab es nur ungern zu – etwas anderes wäre es gewesen, wenn es um den Ententanz oder «Saturday Night» gegangen wäre, aber es war nun einmal so: Irgendwie war ihm entgangen, wie man sich zu uralten jüdischen Volksliedern bewegte.

Er stand da, klatschte die Hände gegen seine Blumen und reckte den Hals in die Höhe, um über den Kreis hinwegzuschauen, als er am Arm ergriffen und um die eigene Achse geschleudert wurde. Die dafür verantwortliche Frau war kleiner als R2D2, hatte aber größere Brüste als Dolly Parton. Die Blumen prallten gegen eine Marmorsäule und verstreuten Blütenblätter über die gesamte Tanzfläche. Tante Dolly lächelte ihm aufmunternd zu und wirbelte ihn dann gleich in die andere Richtung. Sein Arm wurde von einem weiteren Verwandten gepackt, der ihn in die Kreismitte zurückschleuderte. Die anderen Männer ergingen sich in rituellen Zuckungen, während die Tänzer im äußeren Kreis klatschten und johlten. Jemand knuffte Matt in den Rücken, und gehorsam hob er das Bein wie die anderen, schlug wie wild aus und schwenkte seinen Blumenstrauß in der Luft. Er sah sich um, ob Josie ihn vielleicht beobachtete, und war erleichtert, als er feststellte, dass sie es nicht tat.

«Mannomann, Frau», stieß er zwischen zusammengebissenen Zähnen hervor «wehe, du bist diese Erniedrigung nicht wert!»

Wenn er sich nur zur Hochzeitstorte vorarbeiten könnte, ergäbe sich vielleicht die Chance, eine Brautjungfer zu erspähen oder gar *die* Brautjungfer. Die Musik schien ruhiger zu werden; Matt ließ davon ab, seine Beine so wild zu schwingen, und wischte sich mit seinem grellen South-Park-Schlips den Schweiß von der Stirn. Dann stießen die Tänzer neuerliche Freudenschreie aus, und das Tempo der Musik zog wieder an. Um Himmels willen, was hatte das zu bedeuten? Die Maxiversion? Hatten die denn noch nicht genug? New Yorks Rentner waren offenbar unverwüstlich. Tante Dolly tauchte direkt vor ihm auf und ließ ihre Brüste hemmungslos wippen. Die meisten Blumen waren inzwischen entblättert. Er ahmte Dollys Bewegungen nach und war höchst dankbar, dass er in der Grundschule nicht sämtliche Volkstanzstunden geschwänzt hatte. Er hatte wohl geahnt, dass es sich eines Tages bezahlt machen würde.

Als es gerade aussah, als würden sie bald alle künstliche Hüftgelenke brauchen, brach die Musik abrupt ab, und mit lautem Jubelgeschrei verließen die Tänzer die Tanzfläche so schnell, wie sie gekommen waren. Jemand drückte Matt ein Glas Champagner in die Hand, und er leerte es in einem Zug. Er atmete schwer und stellte fest, dass er beileibe nicht mehr so fit war, wie er gedacht hatte.

«Kommen Sie und nehmen Sie sich etwas zu essen.» Tante Dolly dirigierte ihn zum üppigen Buffet.

«Nein, wirklich …», protestierte Matt.

«Zieren Sie sich doch nicht», beharrte sie.

Matt sah sich panisch um. «Ich bin eigentlich gar nicht –»

«Oh, Sie sind Engländer», rief sie begeistert aus. «Meine Güte auch! Ich habe Stratford-upon-Avon besucht. Dieser William Shakespeare war schon ein Klassetyp.»

«Ja», sagte Matt und ließ zu, dass sein Teller mit Sachen beladen wurde, die er bestimmt nicht essen wollte.

«Ich hab all seine Filme gesehen. Er sieht Joseph Fiennes unheimlich ähnlich.»

«Ja», konnte Matt nur zustimmen.

«Und Sie sind nur wegen Marthas Hochzeit den ganzen Weg aus England hergekommen?»

«Na ja, ja. Na ja, nein. Na ja, nicht so ganz.»

«Kennen Sie sie denn schon lange?»

«So lange nun auch wieder nicht.»

«Und wie haben sie sich kennen gelernt?»

«Äh …»

«Ich wusste ja gar nicht, dass Martha je in Europa war.»

«Ich … äh … ich … würden Sie mich bitte entschuldigen?», sagte Matt, schnappte sich seinen randvollen Teller und steuerte die nächstbeste Säule an, die groß genug aussah, um sich dahinter zu verstecken.

Nachdem er sich Glas Nummer drei geschnappt und das gekühlte Kribbelwasser dankbar geschluckt hatte, konnte Matt einen Blick auf die Braut werfen. Sie war groß, blond und unglaublich schön. Ihr Kleid posaunte «sündhaft teuer» hinaus. Martha war zweifellos eine Sahneschnitte und im Unterhalt verdammt teuer. Sie zog hinter der turmhohen Hochzeitstorte heimlich an einer Zigarette und haute zudem den Champagner weg, als würde es demnächst nirgends mehr welchen geben. Es war eine riesige Hochzeit. Hunderte von Gästen bildeten eine wogende Menge, und es gab keinen Zweifel, dass Marthas Daddy den einen oder anderen Cent auf dem Konto haben musste. Matt musterte die Gesichter hoffnungsvoll. Wohin waren die verdammten Brautjungfern nur verschwunden? Josie musste doch irgendwo hier sein.

Matt lehnte sich an eine Säule und knabberte ein Lammkotelett an.

«Meine Damen und Herren», verkündete eine einschmeichelnde Stimme, «die Brautjungfern und die Trauzeugen werden den nächsten Tanz eröffnen.»

Ja! Matt schnappte sich noch ein Glas Schampus von einem Tablett, das an ihm vorübergetragen wurde. Ja, ja, ja!

Die Gäste applaudierten begeistert. Die Band legte los, und in der Menge tat sich eine Bresche auf.

Vier Frauen schwebten hochgemut auf die Tanzfläche. Matts Herz schlug laut, und sein Mund war trocken trotz des vielen Champagners. Die Brautjungfern wirbelten in die Arme ihrer wartenden Partner und ließen sich dann so anmutig von ihnen über die Tanzfläche führen, als seien sie schwerelos.

Alle waren wunderschön. Strahlten. Schauten hingerissen in die Gesichter ihrer Partner. Die Kleider waren überwältigend. Stoffe, so filigran wie Spinnennetze.

Aus Matts Sicht stimmte nur eins nicht mit den Kleidern. Aber das war folgenschwer. Die Kleider waren rosa. Bonbonrosa. Rosa wie Zuckerwatte. Barbiepuppen-Rosa. Äußerst hübsch, aber doch rosa.

Nicht lila.

Die Musik hörte auf. Die Brautjungfern lächelten betörend. Allesamt waren sie betörend, und er wusste, dass er sich in jede einzelne von ihnen hätte verlieben können. Aber er wusste auch, dass er niemals, niemals zuvor eine von ihnen zu Gesicht bekommen hatte.

Matt schlug den Kopf sanft gegen die Säule. «Scheiße!»

Wer auch immer diese Martha sein mochte, mit Josie Flynn hatte sie nicht das Geringste zu tun.

## Sechsundzwanzig

«Meine Damen und Herren», sagte der Mann mit dem Mikro und dem Toupet, «bitte heißen Sie mit Ihrem Applaus die Braut und den Bräutigam willkommen: Mr. und Mrs. Jack Labati!»

Martha und Jack betraten den Raum zu einem Trommelwirbel und begaben sich direkt in die Mitte des Ballsaals. Martha drehte eine Pirouette, und aus den Falten ihrer Schleppe schneite das Konfetti, das sich dort festgesetzt hatte. Die Gäste erhoben sich und applaudierten.

Josie knabberte nervös an ihrem Spitzenhandschuh, und Glen rückte seine Fliege zurecht.

«Meine Damen und Herren, die Hochzeitsgesellschaft! Ehrengäste sind Ms Josie Flynn, eigens angereist aus London, England, und der Trauzeuge des Bräutigams, Mister Glen Donnelly!»

Sie schritten ebenfalls in die Mitte des Saals, wobei Josie es für angezeigt hielt, die Pirouettennummer Martha zu überlassen. Die anderen Brautjungfern und die Trauzeugen wurden auf ähnliche Weise mit viel Tamtam und tosendem Beifall vorgestellt. Insgesamt gab es so viel mehr Remmidemmi als bei einer englischen Hochzeit, wo man zu diesem Zeitpunkt bereits vor zähem Roastbeef und eingetrocknetem Yorkshire Pudding sitzen würde, denn anscheinend gab es in ganz Großbritannien kein einziges Restaurant, das in der Lage gewesen wäre, mehr als vier Gästen gleichzeitig warme Speisen zu servieren. Die Mütter würden noch immer über ihre Hüte reden, und all die anderen würden darüber klagen, dass sie den Pfarrer nur schlecht hatten verstehen können, dass sie von den Chorälen nicht einen einzigen gekannt hätten und dass die Bedienung an der Bar so schrecklich lahm sei.

Glen nahm sie in die Arme.

*«Have I told you lately that I love you …»*, schmachtete der Hochzeitssänger.

Er lächelte zu ihr hinunter. «Du kannst dich jetzt entspannen», sagte er. «Das Schlimmste ist überstanden.»

Josie entspannte sich und ließ die Schultern sinken. Er strich mit den Händen über ihre bloßen Arme, und sie spürte, wie Hitze in ihr aufstieg. Sie sah zu ihm auf. Seine unsteten Augen waren dunkel wie ein aufgewühlter Ozean, in dessen Tiefen sich gefährliche Strömungen verbargen. Das hatte sie an Matt so besonders gemocht: Seine Augen schienen Ehrlichkeit und Wahrheitsliebe auszudrücken, Eigenschaften, die heutzutage den meisten Männern fehlten. Sie hatte das Gefühl gehabt, er spräche direkt in sie hinein. Schon erstaunlich, wie man sich irren konnte. Mein Gott, um einem Fremden so zu vertrauen, musste sie viel betrunkener gewesen sein, als sie angenommen hatte.

Egal, er war Schnee von gestern. Josie sah wieder zu Glen auf. Kein Wunder, dass seine Augen so unglücklich wirkten. Das hier muss schwierig für ihn sein, dachte sie. Wie würde sie sich wohl fühlen, wenn sie hörte, dass Damien wieder heiratete, und dann auch noch das Ding? Angenommen, sie müsste zu ihrer Hochzeit gehen und ihnen dann auch noch viel Glück wünschen. Völlig unvorstellbar. Und hier stand Glen und musste zusehen, wie sein bester Freund die Frau heiratete, die er früher so sehr geliebt hatte. Das konnte nicht leicht sein.

Glen beugte sich an ihr Ohr: «Findest du, sie sehen glücklich aus?»

Sie beobachtete Jack und Martha, die eng aneinander gepresst tanzten. Jack sah so stolz aus, und Martha war schon lange nicht mehr die schüchtern errötende Braut, sondern strahlte voller Selbstvertrauen. Sie wusste, dass sie wunderbar aussah, und genoss die allgemeine Bewunderung in vollen Zügen. Und warum auch nicht? Ihre Cousine hatte nach dem Tod von Jeannie eine schreckliche Zeit durchgemacht. Jetzt hatte sie ganz bestimmt ein wenig Glück verdient.

«Ja», sagte Josie.

«Ich auch.» Irgendwie schien ihn dieser Gedanke jedoch nicht aufzumuntern.

«Möchtest du dich setzen?»

«Ich denke, wir können uns davonschleichen, um mal einen Augenblick Ruhe zu haben, wenn du möchtest», sagte Glen.

Josie deutete mit einem Kopfnicken auf die Verandatür. «Dann komm.»

Sie eilten hinaus in den Garten und schnappten sich unterwegs noch eine Flasche Champagner und zwei Gläser von einem Kellner.

Sie saßen in einem Bootshaus auf dem Anwesen und sahen hinaus über einen kleinen grauen See, auf dem hier und da fröstelnde Enten dümpelten. Das Bootshaus war eine niedliche kleine Holzhütte mit Sprossenfenstern. Es wurde allem Anschein nach nicht oft benutzt, denn von den Deckensparren hingen zahllose Spinngewebe herunter, und deren Erbauerinnen zeigten nicht die geringste Scheu. Die Türen standen offen, sodass Josie und Glen hinausschauen konnten. Josie hatte die Füße auf die schmale Bank hochgezogen und die Arme um die Knie geschlungen, um die Kälte abzuwehren. Sie war fest in Glens Smokingjackett gehüllt.

«Macht dir das hier Schwierigkeiten?»

«Mit einer schönen Frau Champagner zu trinken?» Glen lachte. «Schrecklich schwierig.»

«Du weißt schon, was ich meine.»

Er schenkte ihr noch etwas Champagner nach und lehnte sich dann gegen die ungehobelte Bretterwand des Bootshauses zurück. «Es ist schlimmer, als ich gedacht habe.»

«Warum hast du dich denn darauf eingelassen?»

«Das habe ich mich auch schon so manches Mal gefragt.»

«Ihr beide hättet ein schönes Paar abgegeben.»

«Ich glaube, ich hätte sie glücklich machen können, aber ich hab's versaut.»

«Sie hat mir erzählt, was passiert ist.» Josie schaute auf ihr Glas. «Alles.»

Glen seufzte tief und anhaltend. «Ich habe Martha sehr schlecht behandelt. Damit muss ich leben.»

«Bereust du es?»

«Es war der schlimmste Fehler, den ich je gemacht habe, und, glaub mir, ich habe so einige gemacht.»

In diesem Augenblick tauchte Marthas Kopf an der Bootshaustür auf. Ihre Wangen waren gerötet, und ihre Augen funkelten etwas zu sehr. Sie schwankte ein wenig und stützte sich am Türrahmen ab, bevor sie sprach.

«Was war dein schlimmster Fehler?»

Sie schreckten auf, fühlten sich unnötigerweise schuldig. Glen gewann zuerst die Fassung wieder.

Er strahlte Martha an. «Dich nicht zum Altar geschleift zu haben, als ich noch die Chance dazu hatte.»

«Wirklich?»

«Das weißt du doch so gut wie ich.»

«Soll ich lieber gehen?», fragte Josie.

«Blödsinn.» Martha schüttelte die Efeuranken ab, die ihr übers Gesicht gefallen waren. «Wir machen doch nur unsere Scherze. Ich wollte euch holen, weil ich gleich meinen Brautstrauß werfe und möchte, dass ihr beide dabei seid. Man kann ja nie wissen, Glen, vielleicht heiratest du ja Josie!»

Josie stand auf. «Nein danke. Ich bin schon einmal zweite Wahl gewesen.»

«Das wäre aber gar nicht so. Ich hab mich weiterentwickelt», sagte er. «Das musste ich ja auch. Schließlich hat sie mir einen Fußtritt gegeben wie einem tollwütigen Hund.»

«Hab ich nicht!», protestierte Martha, die auf ihren Seidenschuhen stöckelte. «Kommt jetzt», drängte sie gereizt. «Alle warten. Man wusste ja nicht, wo ihr seid.»

«Wir wollten nur ein bisschen frische Luft schnappen», piepste Josie.

«Mir bist du keine Erklärung schuldig», hänselte ihre Cousine.

Glen drohte ihr mit dem Finger. «Du bist einfach unbezahlbar, Martha Rossani.»

Marthas Lächeln verschwand für einen Augenblick, und sie hielt den Ringfinger in die Höhe. «Labati», korrigierte sie. «Mrs. Martha Labati.»

«Gut, Mrs. Labati», sagte Glen, «begeben wir uns wieder auf Ihre Hochzeit. Es gehört sich nämlich nicht, den Bräutigam warten zu lassen.»

Martha machte auf ihren hohen Absätzen eine vorsichtige Kehrtwendung und marschierte schwankend zu ihren wartenden Gästen zurück.

Es gab zweifellos ungeklärte Probleme zwischen Martha und ihrem ehemaligen Liebhaber, und Josie fragte sich, ob ihre Cousine tatsächlich alles erzählt hatte.

Martha stolzierte voran und schlug sich mit dem fest gebundenen Strauß ans Bein. Blütenblätter regneten auf den Boden. Wenn es so weiterging, blieb nicht mehr viel Brautstrauß zu werfen übrig.

## Siebenundzwanzig

Matt hatte bis zur Erschöpfung «Hava Nagila» getanzt. Er hatte mit diversen Kleinkindern die Runden gedreht, mit Tante Dolly, Onkel Hymi und dazu auch noch Onkel Tom Cobbleigh. Er hatte den Ententanz absolviert, den Electric Slide, der mehr raffinierte Drehungen erforderte, als er draufhatte, und einige grundlegende Tanzschritte zu einem Song, der vage an «Achy Breaky Heart» erinnerte. Er hatte sich zudem schlurfend durch «He, Macarena» gekämpft und sich zunehmend geschämt, weil er die notwendigen anzüglichen Verrenkungen nicht zustande brachte – die man außerhalb von Ibiza niemals ohne einen Hinweis auf potenzielle körperliche Schädigungen hätte erlauben dürfen. Echt spitze für einen angesagten Rock-Journalisten. Nicht zum ersten Mal an diesem Wochenende stellte er seine Berufswahl infrage.

Jetzt tanzte er mit einer äußerst netten Brautjungfer. Nicht mit *der* Brautjungfer, wie er zugestehen musste, aber eben einer sehr netten. Überdies war sie auch sehr hübsch, gertenschlank und hatte braune Locken wie die Lieblingspuppe seiner Schwester. Jetzt sah sie atemlos lächelnd zu ihm auf, und er war in seinem ganzen Leben noch nicht so traurig gewesen. Was hatte er hier zu suchen? Er war ein ungebetener Gast zwischen all den Tanten, Onkeln, Vettern, Cousinen und Freunden. Er gehörte nicht hierher.

Er hielt die Brautjungfer an beiden Händen. «Das war toll. Danke», sagte er. «Aber ich muss jetzt gehen.»

«So früh schon?», protestierte sie. «Das geht doch hier noch ewig weiter.»

Daran hatte er kaum Zweifel.

«Es gibt noch mehr zu essen, mehr Tanz.»

Matt hatte das Gefühl, schon die Bestände einer ganzen Lebensmittelabteilung vertilgt und mehr getanzt zu haben als die *Riverdance*-Truppe.

«Ich muss noch einen Besuch machen.»

«Es war sehr schön», sagte sie.

«Ja. Großartig. Danke ...» Er kannte ja nicht einmal ihren Namen.

«Alana.»

«... Alana.»

Warum hatte er all diese entgegenkommenden Frauen nicht kennen lernen können, bevor Josie Flynn ihn in ihren Bann geschlagen hatte? Nun ja, all diese beiden.

Er verabschiedete sich von Tante Dolly und Onkel Hymi, die ihn umarmten und abküssten wie einen verlorenen Sohn und versprachen, sich bei ihm in London zu melden, wenn sie das nächste Mal Shakespeare besuchten. Er verabschiedete sich auch von Martha II, wünschte ihr viel Glück für die Zukunft und nahm sich vor, ihr als Dank ein übertrieben großzügiges Geschenk zu schicken, sobald er wieder in England war.

Matt ging zur Herrentoilette, um seinen Mantel zu holen. Die Vase, aus der er das Blumengesteck für Josie entwendet hatte, stand noch immer leer und verlassen da. Matt betrachtete das Häufchen von Blütenblättern, das neben ihr lag, und knurrte missmutig.

Vor dem Hotel stand ein Portier, der Taxis heranpfiff, und Matt stellte sich in die Schlange. Aber wohin sollte er fahren? Der Abend war noch nicht weit fortgeschritten, es war noch nicht einmal neun Uhr – zu früh, um sich in eine Bar zu setzen und allein zu trinken. Es war bitterkalt, der Wind fing sich in den Straßen und fand immer wieder den Weg unter den Mantel, wenn man nicht aufpasste.

Ein kleiner warmer Finger streichelte plötzlich Matts Nacken. Moment. Es gab einen Ort, den er aufsuchen konnte. Eine Person, von der er wusste, dass sie ihn bestimmt willkommen heißen würde. Holly. Warum hatte er nicht schon früher an sie gedacht? Der Portier blies in seine Trillerpfeife. Matt war als Nächster dran. Er konnte Holly doch nicht weiterhin so behandeln: sie besuchen und gleich wieder abservieren, ganz wie es ihm passte … als wäre sie nur jemand, den man besuchte und wieder abservierte, ganz wie es einem passte.

Bevor sein Gewissen ihn davon abbringen konnte, hatte er bereits Hollys Nummer in sein Handy getippt und presste es an sein beinahe erfrorenes Ohr.

Es läutete, bis der Anrufbeantworter übernahm und das Ansageband ansprang.

«Hallo. Tut mir Leid, ich bin nicht zu Hause. Hinterlassen Sie Ihre Nummer, und ich rufe zurück.»

«Ich, äh … hi, äh, Holly. Hier … äh, hier ist Matt. Äh, Matt Jar –»

Mit einem durchdringenden Geräusch wurde der Anrufbeantworter abgehängt. «Hi», sagte Holly und rang nach Luft.

Ein Taxi fuhr vor, und Matt bedeutete dem Mann hinter sich, vorzutreten und den Wagen zu nehmen.

«Hier ist, äh, Matt.»

«Ich hatte gehofft, du würdest anrufen.»

«Du hörst dich so außer Atem an.»

«Ich bin ja auch die Treppen wieder hochgerannt, als ich das Telefon hörte. Ich wollte nämlich gerade weg.»

«Oh. Oh. Okay. Dann ist es auch egal.»

«Was ist egal?»

«Ich, äh … also … ich …»

«Hast du Zeit?»

«Ich, äh … ich, äh … meine Pläne haben sich zerschlagen», sagte er verzagt. «Ich, äh …»

Holly erlöste ihn von den Qualen. «Komm gleich her.»

«Ich möchte deine Pläne nicht durcheinander bringen», sagte Matt. «Vielleicht solltest du lieber machen, was du geplant hattest.»

«Ich möchte aber lieber dich sehen.»

«Oh.»

«Magst du also herkommen?»

«Gern», sagte er, und in dem Augenblick meinte er es ganz ernst.

«Erinnerst du dich noch, wo ich wohne?»

«Ich hab mir die Adresse aufgeschrieben.»

«Und wo bist du jetzt?»

«Gleich an der Sixth Avenue.»

«Bis in fünf Minuten dann.»

Ein weiteres Taxi hielt am Bordstein. Matt drückte dem Portier, der ihm die Wagentür aufhielt, ein Trinkgeld in die Hand und nahm dann auf dem Rücksitz Platz.

«Und wo soll's hingehen, mein Freund?»

Matt rollte das Stück Papier mit Hollys Adresse auseinander, das er in seiner Tasche gefunden hatte. Woher kam nur urplötzlich dieser sorgfältige Umgang mit Notizzetteln? Er kam drei Tage zu spät!

Er nannte dem Fahrer Hollys Adresse, und sie holperten die Sixth Avenue hinunter: der Taxifahrer mit verblüffendem Orientierungssinn und Kamikaze-Instinkten, Matt in eigentümlicher Hochstimmung, aber auch mit einer gewissen dunklen Vorahnung.

## Achtundzwanzig

Es hatte Ewigkeiten gedauert, durch die Zollkontrolle zu gelangen, und jetzt stand Damien am Laufband und wartete ungeduldig auf sein Gepäck. Nervös tippte er mit der Fußspitze auf den Boden. Er würde noch an Altersschwäche sterben, bevor es auf dem Endlosband vor ihm auftauchte. Er war es leid, respektlos behandelt zu werden, und er hatte auch zu viel bezahlt, um respektlos behandelt zu werden.

Er fühlte sich zerknautscht und ungepflegt und wünschte, er hätte Zeit, zu duschen und sich zu rasieren. Josie hatte es schon immer geschätzt, wenn ihre Männer smart und gepflegt aussahen. Darum stand sie auch auf Jeremy Irons und Pierce Brosnan und nicht auf die lässig schmuddeligen Typen wie Ewan McGregor. Er warf einen Blick auf seine Uhr. Sie musste mit einem ungewaschenen Damien vorlieb nehmen, und er setzte hoffnungsvoll darauf, dass er damit mütterliche Gefühle in ihr wecken konnte. Das verzogene blöde Katzenvieh zu Hause wurde jedenfalls damit überhäuft.

Melanie hingegen mochte ihre Männer zupackend und allzeit bereit. Bereit zu jeder Nacht- und vorzugsweise Tageszeit. Nach den ersten paar Wochen heimlicher Treffen war er total geschafft gewesen und sah sich gezwungen, Josie zu erzählen, er sei direkt nach der Arbeit Squash spielen gegangen. Wie hätte er sonst erklären sollen, warum er so spät, mit rotem Gesicht und völlig verschwitzt nach Hause kam? Wahrscheinlich verbrannten sie dieselbe Menge Kalorien wie beim Squash, und daher war es eigentlich gar keine Lüge.

Er fragte sich, was Melanie wohl im Augenblick tun mochte. Wahrscheinlich riss sie jeweils einen Ärmel von all seinen Armani-Jacketts ab und kürzte die Hosen mit dem Sabatier-Brotmesser um zwanzig Zentimeter oder füllte seine Rockport-Schuhe mit reifem Camembert. Er hätte daran denken sollen, alle Kleidungsstücke mitzunehmen, die ihm wichtig waren. Sie mochte durchaus eine Wildkatze im Bett sein, aber leider machten sich deren weniger sympathische Charaktereigenschaften auch weit außerhalb der vier Schlafzimmerwände bemerkbar. Melanie würde niemals in die Knie gehen, ohne die Zähne zu zeigen. Bildlich gesprochen.

Im Gegensatz dazu war Josie in ihrer Erschütterung geradezu willfährig gewesen, als er sie verlassen hatte. Da war kein einziger Topf vor Wut geworfen worden, da waren keine Golfschläger mutwillig verbogen worden, da hatte der BMW keine Beulen abbekommen, da war nicht geweint, gejammert oder ganz allgemein so überreagiert worden, dass man nur noch von theatralischer Hysterie sprechen konnte. Nein, Josie hatte alles mit stummer Größe durchgestanden. Ja, er hätte sich sogar gewünscht, dass sie ihren Gefühlen etwas freieren Lauf gelassen hätte, denn dann hätte er vielleicht eher gespürt, dass ihr etwas an ihm lag.

Er war so sicher, in der kommenden Nacht Josies Bett zu teilen, dass er nicht die Notwendigkeit gesehen hatte, sich ein Zimmer zu reservieren. Na, da wirst du Bauklötze staunen, Freundchen Unbekannt! Mit ein bisschen Glück, ausreichend Rückenwind und genug Taxis am JFK-Flughafen würde er schon in einer Stunde seinen Auftritt haben, wenn die Formalitäten gerade ihrem Ende zugingen. Wenn das kein perfektes Timing war!

# Neunundzwanzig

«Eins!»

Martha stand auf der Bühne und führte eine Gruppe lediger junger Frauen an, die begeistert von ihren Plätzen aufgesprungen waren, um sich hinter ihr zu einer Herde schnatternder Gänse zu vereinen. Josie war von ihrer Cousine unsanft in die vorderste Reihe gezerrt worden. Das hier war ganz und gar nicht nach ihrem Geschmack, aber Martha zuliebe machte sie gute Miene zu diesem Spiel. Man hätte ihr ebenso ein Plakat in die Hand drücken können, auf dem stand: BIN VERZWEIFELT – HAB KEINEN KERL!

Martha grinste sie manisch an, und Josie verkrampfte sich immer mehr. Mein Gott, wie sie es hasste, vorne zu stehen und sich zur Närrin machen zu lassen – es war ein Wunder, dass sie Lehrerin geworden war. Ihre Cousine neckte die Mädels und ließ sie über ihre Schulter hinweg einen kurzen Blick auf den inzwischen arg lädierten Brautstrauß werfen. Die Gäste johlten und pfiffen.

«Zwei!», rief der Hochzeitssänger ins Mikrophon.

Mit ein paar Probeschwüngen ließ Martha den Strauß durch die Luft sausen, ohne ihn loszulassen. Die Mädels drängelten und rempelten wie gierige Kundinnen, die sich am ersten Tag eines Schlussverkaufs zum Sturm auf die Warenhaustüren rüsten. Die Gästeschar feuerte sie noch stärker an. Martha grinste spitzbübisch und schwankte auf ihren Stöckelschuhen.

«Drei!»

Sie schleuderte den Brautstrauß hoch in die Luft. Er segelte über ihren Kopf hinweg, und es regnete Blütenblätter. Dann traf der Strauß die Glitzerkugel, die über der Tanzfläche hing, und fiel direkt ins Josies ausgestreckte Hände. Sie starrte ihn mit einer Mischung aus Erstaunen und Schrecken an und hätte ihn am liebsten wie eine heiße Kartoffel gleich wieder fallen gelassen. Die Hochzeitsgäste tobten, brüllten und pfiffen.

«Einen herzlichen Applaus für die Brautjungfer aus England, Ms Josie Flynn!», rief der Hochzeitssänger.

Die Gäste gehorchten. Josie merkte, dass sie feuerrot wurde. Sie lächelte mit zusammengebissenen Zähnen, hielt den Strauß in die Höhe und eilte so schnell, wie ihre Beine sie trugen, zur Bar.

«Meine Damen und Herren», rief der Hochzeitssänger, «lassen Sie uns jetzt herausfinden, wer die junge Frau bekommt.»

Die ledigen Männer waren erheblich weniger begeistert, an einem Ritual teilzunehmen, das dazu angetan war, sich lächerlich zu machen. Sie mussten von vierschrötigen sizilianischen Männern in schwarzen Anzügen unter sanftem Zwang auf der Tanzfläche zusammengetrieben werden, standen dann untätig da und scharrten nervös mit den Füßen. Glen hielt sich verlegen im Hintergrund. Er sah zu Josie und gab ihr mit einer Grimasse zu verstehen, wie unangenehm ihm die Situation war. Sie lächelte aufmunternd zurück. Jack war zu Martha auf die Bühne getreten, streifte zu den Klängen von «The Stripper» ein hellblaues Strumpfband aus Spitze von ihrem

Oberschenkel und warf dabei den lautstark johlenden Gästen anzügliche Blicke zu.

Josie gönnte sich einen Schluck Champagner. Sie fragte sich, ob sie wohl den Mann lieben könnte, den ihre Cousine gerade geheiratet hatte. Seine Hände wirkten auf Marthas Schenkeln völlig fehl am Platz. Sie waren feist und fahl, und auf der gebräunten glatten Haut Marthas krochen die Finger wie Engerlinge entlang, die aus der Gartenerde ausgegraben worden waren. Es gab manche Leute, die man sich absolut nicht dabei vorstellen konnte, wie sie sich liebten – Mom und Dad, Prinz Charles und irgendjemand, Martha und Jack. Sich selbst in den Armen von Matt Jarvis oder auch Glen zu sehen war für sie eine ganz andere Sache. Sich Damien und das Ding vorzustellen war auch nicht schwierig – ebendas war ja ein häufig wiederkehrender Albtraum.

Nachdem er seine Mission erfüllt hatte, ließ Jack das Strumpfband mit Schwung in die Höhe schnellen. Die Gäste krakeelten aufmunternd. Jack ging dann nach demselben Muster vor wie Martha, zog aber das Ritual bei weitem nicht so dramatisch in die Länge.

«Eins! Zwei! Drei!»

Er warf das Strumpfband hinter sich. Es schien durch die Luft zu schweben, segelte über die Köpfe der Männer hinweg, die mit ungeschickten Händen und deswegen vergeblich nach ihm griffen. Glen stürmte vor, sprang hoch und fing das mit Spitze besetzte Band im Fluge. Die Hochzeitsgäste überschlugen sich fast vor Begeisterung und bejubelten seinen tollkühnen Einsatz.

Glen verbeugte sich gespielt großmütig und hielt das Strumpfband triumphierend über den Kopf.

«Meine Damen und Herren, der Trauzeuge des Bräutigams, Mister Glen Donnelly!»

Die Band intonierte eine Art Triumphmarsch, und der Schlagzeuger krönte alles mit einem hemmungslosen Trommelwirbel.

«Und jetzt das glückliche Paar bitte auf die Tanzfläche!» Der Hochzeitssänger machte sich bereit, einen passenden Song zu schmettern.

Das glückliche Paar? Josie leerte ihr Champagnerglas.

Da tauchte Martha neben ihr auf. «Du bist gemeint», zischelte sie. «Geh und hol ihn dir!»

Josie reagierte gespielt genervt mit einem abfälligen Schnalzen und klemmte sich den Brautstrauß unter den Arm. «Danke, Cousinchen», flüsterte sie ausgelassen und steuerte auf die Tanzfläche zu.

Glen nahm sie in die Arme, wiederum begleitet vom Applaus der Gäste.

*«It's just a little crush …»*, schmachtete der Hochzeitssänger.

Glen ließ Josie unter der erhobenen Hand in die Mitte wirbeln, und einige weitere Paare gesellten sich zu ihnen, als sie sich über die gesamte Tanzfläche bewegten. Glen beugte sich zu ihrem Ohr. «Mir war es ernst mit dem, was ich gesagt habe», flüsterte er.

Josie sah auf und strich sich das Haar hinters Ohr. Verführerisch, wie sie hoffte. «Worüber gesagt?»

«Martha ist jetzt verheiratet. Sie ist nicht mehr zu haben.» Er schürzte die Lippen. «Aber ich bin es noch.»

«Ich auch.»

«Ich schätze, wir könnten noch viel Spaß haben, solange du hier bist.»

«Nochmals – ich auch.»

Er zog sie dichter an sich. «Vielleicht könnten wir heute Nacht zusammen nach Manhattan zurückfahren. Ich hab ein Apartment mit Blick auf den Park.»

Josie musste schlucken. «Mein Flug geht morgen Nachmittag.»

«Wir könnten doch die Zeit bis dahin miteinander verbringen, ein paar Sehenswürdigkeiten besuchen, zu Mittag essen. Wer weiß? Hast du andere Pläne?»

«Eigentlich nicht.» Keine.

Glen grinste. «Dann ist es abgemacht?»

«Abgemacht.»

Josie ließ sich entspannt in Glens Umarmung sinken. Er war durchaus ein höchst attraktives Mannsbild. Was machte es schon, dass er nicht Matts lockere Art besaß und auch nicht dessen leicht schludriges Schuljungen-Aussehen. Es machte ihr nicht das Geringste aus, stattdessen mit dem Charisma eines Models vorlieb zu nehmen, und es schien durchaus die richtige Zeit zu sein, mit der Operation «Nimm-dein-Leben-selbst-in-die-Hand-und-schüttel-alle-Verlierer-und-Klammerer-ab». Ja, dachte Josie, als sie sich inniger in Glens Arme kuschelte, das hier könnte sich als Glücksgriff erweisen.

Martha kam auf sie zu marschiert. Ihr Gesicht war aschfahl, ihr Mund zusammengekniffen. «Josie, hättest du etwas dagegen, wenn ich dir Glen mal ganz kurz entführe?»

Josie reagierte überrascht. «Jetzt sofort?»

«Es dauert auch nicht lange.»

«Ist etwas passiert?»

«Nein.» Martha ließ ihren warnenden Blick aufblitzen. «Glen?»

Glen wollte sich nicht so einfach herumkommandieren lassen. «Martha, lass mich diese bezaubernde Lady bis zum Ende des Songs über die Tanzfläche wirbeln, und dann komme ich zu dir. Ich werde dich schon finden.»

Martha sah aus, als wolle sie Einspruch erheben, besann sich aber eines Besseren. «Schön», sagte sie. «Aber mach bitte schnell.»

Sie stolzierte davon und bahnte sich den Weg durch das Gewühl auf der Tanzfläche.

Glen sah verwirrt aus. Er blieb dabei, Josie zu führen und herumzuwirbeln, wie er es zu Martha gesagt hatte, aber Josie merkte, dass er sie ein wenig schneller drehte.

Sie presste die Lippen zusammen und sah zu, wie Martha mit wehendem Schleier die Treppen hinaufeilte, um den privaten Aufenthaltsraum zu erreichen, in dem sie zuvor alle gesessen hatten. Manche Dinge an ihrer Cousine änderten sich eben nie. Schon als Kind hatte Martha es gehasst, wenn jemand anderes mit ihrem Spielzeug spielte.

## Dreißig

Matt bezahlte den Fahrer und sah zu, wie das Taxi in die Dunkelheit schlingerte. Zögernd stand er vor Hollys Apartmenthaus, wo sie einander zum Abschied geküsst hatten. Er ließ das Neonleuchten des Himmels auf sich wirken und stieg dann die Stufen zur riesigen Vordertür hinauf. Er suchte die Liste der Bewohner ab. Ein kleines, schwarz gekritzeltes «HB» machte sich mutig unter dem beleuchteten Plexiglas bemerkbar.

Während Matt noch zögerte, den Summer zu drücken, wurde die Gegensprechanlage knatternd wach.

«Hi.» Hollys geisterhafte Stimme klang zaghaft und wurde von statischen Störungen verzerrt. «Ich öffne die Tür. Komm rauf.»

Der Summer ertönte, und die Tür sprang einen winzigen Spalt weit auf. Matt drückte sie nach innen, trat ein, nahm seinen Schal ab und stopfte ihn in die Tasche. Der Hausflur war heiß und zu grell beleuchtet. An einer Seite schraubte sich eine reich verzierte Wendeltreppe in die Höhe, und direkt in der Mitte befand sich ein uralter offener, schmiedeeiserner Fahrstuhl. Matt strich sein Haar zurecht und steuerte darauf los.

Hollys Stimme klang über das Treppengeländer hinunter. «Der funktioniert nicht. Du musst die Treppe nehmen.»

«Geht klar.»

Matt begann den Aufstieg und nahm jeweils zwei Stufen auf einmal. Es erinnerte ihn an die Freiheitsstatue, wenngleich er diesmal auf den Bonus verzichten musste. Auf Josies wackelnden Hintern. Einzig und allein der hatte ihn angespornt, ganz bis zur Spitze zu klettern, und er fragte sich, ob sie wohl geahnt haben mochte, dass er mit der zur Schau gestellten Tapferkeit nur seine Höhenangst überspielt hatte.

«Nur noch zwei Etagen!», rief ihm Holly aufmunternd zu. Ihr ungebändigter Haarschopf hing ihr im Gesicht, und sie selbst hing Schwindel erregend weit über dem Geländer.

Matt erklomm mit letzter Kraft Hollys Treppenabsatz. Er hätte auf halbem Weg den Mantel ausziehen sollen, denn jetzt schien er aus allen Poren zu schwitzen. Mit Mühe richtete er sich auf und stieß einen Seufzer der Erleichterung aus. Er schaute Holly an, die ihm schüchtern zulächelte.

«Wow!», brachte Matt heraus, obwohl er noch nach Luft rang. «Du siehst ja toll aus.» Verschwunden waren die fetzigen Jeans, die Turnschuhe und der freie Bauchnabel. An ihre Stelle war ein kleines Schwarzes getreten, mitsamt hochhackigen Schuhen. Mächtig hochhackigen. Dominamäßigen! Das Kleid war ein zartes Nichts mit Spaghettiträgern, zusammengehalten von Bändern, und es schien keinem Testosteron-Sturm, der sich unwillkürlich zusammenbraute, Widerstand leisten zu können. Sie sah in dem Fähnchen hinreißend aus.

«Willkommen im Chez Moi.»

Chez Moi war eine voll gestopfte Mansarde mit riesigen Fenstern, die Ausblick über das Lichtermeer der Stadt boten. Auf jeder Fläche lagen Künstlerutensilien – Bleistifte, Farben, Stummel von Pastellkreiden. Große, mit Grundfarben bespritzte Leinwände zierten die ansonsten kahlen Wände.

«Leg doch deinen Mantel ab.»

«Danke.» Matt entledigte sich hocherfreut seines Mantels und breitete ihn über die Rückenlehne eines ramponierten Rattanstuhls gleich an der Tür. Ihm war noch immer heiß, und sein Hemdkragen kratzte am Hals.

Er drehte sich langsam um die eigene Achse und ließ die kühnen Bilder auf sich wirken. Er deutete auf eines von ihnen. «Von dir?»

Holly zuckte die Achseln. «Ich hab eine Kunstschule besucht.»

«Die Bilder sind gut.»

«Aber nicht gut genug, mir den Lebensstil zu erhalten, an den ich mich mittlerweile gewöhnt habe.»

«Und deswegen machst du PR?»

Sie nickte und schob sich an ihm vorbei in die Küche. «Zurzeit.»

Das hier war eine Offenbarung. Matt liebte Unordnung. Unordentliche Frauen waren bodenständig und sexy, ganz im Gegensatz zu seiner Exfrau, die eine begeisterte Anhängerin von Müllbeuteln, WC-Reinigern und Domestos war. Er hatte gelobt, sich niemals wieder in einen Putzteufel zu verlieben, und hoffte inbrünstig, dass Josie in dieser Beziehung möglichst schlampig war.

Matt folgte Holly in die Küche.

Auch dieser Raum sah aus, als würde er häufig benutzt, aber das Chaos besaß seine Ordnung. So waren die Küchenutensilien und Töpfe und Pfannen nach einem ausgeklügelten System angeordnet. Eine Flasche mit hochwertigem Balsamicoessig und ein Glas mit saftigen Oliven standen am Herd, und daneben lag noch eine Auswahl augenfällig oft benutzter Kochbücher, die darauf hindeuteten, dass sie sich nicht zu schade war, eine halbwegs anständige Mahlzeit anzurichten. Zum Ausgleich gab es da jedoch ein unhygienisches Häufchen Krümel neben dem Toaster und einen Stapel dreckigen Geschirrs im Waschbecken.

Holly öffnete den Kühlschrank, griff eine Flasche Tequila und schwenkte sie vor seiner Nase. «Einfach oder doppelt?»

«Ich kann genauso gut weitermachen, wo ich aufgehört habe», sagte Matt. «Dreifach.»

Holly schenkte eine tödliche Menge ein und reichte ihm das Glas. Dann füllte sie ihrs und stieß mit ihm an. «Cheers.»

Matt ließ die eiskalte Flüssigkeit im Mund kreisen und erfreute sich an dem Kratzen im Hals.

«Du siehst irgendwie verblüfft aus.»

«Das hier hatte ich nicht erwartet.» Matt lehnte sich gegen den Küchenschrank und schlug die Beine übereinander. «Du bist jedenfalls für eine Menge Überraschungen gut, Holly Brinkman.»

«Darauf trinke ich.» Sie hielt Matts Blick stand und kippte ihren Tequila in einem Zug runter. «Vielleicht bleibst du ja diesmal lange genug, um einige von ihnen kennen zu lernen.»

«Das hab ich vor.»

«Machen wir es uns gemütlich», schlug Holly vor, zog ihn ins Wohnzimmer und platzierte ihn sanft auf dem riesigen und ziemlich abgewetzten cremefarbenen Sofa, das den Raum dominierte.

Holly griff nach hinten und reckte sich, um den CD-Spieler anzuwerfen, eine anscheinend sehr gut einstudierte Verführungsmaßnahme. Sanfte Acid-Jazz-Klänge schwebten durch die Mansardenwohnung. Sie entledigte sich mit weitaus mehr dramatischem Aufwand ihrer Schuhe, als nötig gewesen wäre, und winkelte die Beine unterm Körper an. Sie richtete sich auf, stützte sich an der Rückenlehne des Sofas ab und fuhr mit den Fingern durch die dichte Mähne blonden Lockenhaars. «Also, jetzt, da ich dich ganz für mich habe, könntest du mir doch deine Lebensgeschichte erzählen. Oder möchtest du meine hören?»

Matt nippte an seinem Tequila und schaute gedankenverloren auf den Grund des Glases. «Meine Lebensgeschichte ist wenig aufregend – unglücklich im Job, unglücklich in der Liebe, von der Sehnsucht getrieben, in einer Strandhütte auf den Bahamas zu leben und Bestseller-Romane zu schreiben. Doch das wird wahrscheinlich nie geschehen. Und wie ist es bei dir?»

Holly schürzte die Lippen. «Nicht viel anders. Das Beste aus dem Job machen, um die Miete zahlen zu können, zu unstet, um eine Bindung einzugehen, daher ohne die geringste Ahnung, was wahre Liebe ist, von der Sehnsucht getrieben, als die heißeste Neuentdeckung in den Olymp der Kunstzirkel Manhattans aufzusteigen. Doch das wird wahrscheinlich nie geschehen.»

«Du hättest es aber verdient.»

Sie schüttelte die Locken. «Ach, ihr Engländer findet doch immer wieder genau die Worte, die eine Frau hören möchte.»

Sie tranken beide noch einen Schluck, und Matt fiel auf, dass sich sein Glas rapide leerte. Hollys Glas erging es nicht anders. Also schenkte sie beiden nach. Sie rutschte auf dem Sofa nach vorn, sodass ihr Mund nur noch Millimeter von Matts Mund entfernt war. «Jetzt wissen wir also alles, was es voneinander Wissenswertes gibt.»

«So wird es wohl sein.»

Sie rutschte noch ein wenig nach vorn, stützte ihre Hand auf seinen Oberschenkel und sah ihn unter den Wimpern hervor an. Ihre Finger tasteten über sein Hemd, spielten mit dem Stoff, reizten ihn, streichelten über seine Haut. Er hörte sein Herz laut schlagen, und er hatte das Gefühl, als würden Tausende winzige Ameisen auf seiner Brust entlangkrabbeln. Freundliche Ameisen. Ihr Mund fand seinen, und er war weich und warm und schmeckte wie eine Kiwi. Sie fuhr mit ihrer Zunge über seine Oberlippe, und er hätte am liebsten vor Verlangen nach Luft geschnappt, und es war schon lange her, dass er nach Luft geschnappt hätte. Außer als er in der vergangenen Woche auf dem Embankment in London einem Bus hinterhergerannt war und ihm nichts anderes übrig geblieben war, als nach Luft zu schnappen. Und dann auch noch, als er auf die Freiheitsstatue geklettert war.

Matt war entsetzt. Wag ja nicht, mir das hier zu verderben, Josie Flynn! Ich hab noch nie erlebt, dass sich eine Frau nach meinem Körper verzehrt! Ich hab alles versucht, aber konnte dich nicht finden, also lass es dabei bewenden!

Er schloss die Augen und stellte sich vor, dass Tottenham Hotspur den Pokal gewann. Er bot aber auch noch andere höchst unwahrscheinliche, aber ablenkende Ereignisse auf, um sich Hollys Kuss ganz hinzugeben.

So abrupt, wie sie begonnen hatte, entzog Holly sich ihm auf sanfte Weise.

«Bist du hungrig?»

«Nein.» Wieso denn jetzt aufhören?

«Allzu viel hab ich nicht im Haus», gestand sie. «Ein paar Töpfe mit irgendwelcher Pampe und ein wenig Sushi.»

«Ich hab für den Rest der Woche genug gegessen.» Zum Beweis massierte Matt seinen strapazierten Bauch.

«Also, was ist passiert?» Sie schob ihr Haar hinters Ohr. «Hat dich deine Verabredung versetzt?»

Voller Schuldgefühle dachte Matt an Josie, die vorgestern allein im mexikanischen Restaurant gesessen und auf ihn gewartet hatte. «Nein», sagte er zögernd. «Ich hatte gar keine Verabredung. Zumindest kein richtiges Rendezvous.»

«Mir macht das nichts», versicherte ihm Holly. «Ich seh das völlig entspannt.»

«Nein. Ich hatte ganz definitiv keine Verabredung.»

«Und womit hast du denn den Tag verbracht – außer mit Essen?»

«Na ja, ich hab ein wenig ‹Hava Nagila› getanzt, bei einer Polonaise mitgemacht, den Electric Slide aufs Parkett gelegt, beim Ententanz mitgequakt und zu ‹He, Macarena› gezuckt …» Matt sang dazu, stützte die Hände in die Seiten und wartete mit einem nicht gerade überzeugenden Hüftwackeln auf.

«Wie bitte?»

Matt lehnte den Kopf nach hinten und schloss die Augen. «Ich war auf einer Hochzeit.»

«Das glaub ich nicht!»

«Aber ja, bei einer sangesfrohen, tanzwütigen, jüdisch-amerikanischen Hochzeit.»

«Was für ein Zufall.» Holly machte ein verdutztes Gesicht.

In dem Augenblick bemerkte er auch das Hochzeitsgeschenk, das wunderschön eingepackt neben einer Leinwand stand, auf der etwas wie eine halb fertige Obstschale zu sehen war. Das Papier hatte silberne Spritzer, und übertrieben verschnörkelt stand «Viel Glück!» darauf. Schleifen und Bänder ringelten sich am oberen Ende hervor und fielen üppig über die Seiten hinunter. Er sah Holly wieder an und gab sich alle Mühe, den Unterkiefer nicht fallen zu lassen. Bitte, lass es ganz anders sein!

«Ich war gerade auf dem Weg zu einer Hochzeit, als du angerufen hast.»

Sämtliche Nackenhaare standen Matt zu Berge. Es war ein Augenblick wie in der Fernsehserie *Unbekannte Dimensionen.*

Holly beugte sich vor, um ihn wieder zu küssen, und statt etwas zu sagen, ließ er es zu, dass ihr Mund den seinen bedeckte. Er ließ ihre Zunge die seine finden, sie schmecken und sie kitzeln. Er ließ es zu, dass ihre Zungenspitze über seine Zähne tanzte.

Seine Zunge erforschte Hollys Lippen, aber seine Augen blieben geöffnet, und in seinem Kopf schwirrten die Gedanken.

Ihre Finger knöpften sein Hemd derartig geschickt auf, dass es ihn ein wenig beunruhigte. Ihre Hände waren schnell unter den Stoff geschlüpft und kalt wie geeiste Gewürzgurken auf seiner fieberheißen Haut. Matt riss die Augen auf. Sie fing nämlich zu stöhnen an. Allerliebste ermutigende kleine Seufzer der Leidenschaft, die es aber nicht schafften, die lärmende Frage zu übertönen, die sich in seinem Hirn festgesetzt hatte. Es war völlig unmöglich, weiter mit ihr rumzumachen, ohne sie zu fragen. Er musste es wissen. Matt packte zu und hinderte ihre Hand daran, unter seinem Hemd hinauf zu seinem Hals zu wandern.

«Warte bitte», sagte er und entwand sich ihr. «Erzähl mir noch mehr über diese Hochzeit.»

Holly wirkte verstört, aber das war unter diesen Umständen durchaus nachvollziehbar.

«Es ist wichtig.»

«Eine alte Freundin heiratet. Ich war noch auf der Kunstschule, und sie arbeitete als Aushilfe in einer Galerie in SoHo. Sie hat eine Menge meiner Bilder an ihre betuchten Freunde verkauft. Dadurch hat sie dafür gesorgt, dass ich das College beenden konnte. Ich verdanke ihr viel.»

Matt bedeutete ihr, dass er noch mehr hören wollte.

Holly reagierte ebenfalls mit einer Geste. «Ich hab also arrangiert, dass Headstrong beim Hochzeitsempfang ein paar Titel für sie spielen. Das wäre doch der Hammer. Aber ich freu mich sehr, stattdessen mit dir zusammen zu sein.»

Holly bedeutete, dass das alles war.

Matt tupfte den kalten Schweiß ab, der sich auf seiner Oberlippe gesammelt hatte. «Wird denn deine Freundin nicht sauer sein, dass du nicht erschienen bist?»

Holly lachte. «Martha wird kein Theater machen.»

Matt hatte das Gefühl, auf die Größe einer Maus zu

schrumpfen, aber gleichzeitig wie ein Löwe brüllen zu wollen. Er packte Hollys Hand.

«Schnapp dir deinen Mantel», rief er und versuchte, sein Hemd zuzuknöpfen.

«Was?» Er zog sie hoch. «Matt!»

Sie verschüttete ihren Drink auf das kleine Schwarze und mühte sich verzweifelt, den Tequila mit der Hand abzuwischen, während er sie in Richtung Tür zerrte.

«Beeil dich, wir gehen auf eine Hochzeit!»

«Du bist verrückt», sagte Holly. Hinkend mühte sie sich, ihre Schuhe anzuziehen.

«Komm schon. Komm schon!»

Matt war schon halbwegs aus der Tür, als er stehen blieb und sich an Holly wandte. «Wo wird denn diese Hochzeit gefeiert?»

«Long Island.»

«Long Island! Und wo auf Long Island?»

«Zeppe's Wedding Manor.»

«*Zeppe's* Wedding Manor!», wiederholte Matt und dachte, dass er wahrscheinlich gleich ohnmächtig werden würde.

## Einunddreißig

Glen und Martha waren schon seit langer Zeit unauffindbar. Seit sehr langer Zeit. Jack machte inzwischen einen erbarmungswürdigen Eindruck, weil er ganz allein den Gastgeber seines Hochzeitsfestes spielen musste. Er tanzte mit einer bejahrten und winzig kleinen sizilianischen Tante mit blauschwarzem Haar, und man merkte ihm an, dass er es aus reiner Höflichkeit tat.

Josie stand verloren am Rand der Tanzfläche. Onkel Nunzio tauchte neben ihr auf. «Tanzen, die Dame?»

«Warum nicht?»

Er nahm sie bedachtsam in seine uralten verschrumpelten Arme – Arme, die aussahen, als hätten sie Felder gepflügt und Trauben geerntet, obwohl Martha ihr doch erzählt hatte, ihr Onkel Nunzio sei Multimillionär und führe irgendeine Art von Exportimperium. Was auch immer er tun mochte, er verstand sich zu bewegen und steuerte sie geschickt zwischen den anderen Tänzern hindurch, und das so leichtfüßig wie Fred Astaire.

Obwohl Celine Dion «My Heart Will Go On» trällerte, konnte Josie ihre nervöse Besorgnis nicht abschütteln und hielt über Onkel Nunzios Schultern hinweg im Saal nach ihrer abtrünnigen Cousine Ausschau.

«Entfannung», ermahnte sie Onkel Nunzio. «Sie brauchen einen guten Bums.»

«Um Gottes willen, fangen Sie nicht wieder damit an. Ich hab mir ja alle Mühe gegeben», sagte sie. «Das dürfen Sie mir glauben. Ich bin vorgestern jemandem begegnet, der nur mit dem Finger hätte schnippen müssen, um mich ins Bett zu kriegen – und das ist gewiss nicht meine Art –, aber er hat sich in Luft aufgelöst. Dann hab ich den ganzen Tag dem Trauzeugen nachgestellt, und jetzt ist der ebenfalls verschwunden.»

Onkel Nunzio bleckte die Zähne, und sie erwiderte sein Lachen.

«Sie haben nicht den geringsten Schimmer, wovon ich rede, oder?»

«Dicke Eier», erwiderte er.

«Tatsächlich?» Josie lächelte ihn an. «Nicht anders als all die anderen Männer, mit denen ich ausgegangen bin.»

Jack tauchte neben ihnen auf und schwenkte in eine Drehung mit seiner winzigen blauschwarzhaarigen Tanzpartnerin. «Josie, hast du Martha gesehen?», fragte er.

«Schon eine Weile nicht mehr. Wieso?»

«Der nächste Gang soll serviert werden. Ich will aber nicht, dass das ohne Martha passiert.» Er runzelte die Stirn – zumindest mehr als gewöhnlich. «Ich werde sie suchen gehen.»

«Nein, nein», sagte Josie, ohne zu wissen, warum sie plötzlich so panisch reagierte. «Das mach ich schon.»

«Vielleicht weiß ja Glen, wo sie ist …» Jack hielt vergeblich Ausschau nach seinem Freund. «Aber den kann ich auch nirgends entdecken.»

«Er muss hier aber irgendwo sein», sagte Josie zuversichtlich.

«Meinst du, sie ist okay? Sie ist doch schon ziemlich lange weg.»

«Ich suche sie, Jack. Bleib du nur bei deinen Gästen.»

«Vielen Dank, Josie.» Er lächelte sie an, und die Warmherzigkeit, die aus seinem Lächeln sprach, überraschte sie.

«Jack.» Josie drückte seinen Arm. «Meinen Glückwunsch. Es war eine wunderbare Hochzeit.»

«Vielen Dank», erwiderte er mit rührender Aufrichtigkeit. «Ich bin froh, dass du bei uns sein konntest.»

«Das bin ich auch», sagte Josie.

Der Fotograf drängte sich zwischen sie und knipste los. Josie und Jack blinzelten gleichzeitig.

«In flagranti erwischt!», sagte Jack und tanzte lachend davon.

Josie wandte sich ihrem Tanzpartner zu. «Onkel Nunzio, ich muss leider gehen.» Sie schrie ihn an, als sei er taub.

Onkel Nunzio lächelte und tanzte weiter.

«Ich muss gehen.» Sie zeigte auf die Tür. «Ich muss einer Cousine den Hals umdrehen.»

*«Sí, sí»,* sagte er und nickte begeistert. *«Sí.»*

*«Sí»,* erwiderte sie und löste sich von ihm. «Ich seh Sie dann später.»

«Meine Hoden sind entbrannt für Sie.»

«Ich kann nicht behaupten, dass mir schon viele Männer ein so schönes Kompliment gemacht haben.»

«Sie haben einen tollen Arsch», sagte er.

«Herzlichen Dank», nahm Josie lächelnd zur Kenntnis. «Und Sie haben einen grässlichen Wortschatz.»

Jack hatte seinen Platz am Hochzeitstisch eingenommen. Er wirkte besorgt und einsam. Eine Kette von Gratulanten schob sich an ihm vorbei, um das Gästebuch mit geistreichen Bemerkungen zu füllen, von denen später niemand je wieder Notiz nehmen würde. Keiner der Gäste bemerkte sein Unbehagen.

Josie verschärfte ihr Tempo. Wo immer Martha sein mochte, sie täte gut daran, in Windeseile wieder zu erscheinen.

«Meine Damen und Herren.» Der Hochzeitssänger

tippte an sein Mikrophon. «Wir werden Sie während des Essens unterhalten, bevor wir dann Platz machen für …» Er konsultierte seinen Notizzettel. «… für die aufgehenden neuen Sterne der New Yorker Dance-Scene – Headstrong!»

Kellnerinnen marschierten mit Tabletts voller Filet Mignon auf.

Headstrong? Verdammt, wo hatte sie diesen Namen schon einmal gehört?

## Zweiunddreißig

Der ausgelassene Lärm der Hochzeitsfeier wurde leiser und leiser, als Josie die Treppen zum Aufenthaltsraum emporstieg, wo sie sich alle vor einer Weile frisch gemacht hatten. Der feudale Teppich war dick und blutrot. Er sog ihre schmerzenden Füße in seine lindernden Tiefen, und ihre Zehen litten Qualen in den zu engen lila Schuhen.

War es das wert? Die Vorbereitungen, der Stress, die Kosten? Wofür? Ihre eigene Hochzeit war perfekt gewesen, und doch, fünf Jahre später – fast auf den Tag genau – war alles vorbei, zu Ende, kaputt, als seien die Schwüre nie abgelegt worden. Sie hatte keine rosarote Brille auf der Nase gehabt, als sie den Schritt in die Ehe wagte – es war ihr klar, dass jedes Ehepaar schwierige Zeiten würde durchmachen müssen –, aber sie hatte nicht damit gerechnet, dass etwas so Unüberwindliches auftauchen würde wie die hartnäckige kleine Zicke aus der Buchhaltung. Aber auch das hätte eigentlich keine so große Überraschung sein dürfen: Der Macht seiner Libido war Damiens IQ eben nicht gewachsen.

Sie waren so glücklich gewesen, oder zumindest hatte sie das angenommen. Es hatte Höhen und Tiefen gegeben – jemand, der kein Bücherbord aufstellen konnte, ohne auf eine halbe Tonne Moltofill zurückgreifen zu müssen und ohne daraus folgende Besuche eines Elektrikers, eines Klempners und der Feuerwehr würde stets Garant für eine gehörige Portion häuslichen Ärgers sein –, aber sie hatten auch eine Menge Spaß gehabt. Führten er und Melanie etwa auch nach dem Sex mit ihren Füßen Schattenrisstheaterstücke auf der magnolienfarbenen Wand auf, die sie schon immer hatten anders streichen wollen, ohne je dazu gekommen zu sein? Beharrte er auch bei ihr darauf, dass sein «Elch-Brunftschrei» unbestreitbar besser imitiert war? Vergossen sie Tränen vor Lachen auf dem Küchenfußboden, weil die Käseskulpturen, die sie voneinander hatten machen wollen, letztlich doch viel mehr Ähnlichkeit mit Beavis und Butthead besaßen? Wahrscheinlich nicht. Sie fand auch, dass Melanie absolut nicht wie eine Käseskulpturfreundin aussah.

Vielleicht hätte sie auch anders reagieren sollen. Affären waren heutzutage doch so verbreitet, mussten sie da noch immer die großen Ehekiller sein wie früher? Sollten die Menschen heutzutage auf die rein physische Untreue nicht mit reiferer Gelassenheit und Weltläufigkeit reagieren? Kam Untreue tatsächlich eine so große Bedeutung zu, dass sie alles aus der Bahn werfen konnte? Damals war sie der Ansicht gewesen; jetzt war sie nicht mehr so sicher. Damien hatte sich nicht reumütig gezeigt. Eher unnachgiebig in seinen Behauptungen, dass nichts dergleichen geschehen wäre, hätte sie sich als bessere Ehefrau erwiesen. Fast ganz unerwähnt blieb, dass er ein ziemlich beschissener Ehemann gewesen war. Es waren aber nicht die Affären, die den Schaden anrichteten – am schlimmsten war die Demontage von Vertrauen und Respekt. Waren die einmal verloren gegangen, blieb nichts mehr übrig.

Josie blickte die Treppe hinauf. Sie konnte nur hoffen, dass es Martha besser ergehen würde als ihr. Gelächter drang von unten aus dem Saal herauf. Mist, sie sollte sich lieber beeilen, sonst würde der arme Jack noch den ganzen Abend allein am Tisch sitzen.

Der Privatraum lag vor ihr, und sie hörte schwaches Raunen hinter der verschlossenen Tür.

Josie klopfte leise gegen die massive Holztür. «Martha?»

Sie bekam keine Antwort, wusste aber doch ganz genau, dass sich jemand im Zimmer befand. Das Gemurmel wurde lauter, die Stimmen klangen deutlicher, vertrauter. Sie gab sich alle Mühe, etwas mehr zu verstehen, aber die Tür war zu dick.

Josie klopfte lauter. «Martha!»

Sie drehte den Türknauf, und die Tür bewegte sich leise in ihren wohl geölten Angeln nach innen.

«Oh, mein Gott», sagte Josie. Im selben Moment riss sie eine Hand vor den Mund, aber es war zu spät. Ihre Kinnlade war bereits auf dem weichen Teppich gelandet.

# Dreiunddreißig

Richtiges Timing ist das Wichtigste im Leben. Komiker wissen das, Bauern wissen das, Börsenmakler wissen das, und Lottogewinner wissen das ebenfalls. Wie konnte es also angehen, dass dämliche Taxifahrer so gar keinen Schimmer davon haben? Damiens Fahrer hatte seinen mit Holzkugeln bedeckten Sitz halb nach hinten geklappt und es sich bequem gemacht. Obwohl er seine Hand permanent auf der Hupe geparkt hatte, schien er nur halbherzig bei der Sache zu sein. Auch wenn Damien es ihm erzählt hätte, so sah er doch wie jemand aus, den es nicht im Geringsten kümmern würde, dass sein Fahrgast seine Amex-Karte bis an ihre Grenzen belastet hatte, um an diesen Ort zu gelangen, und dass er einen Klunker von Südafrikas Feinstem in seiner Jackentasche hatte, um seine gescheiterte Ehe zu retten.

Das hier lief gar nicht gut. Wenn sie hier noch viel länger stünden, würde er Josie höchstens noch auf ihrem Rückweg begegnen.

Damien beugte sich vor. «Können Sie nicht bei Ihrer Zentrale anrufen oder woanders, um herauszufinden, was hier los ist?»

«I no speak Eengleeesh», sagte der Taxifahrer.

«Haben Sie denn keinen Sender mit Verkehrsnachrichten? Das hier ist doch angeblich eine der technisch am weitesten fortgeschrittenen Städte der ganzen verdammten Welt, oder nicht?»

«Hablo español», sagte der Fahrer.

Damien ließ sich wieder nach hinten sacken.

Der Wagen neben ihnen bewegte sich ein paar Zentimeter vorwärts. Damien schoss nach vorn. Warum fuhr der andere weiter und sie nicht?

Matts Taxifahrer hatte ihre Knutscherei auf dem Rücksitz beobachtet. Zweifellos. Jetzt saß er ziemlich belämmert da und schien mit Blicken um Nachsicht zu heischen.

«Ist alles in Ordnung?», fragte Matt und klaubte etwas von Hollys Mantel, das wie ein Überrest eines uralten Hamburgers aussah.

«Ich glaub schon.» Sie strich sich das Haar aus dem Gesicht und sah ein wenig benommen aus. Wer wollte ihr das verdenken? Eben noch hatten sie einen zärtlichen und innigen Kuss genossen, und im nächsten Moment – bums – rutschten sie beide vom Rücksitz auf den Boden. Der Grund dafür war, dass ihr Taxi direkt und mit beträchtlicher Wucht auf das Taxi vor ihnen aufgefahren war. Gleich darauf folgte ein weiteres Krachen, als von hinten das nächste Taxi in sie hineinschlitterte. Und in dem Augenblick sah keiner der drei Fahrer besonders glücklich aus.

Der Kofferraum des Taxis vor ihnen war in der Mitte eingebeult. Die Haube war aufgesprungen und hatte das Durcheinander aus Wagenheber, Abschleppseil, Reifen und Werkzeugkisten sichtbar gemacht. Einiges davon hätte sich durchaus als nützlich erweisen können, wenn der Fahrer das Malheur auch nur mit einem Fünkchen Humor gesehen hätte. Das tat er aber anscheinend nicht. Sondern er kam zu ihrem Wagen und pöbelte los.

Matt sammelte Holly vom Boden auf. Er lachte kläglich. «Ich wette, du kommst allmählich auf den Gedanken, dass ich diesen ganzen Ärger nicht wert bin.»

«Stimmt», sagte sie.

«Oh?»

Ihr Fahrer war ausgestiegen und stritt sich heftig mit dem Fahrer des Taxis vor ihnen. Beide Männer brüllten und fuchtelten bedrohlich mit den Armen.

«Ich spring wohl besser mal raus und seh nach, was da abgeht.» Matt kletterte über Holly hinweg und öffnete die Tür. Holly folgte ihm hinaus auf die verschneite Straße.

Er wandte sich ihr zu und überzeugte sich davon, dass sein Schal sie vor der Kälte schützte.

Zu den beiden zuerst in den Unfall verwickelten Taxifahrern hatten sich der dritte beteiligte Fahrer und ein wütender Typ in einem auffallend schicken Straßenanzug gesellt, der einen britischen Akzent hatte und lauthals schimpfte.

Matt und Holly standen vor Kälte bibbernd im Schnee am äußersten Rand der erhitzten Diskussion, als ihr Taxifahrer sich plötzlich zu ihnen umdrehte und mit angewinkeltem Daumen auf sie zeigte. Matt fand, dass er dabei unnötig giftig wurde.

«Die beiden da sind schuld», geiferte der Fahrer. «Die haben auf dem Rücksitz schwer rumgemacht. Hat mich irgendwie abgelenkt. Deswegen bin ich Ihnen hintendrauf gefahren.»

«Wir haben nicht ‹rumgemacht›», protestierte Matt. «Wir haben nur Zärtlichkeiten ausgetauscht.»

«Das erklärt aber noch lange nicht, warum *Sie* bei *dem* da hinten aufgefahren sind», schrie der Mann im Straßenanzug seinen Fahrer an. Der Mann vergrub das Gesicht in den Händen, um sich daran zu hindern, völlig die Kontrolle zu verlieren. «Hatten Sie auch nur Augen dafür, wie die beiden rumgemacht haben?»

«Wir haben *nicht* rumgemacht», sagten Matt und Holly wie aus einem Mund.

«Mein zukünftiges Leben steht auf dem Spiel, während wir hier stehen und über verbeulte Stoßstangen diskutieren.» Der Mann raufte sich schon die Haare. «Ich bin in Eile, wie noch nie jemand in Eile war. E-I-L-E! In Eile! In derselben Zeit, die es mich gekostet hat, vom JFK hierher zu kommen, bin ich dreieinhalbtausend Meilen über den Atlantischen Ozean geflogen. Bitte», fügte er dann flehend hinzu, «können wir nicht einfach unsere *verdammten Ärsche* in Gang setzen und weiterfahren?»

Alle standen regungslos da.

Der Mann lächelte freundlich und bedeutete wortlos mit den Fingern, man möge sich in Bewegung setzen.

Rundherum hatte der Verkehr wieder zu fließen begonnen, und von allen Seiten wurden sie zornig angehupt, weil sie im Schneegestöber mitten auf dem Highway standen. Matt verkroch sich immer tiefer in seinen Mantel und schalt sich im Flüsterton: Falsche Entscheidung Nummer vierhundertsiebenundzwanzig, Matthew. Mist, er hätte in Hollys Wohnung bleiben und sich einen Tequilarausch ansaufen sollen, denn dann wäre er hoffentlich mit Holly im Bett gelandet.

Der Fahrer des eingebeulten Taxis vor ihm schlurfte zu

seinem Kofferraum und schlug die Klappe versuchsweise zu. Sie sprang sofort wieder auf, und alle hielten den Atem an. Er versuchte es nochmal, fester, aber wieder sprang die Klappe auf. Der Mann sah sich finster um und knallte die Klappe ein drittes Mal zu, und diesmal blieb sie klugerweise zu.

Ein kollektiver Seufzer der Erleichterung war die Reaktion.

Mister Wütend in seinem blauen Anzug marschierte zurück zu seinem Taxi und rempelte dabei Matt an. «Du hast verdammtes Glück, dass ich dir nicht eine reinhau, Kumpel», zischte er zwischen zusammengebissenen Zähnen wie der Bösewicht im Weihnachtsmärchen.

«Mir?», fragte Matt.

«Dir!» Der Mann stieß mit dem Finger nach ihm und setzte dann seinen verbissenen Marsch fort.

«Warum denn mir?», rief Matt ihm hinterher, als er so weit entfernt war, dass er mit Sicherheit nicht zurückkommen würde.

Der Taxifahrer des Mannes folgte seinem Fahrgast eingeschüchtert. Beide stiegen in den Wagen, und mit metallischem Knirschen und in einer kleinen Rauchwolke reihte sich das Taxi langsam in den Verkehr ein und verschwand dann in der Nacht.

Holly rutschte stumm in das Taxi, und Matt folgte ihr. Er wischte sich Schnee aus dem Haar.

«Du hast echt Glück, dass *ich* dir nicht eine reingehauen hab, *Kumpel*», sagte sie, verschränkte die Arme und drückte sich in die Ecke.

Sprachlos wegen der Demütigung, so ungerecht beschuldigt zu werden, saß Matt da. Das Taxi vor ihnen fuhr los und riss ihre vordere Stoßstange mit. Die wurde über den Highway geschleift und verursachte dabei ein Geräusch, als würde ein Papagei gefoltert.

Der Fahrer sah sich mit offenem Mund nach ihnen um.

«Fahren Sie einfach», befahl Matt unbeeindruckt.

Er wollte heute Abend noch zu der dämlichen Hochzeit von Martha kommen, und wenn es das letzte verdammte Ereignis in seinem Leben war.

## Vierunddreißig

Marthas Rock hatte sich bis zur Taille hinaufgeschoben, und ihre wunderschöne hauchdünne Schleppe war in der Tomatensoße drapiert, die zu dem riesigen Shrimp gehörte, den sie um ein Haar mit ihrem Hintern platt gemacht hätte. Glens Hosen hingen irgendwo um seine Knöchel. Trotz des heftigen Gerammels befand sich Marthas Schleier noch an Ort und Stelle. Diese Beatrice hatte höllisch gute Arbeit geleistet.

Die beiden waren so intensiv miteinander beschäftigt, dass sie Josies Eintreten nicht einmal bemerkt hatten. Angenommen, es wäre Jack gewesen? Angenommen, Jack wäre reingekommen und hätte zusehen müssen, wie sie einander fickten, als gäbe es kein Morgen? Wie wollte sich Martha da rauswinden? Das Winden hatte sie jedenfalls schon bestens drauf.

Martha war kurz vorm Orgasmus und gab dem alten

«Hier kommt die Braut» eine völlig neue Bedeutung. Das Keuchen wurde lauter und, für Josies Empfinden, auch immer theatralischer. Martha klang jetzt ungefähr so wie Meg Ryan in der Restaurantszene aus *Harry und Sally* – aufgesetzt und wenig überzeugend. Damien hatte sich immer beschwert, dass Josie nicht laut genug wurde, wenn sie sich liebten. Je lauter es zuging, desto besser musste es auch sein. So wie eine Stereoanlage fürs Auto. Warum wusste eigentlich niemand die stille, zurückgenommene Version der Ekstase zu schätzen? Martha hatte die Augen geschlossen und klammerte sich an Glen, krallte sich in sein Smokingjackett. Josie dachte, wie dämlich er doch aussah mit offenem Hemd und der Hose um die Füße, aber noch immer im Jackett. Irgendwie schafften Frauen es, auch halb an- oder ausgezogen verführerisch auszusehen. Männer hingegen sahen halb bekleidet lächerlich aus. Und Glen machte da keine Ausnahme.

Jetzt gab Martha plötzlich Töne von sich, als hätten bei ihr die Wehen eingesetzt. Sie kreischte und schrie und schleuderte den Kopf hin und her, als sei sie von Dämonen besessen. Dann schlug sie jedoch die Augen auf und blickte Josie direkt ins Gesicht. Der nächste spitze Schrei von ihr war kein Lustschrei mehr, da war sich Josie ziemlich sicher. Aber Glen war nichts ahnend selig und antwortete ebenfalls mit Lustgeschrei. Es war kaum auszuhalten.

Martha sah sie noch immer wie hypnotisiert an, und ihr Gesicht spiegelte eine Mischung aus Angst, Schrecken und Lust wider. Es wurde Zeit, dass Josie ging.

Sie schlug die Tür hinter sich zu und lehnte sich dagegen. Ihr war übel. Es hatte ihr einen Stich ins Herz versetzt und war ihr auf den Magen geschlagen. Sie war versucht, die Tür noch einmal zu öffnen und noch einen kurzen Blick hineinzuwerfen, wie es in melodramatischen Filmen vorkommt, wenn jemand sich vergewissern will, dass das Übel, das er gesehen hat, auch tatsächlich so übel ist.

Die Oohs und die Aahs und die Oh-Jas und das Gegrunze auf der anderen Seite der Tür hatten aufgehört, und stattdessen hörte man leise das Rascheln von Tüll und das Schließen von Reißverschlüssen. Josie spurtete in die Damengarderobe, bevor die zerzauste Martha erschien, denn sie brauchte ein wenig Zeit, um sich zu überlegen, was um Himmels willen sie zu ihrer Cousine sagen sollte, ohne das Wort Miststück zu benutzen.

Josie hielt die Hände unter kaltes Wasser und ließ die Finger unter dem Strahl, bis die Spitzen gefühllos waren. In dem grell erleuchteten Spiegel hatte ihr Gesicht die Farbe von Tapetenkleister. Lila war nicht ihre Farbe. Zumindest heute nicht. Die Tür wurde zögernd geöffnet, und Martha quetschte sich herein. Josie sah sie im Spiegel an.

«Du hast noch immer deine Spitzenhandschuhe an.» Martha deutete auf Josies Hände unter dem Wasserhahn.

«Ich weiß genau, was ich tue», fauchte Josie und zog die Hände mit den durchtränkten Handschuhen aus dem Wasserstrahl zurück.

Martha lehnte sich gegen die Wand und seufzte. «Das gilt auch für mich.»

Josie wirbelte herum. «Meinst du?» Martha sah kläglich aus, aber in ihren gewöhnlich so sanften grünen Augen war jetzt auch ein trotziges Funkeln. «Es kommt mir so vor, als wäre es keine fünf Minuten her, dass du mit verträumtem Blick von ‹bis in alle Ewigkeit› gesprochen hast. Erinnerst du dich noch, Martha? ‹Alle anderen von mir weisen›, ‹mich nur ihm allein hingeben› und so weiter, und so weiter … Hast du den ganzen Quatsch auch ernst gemeint?»

«Zu dem Zeitpunkt – ja.»

«Zu dem Zeitpunkt!» Josie explodierte. «Es war aber nicht vor einem Jahr. Es war nicht vor sechs Monaten. Es war auch nicht vor sechs Tagen, Martha. Es war …» Josie zählte die Stunden an den Fingern ab. «Es war vor knapp sechs Stunden.»

«Ich weiß.» Martha sprach leise, aber bestimmt. «Die Dinge ändern sich.»

«Aber nicht so verdammt schnell. Das gibt es einfach nicht!»

«Wie lange hat Damien gebraucht, bis er dir weggelaufen ist?»

«Das geht unter die Gürtellinie, Martha. Es waren völlig andere Umstände. Wir waren schließlich fünf Jahre zusammen gewesen, nicht nur fünf Minuten. Du hast ja noch nicht einmal die Hochzeitstorte angeschnitten!»

«Vielleicht kriegen wir ja einen Teil des Geldes zurück», murmelte Martha.

«Man hebt aber doch ein Stück bis zur Taufe auf.»

«Ich denke mal, das wäre unter diesen Umständen ein bisschen zu optimistisch.»

In der Ecke unter dem Tampax-Automaten und dem Heißluftstrahler stand ein mit Samt bezogener Hocker, und darauf ließ sich Martha sinken, wobei sie ihre Schleppe bis zu den Knien raffte. «Er passt nicht zu mir.»

«Jack?»

Martha funkelte sie an. «Nein, ich dachte an Brad Pitt.»

«Und ich dachte an Glen», sagte Josie. «Überleg dir gut, was du sagst.»

«Ja, Jack. Ich glaube, er ist nicht der Richtige für mich.»

«Für diese Erleuchtung wäre gestern ein weitaus besserer Tag gewesen.»

«Du hast mir doch gesagt, dass er aussieht wie ein Shar-Pei.»

«Tut er ja auch.»

«Und du hast gesagt, dass er viel zu alt ist für mich.»

«Ist er ja auch.»

«Also?»

«Und du hast mir gesagt, du liebst ihn. Du hast *ihm* gesagt, dass du ihn liebst. Halb Sizilien ist in der Kirche Zeuge geworden, dass du gesagt hast, du liebst ihn.»

Josie hoffte, dass ihre Stimme überlegt und besonnen klang. Es war die Stimme, mit der sie versuchte, ihre schwierigeren Schüler zur Räson zu bringen. «Mag ja sein, dass Jack aussieht wie in einem Labor gezüchtet. Mag ja sein, dass er uralt aussieht. Mag ja sein, dass er ein selbstgerechter Bastard ist. Mag ja sein, dass er nicht der Mann ist, den ich für dich ausgesucht hätte. Mag ja sein, dass er all das ist und gar noch mehr. Aber du hast ihn dir *ausgesucht*, Martha, und das hier hat er nicht verdient.

Was auch immer er sein mag oder getan hat, das hier verdient er nicht.»

«Er hat nichts getan. Es ist meine Schuld.»

«Das dürfte auch kein Trost für ihn sein.»

«Daran kann ich auch nichts ändern», sagte Martha streitlustig.

«Das kannst du, Martha. Du bist die einzige Person, die dem hier ein Ende machen kann, und zwar sofort.»

Marthas Mundwinkel senkten sich.

«Dein Ehemann wartet in diesem Moment unten auf dich, während du dich hier oben mit seinem Trauzeugen vergnügst. Er tanzt gerade mit einer kleinen Sizilianerin, die blaue Haare hat und ein Gesicht wie eine zerknüllte Papiertüte, und er ist außerordentlich freundlich zu ihr.»

«Aber nur deswegen kann ich doch nicht bei ihm bleiben, Josie.»

«Er hat dich durch nichts verletzt. Du hast selbst gesagt, dass er dich anbetet und auf Händen trägt. Bedeutet das denn gar nichts?»

«Du hast auch nichts getan, das Damien verletzt hätte, und trotzdem hat er dich verlassen.»

Die Stimme der Vernunft, mit der Josie sprach, prallte ab von jemandem, dem es vollkommen an Logik mangelte. Mister Spock hätte das in den Wahnsinn getrieben, und auch ihr bekam es gar nicht. «Und wie passt jetzt Glen in dies abgeschmackte Bild?»

«Ich liebe ihn.»

«Empfindet er dasselbe?»

«Ja. Das war schon immer so.»

«Du setzt eine Menge Vertrauen in einen Kerl, der dich im Stich gelassen hat, weil er Angst vor der Verantwortung hatte, als du ihn dringend brauchtest.»

Man sah deutlich, wie Martha zusammenzuckte. «Das ist Jahre her.»

«Und seither hattest du ihn nicht wiedergesehen», erinnerte Josie sie ärgerlich. «Wieso bist du überzeugt, dass er sich nicht noch einmal aus dem Staub macht, sobald die Band zu spielen aufgehört hat und die Lichter aus sind? Wird er etwa hier bleiben und dir helfen, das ganze Durcheinander aufzuräumen? Woher willst du wissen, dass er diesmal für dich da ist?»

«Ich denke, das ist er.»

«Würde es dich überraschen zu hören, dass er mich erst vor einer Stunde eingeladen hat, das Wochenende mit ihm zu verbringen?»

«Er dachte doch, er hätte mich verloren.»

«Na ja, als Trauzeuge bei deiner Hochzeit könnte man ja auch auf diesen Gedanken kommen.»

«Wir können ohneeinander nicht leben.»

«Bis jetzt hast du es doch ganz gut geschafft.»

«Glen und ich gehen zusammen fort.»

«Jetzt!»

«Jetzt.»

«Hast du eigentlich keinen Seelenklempner? Jeder Amerikaner hat doch seinen Psychotherapeuten, oder?»

«Ja, ich habe eine ‹Seelenklempnerin›, das stimmt.»

«Also, ruf sie an. Ruf sie sofort an. Hör dir an, was sie dazu zu sagen hat, dass du während deiner Hochzeit davonlaufen willst.»

«Sie würde sagen, dass ich tun sollte, was mir meine Gefühle eingeben.»

«Dann ist sie eine Scheißpsychologin. Also hör stattdessen auf mich.»

«Meine Gefühle gebieten mir zu gehen.»

«Das *darfst* du nicht machen, Martha.»

«Doch, ich muss.»

«Musst du nicht. Mach heute einfach noch so weiter, als sei nichts geschehen. Tanz mit Jack, lächle deinen Gästen zu, trink Champagner – am besten eine Menge – und schneide auch die blöde Torte an. Und dann gönn dir sechs Monate, *mindestens* sechs Monate, um dies alles ernsthaft zu durchdenken. Ihr wart doch diese ganze lange Zeit voneinander getrennt, was machen da noch ein paar Monate aus?»

«So lange kann ich nicht warten.»

«Dann wenigstens ein paar Wochen.»

Martha stand da wie eine Salzsäule.

«Noch ein paar Tage …»

Martha blieb stumm.

«Morgen?»

Martha fingerte an ihrer Schleppe und schien zum ersten Mal zu bemerken, dass sie zu Beginn des Tages noch nicht die Farbe von Tomatensoße gehabt hatte.

«Um Himmels willen, Martha! Bitte, bitte, lass Jack nicht mit all den Gästen alleine, mit der gesamten Hochzeitstorte und all den Erklärungen, die er abgeben müsste, ganz allein.»

«Ich will heute Abend bei Glen sein.» Martha ergriff ihre Hand, und dadurch spürte Josie, dass ihr Handschuh noch immer nass war. «Und ich will, dass du mir hilfst.»

Josie ging rückwärts. «Oh, nein. Oh, nein. Oh, nein, nein, nein.»

«Ich möchte, dass du es Jack sagst. Du bist meine Cousine. Du musst mir diesen Gefallen tun. Bitte.»

«Das steht nicht in meinem Brautjungfernvertrag. Kommt gar nicht infrage.»

«Du hast das Kleingedruckte nicht gelesen.»

«Nein!»

«Ich kann ihm nicht unter die Augen treten.»

«Das musst du aber, Martha. Mindestens das bist du ihm schuldig.»

Martha zog mit einem heftigen Ruck an ihrem Schleier mit der Tiara, aber er gab keinen Zentimeter nach. «Ich muss das hier loswerden», jammerte sie. «Es bringt mich um.»

«Umbringen wird das alles hier viel eher deinen Jack», sagte Josie.

## Fünfunddreißig

«Josie», sagte Glen nur, als sie und Martha in den Ankleideraum zurückkamen. Er sah aus wie ein Mann, der dringend eine Zigarette brauchte oder auch einen starken Drink, wenn nicht gar ein Raumschiff – was auch immer, wenn es ihn nur aus der gegenwärtigen misslichen Lage befreien und in eine andere Welt befördern konnte.

Josie bedachte Glen mit einem jener vernichtenden Blicke, die ihre Mutter für Politessen, Lieferanten und Mitglieder des Gemeinderats reserviert hatte. Mit einem Blick, der ohnehin kleinwüchsige Menschen auch noch von den Beinen holte. Glen sah in der Tat ziemlich vernichtet aus. Zumindest war er inzwischen vollständig bekleidet, wie Josie feststellte. Der Anblick eines vernichteten Mannes ohne Boxershorts wäre auch zu unangenehm gewesen. Martha hatte Recht, Glens Arsch war richtig knackig. Sie wünschte nur, sie hätte ihn unter anderen Umständen zu Gesicht bekommen.

«Ich weiß, was du jetzt denken musst», biederte sich Glen an.

«Nein, Glen, das glaube ich ganz bestimmt nicht.»

«Du musst denken, dass ich ein echtes Arschloch bin.»

«Eigentlich hatte ich eher an beschissen und Dreckskerl gedacht.»

«Wir haben doch gar nicht gewollt, dass so was passiert …»

«Und warum habt ihr es dann getan?», fragte Josie. «Euch hat doch niemand gezwungen.»

«Ich liebe sie doch.»

«Ich denke, du liebst dich selbst noch mehr, sonst hättest du ihr das hier niemals antun können. Würdest du sie lieben, wärest du gar nicht hier. Es ist ihre Hochzeit, verdammt nochmal. Du bist der Trauzeuge ihres Ehemanns! Wie konntest du das nur tun?»

«Ich glaube nicht, dass es einen Sinn hat, nach einer Erklärung zu suchen.»

«Mir bist du auch gar keine Erklärung schuldig, sondern Jack.»

«Das wäre nicht fair …»

«Nein? Aber es ist fair, mit seiner Frau durchzubrennen, und fair ist es auch, mich darum zu bitten, die Drecksarbeit zu machen, du rückgratloser …»

«Josie», sagte Martha voller Unbehagen, «ich muss aus diesem Kleid raus.»

«Dafür haben wir keine Zeit mehr», schnauzte Glen. «Wir müssen auf der Stelle von hier verschwinden.»

«Aber ich kann doch nicht in diesem Aufzug weggehen!», protestierte Martha.

«Das musst du aber.»

«Dann lass mich wenigstens den hier loswerden.» Sie zerrte erfolglos an ihrem Schleier.

Josie fragte sich, was Beatrice wohl denken mochte, wenn sie erfuhr, dass die Frisur der Braut länger gehalten hatte als ihre Ehe.

«Lass das jetzt, Martha. Wir können doch morgen neue Sachen kaufen. Kleidung, Schuhe, ich weiß nicht. Was immer du brauchst. Aber jetzt könnte Jack jeden Moment hier auftauchen.»

«Ich will ihn nicht sehen», sagte Martha tränenerstickt. «Was soll ich denn bloß machen?»

«Er hat ja Recht, Martha. Wenn du das hier durchziehen willst, dann geh. Verschwinde und lass die anderen das Chaos bereinigen, das du hinterlassen hast.»

Glen legte den Arm um Martha und half ihr auf. Jetzt weinte sie richtig. «Josie, du wirst es Jack sagen, oder?»

«Ja.»

«Sag ihm, dass ich ihm nicht wehtun wollte.»

«Das könnte vielleicht etwas hohl klingen, Martha. Wenn man jemandem nicht wehtun möchte, dann tut man ihm so etwas nicht an.»

«Du liebst mich doch noch immer, Jo-Jo?»

«Im Moment kann ich dich noch nicht einmal leiden, Martha.»

Tränen liefen Martha übers Gesicht. «Vielen Dank, Josie», sagte sie. Und als sie einander umarmten, fing Josie ebenfalls zu weinen an, obwohl sie sich fest vorgenommen hatte, Martha gegenüber hart zu bleiben.

Weinend hielten sie einander fest umarmt, während Glen im Hintergrund voller Unbehagen von einem Fuß auf den anderen trat.

«Gehen wir endlich», drängte er.

Widerwillig löste sich Martha von ihrer Cousine.

«Ruf mich an und lass mich wissen, wo du bist», sagte Josie. Martha nickte und wischte sich die Tränen mit dem Spitzenärmel ihres Hochzeitskleids ab. Die Liste unziemlicher Flecke wurde um das Schwarz der Wimperntusche erweitert.

Sie öffneten die Tür und spähten wie in einem schlechten B-Film hinaus, ob die Luft rein war.

«Auf Wiedersehen, Jo.» Martha küsste sie noch einmal, und dann stahl sie sich zur Tür hinaus, Glen fest an der Hand. Das melodramatische Theater war völlig unangebracht, da nirgends jemand zu sehen war, und Josie kam sich plötzlich wie der müdeste Mensch auf der Welt vor.

«Martha», rief sie den beiden hinterher, «ihr habt doch

gesagt, ihr wünscht euch, dass sich die Leute noch lange an eure Hochzeit erinnern.»

Martha drehte sich um und lächelte unter Tränen.

«Irgendwie glaub ich, dass es ihnen schwer fallen dürfte, sie zu vergessen», fügte Josie für sich hinzu.

Josie wischte sich die Tränen mit ihrem bloßen Arm ab und trottete apathisch über den Plüschteppich. Dabei schaute sie zu, wie sich Martha und Glen direkt vor ihr davonmachten. Die beiden gingen inzwischen immer schneller und hatten zu kichern begonnen, ganz wie frisch Vermählte, die ihre Hochzeitsreise antreten.

Am Fuß der Treppe stand ein Kellner mit einem Tablett randvoller Champagnergläser. Josie griff sich eins und leerte es in einem Zug. «Ich bin einfach noch nicht betrunken genug, um das hier durchzustehen», murmelte sie. Sie schnappte sich ein zweites Glas, dessen Inhalt dem vorangegangenen im gleichen Tempo folgte, legte die Hand auf den Mund, um einen Rülpser zu ersticken, und machte sich dann widerwillig auf den Weg zum Ballsaal.

In der Tür blieb sie stehen und betrachtete das Partytreiben. Alle waren in bester Stimmung – eine wundervolle Hochzeit. Das ganze Ausmaß der unerwarteten Wendung, die die Ereignisse genommen hatten, wurde ihr plötzlich bewusst. Inzwischen spielte eine Band – vier Teenager-Herzensbrecher, die appetitlich mit den Hüften wackelten und die Rap-Version eines alten Beatles-Titels spielten. Die Sizilianer twisteten dazu so hemmungslos, dass Chubby Checker gewiss stolz gewesen wäre. *«Everybody's green, 'cos I'm the one who won your love …»*

Headstrong! Josie wusste auf einmal, wo sie den Namen schon einmal gehört hatte, aber bevor ihr diese Erkenntnis richtig an die Nieren gehen konnte, kam Jack zu ihr und begrüßte sie mit einem Küsschen auf die Wange und einem Grinsen, das vom einen Ohr zum anderen reichte. «Hast du Martha gefunden?», fragte er und zog Josie am Arm in den Saal.

Sie hätte nie geglaubt, dass sie einmal diesen Standardspruch benutzen würde, der nur in schlechten Filmen vorkam, aber sie senkte die Stimme und sagte: «Jack, wir müssen reden.»

«Ich hab eine Überraschung für sie.»

Sie umfasste seine Hand. «Ich glaube, sie hat auch eine für dich.»

«Feuerwerk», sagte er und strahlte bis weit über die Ohren hinaus. «Das liebt sie nämlich! Hab ich ganz heimlich arrangieren lassen. Sie hat keine Ahnung. Und es soll gleich losgehen.»

«Ich weiß», sagte sie sanft, «aber was ich zu sagen habe, kann wirklich nicht warten.»

Er runzelte besorgt die Stirn. «Ist mit Martha alles okay?»

«Kommt darauf an, was du unter okay verstehst.» Josie nahm ihn bei der Hand. Die Gäste begaben sich allmählich auf die Terrasse, um das Feuerwerk zu erleben. «Lassen wir sie hinausgehen. Wir beide müssen einen ruhigen Ort finden.»

«Es ist nichts Gutes, oder, Josie?»

«Nein.»

Das Strahlen erlosch, und damit verließ Josie auch ein gut Teil ihres Muts. «Komm mit», sagte sie.

Sie führte Jack zwischen den Tischen hindurch nach draußen zum Bootshaus. Sie versuchte dabei die Ironie zu vergessen, dass sie vor kurzem schon einmal dort gewesen war. Glen Donnelly. Was für ein Mistkerl! Er war doch nichts als ein verlogener, feiger, knackärschiger Drecksack! Er und Matt Jarvis waren Hauptanwärter auf die Krone beim Wettbewerb «Scheißkerl des Jahres».

Auf dem Weg nach draußen griff sie sich eine halb volle Flasche Schampus von einem noch nicht abgedeckten Tisch und zwei Gläser dazu, die einigermaßen sauber aussahen.

«Ich trinke nicht», erinnerte er sie.

«Das wirst du aber», sagte sie. «Glaub mir, das wirst du.»

Das Taxi fuhr mit quietschenden Reifen und einer kleinen Rauchwolke von verbranntem Gummi bei Zeppe's Wedding Manor vor – Damien war es am Ende doch noch gelungen, dem Fahrer plausibel zu machen, was Eile bedeutete. Er fragte sich, ob Rhett Butler auch so viel Eindruck geschunden hätte, wenn er überall erst ein Taxi hätte finden müssen.

Damien zog seine Reisetasche aus dem Taxi und knallte die Tür zu.

«He, Kumpel», rief ein Mann, «würden Sie das Taxi für uns festhalten?»

Damien schaute auf der Fahrerseite in das Fenster.

«Warte mal, Kollege», sagte er. «Hier kommt eine neue Fuhre für dich.»

Dann blickte er auf. Es war Martha. Und sie sah entschieden besoffener und beschmutzter aus als eine ganz normale Braut.

«Martha?»

Jetzt bemerkte Martha auch Damien. Sie machte große Augen und sah ihn staunend an. Doch ihre Augen wirkten verschleiert, und sie waren rot. Außerdem sahen sie aus, als würden sie im nächsten Augenblick zu rotieren anfangen. Das Mädel musste höllisch viel Champagner geschluckt haben, um in diesen Zustand zu geraten, dachte er. Aber dafür war sie ja bekannt. Martha konnte immer schon mit den Schlimmsten mithalten – eine Löwin unter den Party-Animals. Er konnte nur hoffen, dass dieser Typ wusste, worauf er sich eingelassen hatte.

Für einen Moment konnte sie ihre Augen fest auf ihn richten. «Damien!»

«Du siehst fabelhaft aus», sagte er.

«Was machst du denn hier?»

«Ich durfte doch nicht versäumen, meiner liebsten Schwippschwägerin zu gratulieren!» Er ließ seine Reisetasche auf den Gehsteig fallen und umschlang Martha. «Meinen Glückwunsch!» Er küsste sie fest auf den Mund. «Alles Gute!»

«Wir wollen gerade weg», sagte sie.

«Jetzt sag bloß, ich bin den ganzen Weg geflogen und verpass jetzt die Party!?»

«Nein. Nur wir … ich … äh …» Martha verstummte.

«Und wo bleibt die große Abschiedszeremonie?»

Martha sah sich nervös um. «Es gibt keine», sagte sie.

«Schleicht euch heimlich, still und leise davon, was? Verstehe. Stups, stups, zwinker, zwinker.»

«Sozusagen.»

«Und wohin soll's gehen?» Damien zwinkerte ihr zu.

Martha sah ihn verstört an. «Ich weiß nicht.»

«Großes Geheimnis, was? Ich kann nur hoffen, dass es auf eine exotische Insel in der Karibik geht.»

«Oh, jetzt weiß ich, was du meinst ...»

Der Mann, der Damien gebeten hatte, das Taxi nicht wegfahren zu lassen, kam herbei. Er wirkte bedrohlich.

«Martha, wir sollten endlich fahren.»

«Das muss dein Ehemann sein», sagte Damien, ergriff die Hand des Mannes und schüttelte sie rau, aber herzlich. Doch sie blieb schlaff, und bei dem Versuch zu lächeln gelang dem Mann nur eine Grimasse. Mannomann, das musste ja eine Granatenhochzeit gewesen sein, wenn Braut und Bräutigam jetzt eine so miserable Laune hatten! «Meine Glückwünsche, Kumpel!» Damien schlug ihm auf die Schulter, und es fühlte sich an, als hätte er gegen eine Betonwand geschlagen. «Sie sind ein Glückspilz.»

«Weiß ich.»

Martha blickte zu Boden.

«Sie müssen was ganz Besonderes sein, dass Sie die hier rumgekriegt haben. Hätte nie gedacht, dass sie sich kampflos zum Altar führen lassen würde!»

«Martha», sagte der Mann und warf einen bedeutungsvollen Blick in Richtung Taxi.

Martha wickelte den Schleier um einen Finger. «Wir müssen jetzt los.»

«Schöne Flitterwochen», wünschte er. «Macht nichts, was ich nicht machen würde!»

Die frisch Vermählten tauschten Blicke aus.

«Bis dann, mein Freund», sagte der Koloss und bugsierte Martha ins Taxi.

Damien schlug nochmal aufs Dach. «Mögen all eure Sorgen ganz klein sein!»

Martha lehnte sich aus dem Fenster. «Josie ist noch drinnen», sagte sie. «Du musst unbedingt mit ihr reden.»

Ebendarum hatte er die Mordsreise gemacht.

Feuerwerkskörper explodierten am Nachthimmel, begleitet von anerkennenden Oooooohs der Zuschauer. Dazu wurde der Hochzeitsmarsch gespielt. Es schien ein ganzes Leben her zu sein, dass Martha und Jack zu ebendieser Melodie zum Altar geschritten waren, voller Hoffnung und Zuversicht am Beginn eines neuen Lebens zu zweit. Zwei neue Leben an einem Nachmittag. Martha gab sich wirklich nicht mit halben Sachen zufrieden.

Jack und Josie betrachteten im Schutz des Bootshauses die Spiegelung der explodierenden Raketen auf der Wasseroberfläche des stillen Sees. Ein Farbenschauer aus Rosa, Grün und Gelb sprenkelte das Wasser, bevor es wieder tintenschwarz war. Die Enten trieben vorbei, uninteressiert und unbeeindruckt.

«Ich liebe sie, Josie.» Jack verbarg sein Gesicht in den Händen.

Josie hatte sich in eine von Spinnweben verzierte Decke gehüllt, die sie unter der Sitzbank entdeckt hatte, und gab sich alle Mühe, keinen Gedanken darauf zu verwenden, wie groß die Besitzerin des Spinngewebes wohl gewesen sein mochte. Sie füllte ein Glas mit Champagner. «Hier, trink.»

«Nein.» Er stieß das Glas zur Seite, nahm ihr stattdessen die Flasche aus der Hand und ließ sich die Hälfte des Inhalts durch die Kehle rinnen. Dann wischte er sich mit dem Handrücken den Mund ab. «Nicht schlecht», sagte er und schaute kritisch auf das Etikett.

«Ich glaub's noch immer nicht, dass sie dir das antut.»

Jack lachte, doch es war ein hohles, bitteres Lachen, das von den Holzwänden des Bootshauses widerhallte. «Sie ist so schön, so lustig, so liebevoll.» Er wandte sich Josie zu. «Ich konnte es gar nicht glauben, als sie einwilligte, mich zu heiraten.»

«Na ja …», sagte Josie.

«Du konntest es doch auch nicht glauben, stimmt's?»

«Ich … äh …»

«Du hast dir nichts anmerken lassen.» Er lachte wieder, und diesmal klang es versöhnlicher.

«Martha ist seit Jeannies Tod sehr durcheinander. Es war für uns alle ein schwerer Schlag. Ich weiß nicht, was sie will. *Sie* weiß nicht, was sie will.» Josie schüttelte den Kopf. «Meine Mutter würde sagen, sie braucht eine saftige Ohrfeige.»

«Ich hätte mich doch um sie gekümmert, Josie. Ich wäre ihr ein guter Ehemann gewesen. Ich bete sie an.»

«Dann ist sie die Verliererin in diesem Spiel. Ich bin nämlich nicht sicher, dass Glen sie anbeten wird.»

«Ich hatte ja nicht die geringste Ahnung, dass sie und er schon …»

«Waren sie ja auch nicht. Nur heute.» Ausgerechnet heute!

«Ich weiß nicht, ob ich mich deswegen besser oder schlechter fühle.» Er nahm noch einen kräftigen Schluck Champagner und musste husten.

«Oh, Jack.» Josie lehnte den Kopf an seine Schulter. «Es tut mir ja so Leid.»

Jack legte den Arm um sie. «Dafür gibt es keinen Grund. Du hättest es auch nicht ändern können.»

«Vielleicht hätte ich mir noch mehr Mühe geben sollen, sie dazu zu bringen, mich anzuhören. Ich hab ja versucht, es ihr auszureden. Das hab ich wirklich.»

«Sie ist sehr dickköpfig», sagte er. Josie zuckte bei dem ungebetenen Gedanken an Matts Boygroup Headstrong zusammen. «Das ist ja eine der Eigenschaften, die sie so anziehend für mich machten.»

«Obwohl sie meine Cousine ist und ich sie liebe, könnte ich sie erwürgen.»

«Ziellose Wut richtet nur großen Schaden an», sagte Jack.

«Sie ist nicht ziellos», beharrte Josie. «Ich weiß ganz genau, gegen wen sie sich richtet!»

«Im Moment ist es das Wichtigste, dass ich mir Klarheit verschaffe und eine Lösung finde.» Jack setzte die Flasche wieder an die Lippen, aber sie war leer. «Was soll ich all diesen Leuten sagen? Für die wird es doch ein Riesenschock sein. Und was ist mit Marthas Vater? Weiß er schon Bescheid?»

«Ich glaube, da könnte noch ein ganz anderes Feuerwerk explodieren. Wir müssen nachdenken, Jack. Sobald du ihm von Martha erzählst, brennt die Zündschnur.»

«Was soll denn aus all den Geschenken werden?»

«Die kann man zurückschicken», sagte sie. «Ein paar Badehandtücher sollten deine geringste Sorge sein.»

Jack biss sich auf die Lippe. «Scheiße, Josie, ich muss heulen.»

Josie zog seinen Kopf an ihre Schulter, umarmte ihn fest und wiegte ihn sanft. Er schluchzte.

«Keine Sorge, Jack», tröstete sie ihn. «Ich lass mir was einfallen.»

Das Fauchen, Zischen und Knattern der Raketen und der Geruch von Kordit erfüllten die Luft, als das Finale des Feuerwerks den Himmel erleuchtete. Beifallsrufe ertönten, und es wurde begeistert applaudiert. Wenigstens das eine Feuerwerk war vorüber. Ein extravagantes, hübsches und sinnloses Schauspiel, das vorüber war, kaum dass es begonnen hatte.

Josie lehnte den Kopf gegen die Wand des Bootshauses und spielte gedankenverloren mit ihrem Champagnerglas. Oh-kay, sie hatte also Jack gesagt, sie würde sich was einfallen lassen. Sie fragte sich nur, was um Gottes willen das sein könnte.

# Sechsunddreißig

Im Empfangsraum war niemand, als Damien hineingeschlendert kam. Anscheinend waren alle draußen und beklatschten das Ende des spektakulären Feuerwerks, das den Nachthimmel über Long Island erleuchtet hatte. Recht eindrucksvoll. Aber nichts im Vergleich zu der kleinen Wunderkerze in seiner Tasche.

Er nahm ein Glas Champagner von einem der Kellner entgegen, die müßig herumstanden und darauf warteten, dass die Feierlichkeiten wieder begannen. Dann wanderte er zur Tür. Vier Bandmitglieder mit Baseballkappen auf dem Kopf saßen am seitlichen Bühnenrand, weil sie momentan nichts zu tun hatten. Verstohlen zogen sie an ihren Joints. Der Saal sah aus, als sei ein Hurrikan hindurchgefegt. Hier war zweifellos ausgelassen gefeiert worden.

So hatte er sich seine Ankunft eigentlich nicht vorgestellt. Er hatte sich eher gedacht, wie ein Triumphator bei der Hochzeit einzumarschieren, von Braut und Bräutigam geküsst und begrüßt zu werden wie ein lange vermisster und heiß geliebter Verwandter und am Schluss die in Tränen aufgelöste, aber dankbare Josie in die Arme zu schließen, bevor er auf ein Knie niedersank und einer ebenso verdutzten wie entzückten Gästeschar ihre Wiederverlobung verkündete.

Die Leute hatten zu applaudieren aufgehört und wanderten allmählich wieder zurück in den Saal. Man unterhielt sich angeregt. Doch er hatte einen Job zu erledigen.

Damien besorgte sich noch mehr Champagner. Jetzt galt es, loszugehen und die Frau zu finden, die er überzeugen wollte, Mrs. Flynn zu bleiben.

Holly schmollte. Aber nicht mehr so sehr wie zuvor, und die nach unten gezogenen Mundwinkel kräuselten sich allmählich wieder zum Ansatz eines Lächelns. Ihr Bein war zudem auf der Sitzbank im Taxi auch in seine Richtung zurückgerutscht, und zwar auf eine Weise, die Kenner der Körpersprache definitiv als ermutigend bezeichnet hätten.

Matt beugte sich zu ihr und grinste. «Was auch immer du tust – lächle mich ja nicht an», sagte er.

Ihre Lippen bebten, und sie presste sie fest zusammen.

Matt grinste noch breiter. «Nicht lächeln», mahnte er.

Ihre Mundwinkel kletterten in die Höhe, und man sah schon etwas von ihren Zähnen.

«Nein!»

Holly brach in Gelächter aus und trommelte mit den Fäusten auf seinen Arm.

«Matt Jarvis, du gehst mir echt auf den Sack!»

«Das hat noch keine Frau zu mir gesagt.»

«Du überraschst mich wirklich.» Holly ließ sich mit einem Stoßseufzer auf dem Sitz zurückfallen. «Mir ist schleierhaft, wie du mich hierzu hast überreden können.»

Das wusste er auch nicht.

Matt erlebte einen kurzen Augenblick der inneren Ruhe. Er wusste instinktiv, dass dies die richtige Hochzeit war und auch die richtige Martha, keine falsche Ausgabe mit zitronengelben oder giftgrünen Brautjungfern. Dies hier würde die richtige Martha sein, einschließlich der Brautjungfern in lila Chiffon und einschließlich Josie Flynns.

Er kam sich wirklich beschissen vor, weil er Holly dies alles antat. Sie hierher zu schleppen, damit er einer anderen Frau nachsteigen konnte. Er versuchte sich einzureden, dass er ihr einen Gefallen erwiesen hatte und dass sie ohne ihn die Hochzeit ihrer Freundin ganz verpasst hätte, aber die Tatsachen wollten nicht so recht zu dem passen, was er sich da zusammenbastelte.

Was sollte er machen, wenn sie ankamen? Sich auf die verführerische Josie stürzen und Holly einfach links liegen lassen? Sich hinter ihr verstecken, wenn Josie auf ihn einprügeln wollte? Sie mit den gar nicht so fabelhaften Vier zurücklassen und mit der Frau seiner Träume in die Nacht hinaustanzen?

Normalerweise war es genau andersherum: Die Frauen, die es ihm angetan hatten, waren es, die ihn an der Nase herumführten. Das war immer so gewesen, seit Julia Mulville ihm in der vierten Klasse das Herz gebrochen hatte und zu Keith Kirkby übergelaufen war, nur weil er eine bessere Sammlung von Jam-Platten besaß.

Das Taxi holperte zwischen kunstvoll verzierten schmiedeeisernen Toren hindurch und steuerte dann die geschwungene Einfahrt hinauf, die durch ein winterliches Spalier aus hoch aufragenden Eichen führte. Ein Feuerwerk in allen Farben des Regenbogens erleuchtete den Himmel. Er brauchte nur einen Blick auf das Anwesen zu werfen, um zu wissen, dass es sich um einen todschicken

Schuppen handelte, und er wünschte nur, er würde etwas Zivilisierteres am Körper haben als sein altes Lieblingsjackett und den grellen *South-Park*-Schlips.

Holly sah noch immer großartig, wenn auch etwas mitgenommen aus. Sie hakte sich bei ihm unter. «Versprich mir, dass wir nicht lange bleiben, Matt», sagte sie. Ihr Gesicht sah sanft und zart und irgendwie sexy aus. «Es gibt andere Sachen, die ich heute Nacht lieber tun würde.»

«Genau», sagte Matt. Und plötzlich, als alles besser zu werden schien, fragte er sich, ob nicht alles noch beträchtlich schlimmer werden würde.

## Siebenunddreißig

«Wie fühlst du dich, mein Liebes?» Glen drückte Marthas Arm.

«Ein bisschen komisch.» Tatsächlich fühlte sie sich leer, hohl, in einer Falle gefangen, befreit, unglücklich, ekstatisch und kotzübel vom Autofahren.

Das Taxi brachte sie zu einem Hotel, und sie musste an die Hochzeitssuite im Waldorf Astoria denken, die jetzt leer stand und vergeblich auf ihre und Jacks Ankunft wartete. Das Bett würde bleiben, wie es war, penibel hergerichtet, das Schaumbad blieb unbenutzt, und der Champagner wurde nicht geöffnet – was eigentlich auch nicht schlimm war, denn sie hatte ohnehin bereits mehr als genug getrunken.

«Wir hätten auch in meine Wohnung fahren können.» Glen rutschte so dicht an sie heran, dass sie neben ihm eingeklemmt war. «Ich bin sicher, sie wird dir gefallen.»

«Mir hat die Vorstellung nicht gefallen, jetzt sofort zu dir zu fahren, Glen», sagte sie. «Irgendetwas Anonymes fand ich besser. Ich brauche etwas Zeit, um mich auf alles einzustellen.»

«Das versteh ich ja, Kleines. Es war ein Riesenschritt.»

Martha lächelte freudlos. «Genauso ein großer Schritt, wie zu heiraten.»

«Bist du sicher, dass du das Richtige getan hast?»

Martha nickte und kämpfte gegen die Tränen. «Ich bin sicher, Jack wird auch so denken. Wenn genügend Zeit vergangen ist.»

«Wir brauchen eine größere Wohnung», sagte Glen und lehnte sich zurück. «Ich werde mich bald nach einem neuen Apartment umsehen müssen. Vielleicht sogar im selben Wohnblock. Von da hat man eine phantastische Aussicht auf den Park, und auf die möchte ich nur ungern verzichten.»

«Vielleicht sollten wir uns ein Haus auf dem Land suchen», schlug Martha vor. «New York ist nicht der richtige Ort, um Kinder großzuziehen.»

«Stimmt», sagte Glen. Und Martha entging nicht das leichte Zögern in seiner Antwort.

«Vielleicht ist es einfach noch zu früh, über derlei Dinge zu reden. Wir müssen einander doch erst wieder neu kennen lernen.»

«Da hast du Recht», sagte er. «Kommen Sie her und küssen Sie mich, Frau Labati.»

«Nenn mich nicht so, Glen. Das ist völlig daneben. Ich hab ein sehr schlechtes Gefühl wegen der ganzen Sache.»

«In dem Ankleidezimmer scheint es dir aber nicht viel ausgemacht zu haben.» Glen wackelte verführerisch mit den Augenbrauen.

«Das war nicht real», sagte sie. «Dies hier ist real.»

«Mir kam es aber real vor.» Er zog sie an sich und nahm sie fest in die Arme. «Alles wird gut», beteuerte er und küsste sie auf den Kopf, wo der Schleier noch immer fest verankert war. Das Ding verursachte ihr Kopfschmerzen, und langsam war sie sicher, dass er nur operativ entfernt werden konnte.

Sie fragte sich, was Jeannie zu alledem gesagt haben würde. Sie hätte dasselbe gesagt wie Josie – bleib dabei und triff die endgültige Entscheidung, wenn dein Kopf nicht mehr vom Champagner benebelt ist und deine Gefühle nicht mehr wild hin und her schießen wie eine Flipperkugel. Wenn Jeannie noch da gewesen wäre, hätte sie vielleicht gar nicht die Möglichkeit gehabt, sich davonzumachen. Oder vielleicht hätte ihre Mutter gar nicht erst geduldet, dass sie überhaupt heiratete.

Was würde ihr Vater sagen? Du liebe Güte, ihn hatte sie irgendwie völlig außer Acht gelassen. Sie hatte nicht einmal daran gedacht, es ihm zu erzählen. Vielleicht weil sie wusste, dass er ihr Verhalten ebenso wenig geduldet hätte. Ihr Verhältnis hatte sich verschlechtert, seit ihre Mutter nicht mehr zwischen ihnen stand, um sie am Schlagabtausch zu hindern, aber wenn es eine Sache gab, die für Sizilianer über allem stand, dann war es die Pflicht gegenüber der Familie. Und er hätte dafür gesorgt, dass sie dieser Pflicht nachgekommen wäre.

Lange würde man es nicht mehr vor ihm verbergen können. Sie würde ihn vom Hotel aus anrufen und ihn beruhigen, dass es ihr gut ginge – alles unter der Voraussetzung, dass er ihre Spur nicht zurückverfolgen konnte. Ansonsten würde er mit Onkel Nunzio und einigen vierschrötigen Vettern auftauchen und sie nach Hause schleifen. Nein, rückblickend war es auf jeden Fall besser, dass sie sich davongemacht hatte, ohne ihm etwas zu sagen.

Das Hotel war sehr schicki und nicht minder micki, eine Unterkunft für Popstars, Filmstars, Könige, Königinnen, Staatsoberhäupter, reiche Touristen, Lottogewinner und, allem Anschein nach, auch für Jungvermählte. Sie war schon einmal hier gewesen, bei einem Pressetermin für irgendeinen radikalen, minimalistischen afrikanischen Künstler.

Martha fühlte sich höchst unwohl und trat in ihrem reichlich malträtierten Hochzeitskleid von einem Bein aufs andere, während Glen ein Zimmer mietete.

«Dürfte ich Ihnen gratulieren, Ma'am», sagte der Mann an der Rezeption, als Glen das Anmeldungsformular ausfüllte. «Ich habe Ihnen mit den besten Wünschen der Hotelleitung ohne zusätzliche Kosten ein höherwertiges Zimmer zugewiesen.»

«Wir sind –», hob Martha an.

«Erst ab morgen auf dem Weg in die Flitterwochen», unterbrach Glen und zeigte sein strahlendstes Lächeln.

«Ja», sagte Martha. Verlegen zupfte sie an ihrem Schleier. «Morgen.»

«Haben Sie Gepäck?»

«Äh, nein …» Jetzt war es an Glen, verlegen zu reagieren.

«Sollten Sie irgendetwas benötigen, wird unser Room-Service Ihnen gewiss helfen können, Sir.»

«Danke.»

Das Lächeln des Mannes am Empfang blieb freundlich, als er Glen die Schlüsselkarte überreichte. «Ich hoffe, Sie genießen den kurzen Aufenthalt bei uns.»

«Warum hast du so getan, als wären wir verheiratet?», fragte sie Glen, als der sie in Richtung Fahrstuhl dirigierte.

«Hauptsächlich deswegen, weil du ein Hochzeitskleid trägst, Liebling.» Etwas verkniffen lächelte er den Pagen vorm Fahrstuhl an. «War das falsch?»

«Nein», sagte sie, «vermutlich nicht. Mir war nur ein bisschen unbehaglich.»

«Das hier ist auch für mich absolutes Neuland, Martha», betonte er. «Wir müssen uns beide gleichermaßen mit der Situation arrangieren.»

«Ich weiß», sagte sie. «Entschuldige.»

Glen nahm sie in die Arme, als sie den Fahrstuhl betreten hatten und die Türen sich schlossen. «Aber dazu haben wir den Rest unseres Lebens Zeit, Kleines.»

Der Fahrstuhl startete ruckartig aufwärts, und Marthas Magen sank ruckartig abwärts. *Der Rest unseres Lebens.* Das hörte sich irgendwie nach einem Leitthema an.

# Achtunddreißig

Josie hielt Jacks Gesicht zwischen ihren Händen und sah ihn an. Er hatte zu weinen aufgehört, sah aber blass und müde aus. Eben wie ein Mann, der bei seiner eigenen Hochzeit abserviert worden war.

«Kopf hoch», sagte Josie und gab ihm einen Kuss. «Ich bleibe so lange hier bei dir, wie du möchtest. Wenn du es möchtest.»

Jack lächelte zaghaft. «Das würde mir gefallen.»

«Oh, wie anheimelnd!», sagte eine Stimme von der Tür des Bootshauses her. «Oh, wie verschissen anheimelnd!»

Josie spähte angestrengt nach der Silhouette in der Dunkelheit. Am Türrahmen lehnte ein Mann, dessen anmaßendes Auftreten ihr definitiv vertraut war. Dann trat er in den kleinen Lichtschein der Laternen am Ufer des Sees.

«Damien!»

«Aha, du erinnerst dich also an mich», sagte er.

«Was, in aller Welt, tust du denn hier?»

«Komme mir im Moment vor wie ein Ersatzpimmel bei einer Hochzeit, um es mal so zu formulieren.» Mit dem Daumen deutete er erbost auf Jack, der höchst verwirrt dreinschaute. «Ich hatte nicht erwartet, ihn hier zu treffen.»

«Jack?» Josie und Jack starrten einander an. «Und warum nicht?»

«Wenn deine Mutter gesagt hätte, dass er bei dir wäre, hätte ich nicht die weite Reise hierher gemacht.»

«Was hat denn meine Mutter damit zu tun?»

«Sie ist diejenige, die hofft, dass es zu einer Aussöhnung zwischen uns kommt.»

«Zwischen uns?» Josie musste lachen. «Ich glaube, sie würde mich lieber mit jemandem verheiratet sehen, der so weltmännisch und charismatisch ist wie Willi Wacker, als mit dir, Damien.»

«Und was siehst du denn in *dem* da?» Damiens Gesicht war schwarz vor Zorn, als er Jack anblickte. «Der ist doch alt genug, um dein ... dein ... älterer Bruder zu sein.»

«Soll ich das regeln, Josie?», fragte Jack. Er wollte aufstehen.

Damien stieß mit den Händen gegen seine Brust, und mit einem verdutzten «Uff» landete Jack wieder auf dem Hintern. «Ich finde, du hast schon viel zu viel geregelt, Kumpel. Noch ist sie nämlich eine verheiratete Frau, kapiert? Ich vermute, dass hat sie dir lieber gar nicht erst erzählt, oder?»

«Ich bin über ihren Familienstand bestens informiert.» Jack stemmte sich in die Höhe und nahm eine Pose ein, die Josie höchst unangenehm an eine Kung-Fu-Stellung mit der Botschaft «Dich-hab-ich-in-einer-Minute-plattgemacht» erinnerte. «Ich vermute jedoch, dass Sie nicht über meinen informiert sind.»

«Mir ist dein Familienstand schnurzpiepe», plusterte sich Damien auf. «Na ja, vielleicht doch nicht so ganz. Zumindest nicht, wenn *meine Ehefrau* darin eine Rolle spielt.»

«Ihre Ehefrau hat damit absolut nichts zu tun.» Jack machte seltsame Bewegungen mit den Händen, die aussahen, als versuche er sich zu zwingen, Ruhe zu bewahren.

«Und ich sage, das hat sie doch.» Damien stieß mit flachen Händen gegen Jacks Brust.

Jack machte abermals diese komischen Bewegungen. Als würde er etwas niederhalten, das gar nicht existierte. «Ich denke, wir sollten uns beruhigen und die Sache ganz entspannt betrachten.»

«Interessiert mich einen Scheiß, was du denkst», sagte Damien, bevor er zurückwich und dann mit der Faust in Richtung von Jacks Nase ausholte.

Josie stand fasziniert dabei. Sie musste blinzeln, und schon hatte sie alles verpasst. Es war im Bruchteil einer Sekunde vorüber. Eben noch wollte Damien Jack einen Fausthieb versetzen, jetzt lag er mit dem Gesicht nach unten auf dem Fußboden des Bootshauses.

Jacks Fuß drückte auf Damiens Schulter, und Damiens Arm war nach hinten gestreckt. Seine Finger hielt Jack wie in einem Schraubstock. Jacks Gesicht strahlte erhabene Seelenruhe aus. Wäre Josie an seiner Stelle gewesen, hätte sie auf Damien eingeprügelt, bis er k. o. war, und es sehr genossen. Damiens Gegenwehr war wirkungslos.

Josie verschränkte die Arme und sah auf seine zappelnde Gestalt hinunter. «Ich denke, es ist langsam an der Zeit, dass ich euch offiziell miteinander bekannt mache, oder? Jack, das hier ist Damien, mein Exmann.»

«Freut mich, Sie kennen zu lernen, Damien.» Jack nickte, aber das blieb Damien verborgen, weil er noch immer in den Teppich – na ja, die Dielenbretter – biss.

«Damien, das ist Jack. Er ist ein Meister der asiatischen

Kampfkunst», erwähnte Josie unnötigerweise. «Außerdem ist er Marthas Ehemann.»

Matt spazierte in die Lobby von Zeppe's Wedding Manor und gab sich dabei die größte Mühe, so cool und lässig zu wirken wie nur möglich, obwohl sich in seinem Kopf das aufdringlich lärmende Ende von «I Am The Walrus» abspielte, bei dem alles in eine Kadenz aus Gequieke und Fürzen und misstönendem Piepsen mündet. Im wundervollen musikalischen Gesamtwerk, das Lennon und McCartney geschaffen hatten, war ihm diese Stelle schon immer unangenehm gewesen. Und noch weniger gefiel es ihm, wenn sie in seinem Kopf, seinem Herzen und auch noch seinem Magen tönte.

Er streifte seinen vom Schnee durchweichten Mantel ab und nahm auch Holly den ihren ab, nachdem sie sich herausgeschält hatte. Er gab sie der Garderobiere. Dann lächelte er Holly etwas gequält zu, und sie reagierte darauf mit einem hellen, alles verzeihenden Lachen – beide waren, wenn auch aus verschiedenen Gründen, erleichtert darüber, dass sie endlich hier waren.

Holly hakte sich bei ihm unter, und er kam sich vor wie der große böse Wolf, weil er sie so schimpflich behandelte. In ebendem Moment ging eine Brautjungfer an ihnen vorbei. Nicht etwa *die* Brautjungfer, sondern nur eine Brautjungfer. Eine Brautjungfer ganz in Lila. Ihr Kleid war ein rückenfreier, ärmelloser, flatternder Firlefanz – genau wie Josie es beschrieben hatte. Matt schloss die Augen und hätte am liebsten vor Begeisterung laut geschrien.

Als sie den Saal betraten, konnte er Headstrong auf der Bühne spielen sehen, und Holly winkte den Musikern grüßend zu.

Matt deutete verdutzt auf die Band. «Die spielen ja ‹Got To Get You Into My Life›!»

«Ich weiß», seufzte Holly. «Sie wissen nicht, dass es eine Nummer von den Beatles ist. Sie glauben, das Stück ist von Oasis. Aber bitte sag ihnen nichts.»

«Die machen es gar nicht so schlecht, oder?» Matt war angenehm überrascht, als er feststellte, dass sein Fuß im Rhythmus mitging.

«Magst du tanzen?», fragte Holly.

«Solltest du nicht Martha suchen?»

«Vielleicht», erwiderte Holly. «Aber es dürfte eigentlich nicht schwer sein, sie zu finden. Viele Frauen in Hochzeitskleidern sind bestimmt nicht hier. Wollen wir eine kleine Runde machen?»

«Ich glaube, das überlasse ich dir», sagte Matt. «Ich geh lieber mal schnell für kleine Jungen. Blasenschwäche nach all der Aufregung …»

«Okay», sagte sie. «Dann treffen wir uns gleich wieder hier?»

Matt nickte. «Ich brauch nicht lange.»

Holly verschwand im Gewühl der Tanzenden, winkte ihm im Weggehen mit einem Schlenkern der Hand zu und wackelte kurz mit dem Hintern.

Matt rieb sich die Hände, wie es die bösen Buben tun, wenn sie einen hinterlistigen Plan ausgeheckt haben. Jetzt los, um Josie zu finden!

Nach drei Runden um die Tanzfläche war er niedergeschlagen. Er hatte sämtliche Ecken und Winkel abgesucht, aber bis jetzt war es nicht gelungen, auch nur einen flüchtigen Blick auf die liebreizende Josie zu erhaschen. Matt kratzte sich am Kopf, wie es die bösen Buben tun, wenn ihre hinterlistigen Pläne aller Wahrscheinlichkeit nach nicht von Erfolg gekrönt scheinen. Irgendwo hier musste sie doch sein. Er war am richtigen Ort, zur rechten Zeit, bei der richtigen Martha. Jetzt fehlte ihm nur noch, dass Fräulein Richtig rechtzeitig auf die Szene trat.

## Neununddreißig

Martha saß auf der Bettkante, und vierhundertsechsundzwanzig Haarklemmen später löste sich der von Beatrice so sicher befestigte Schleier von ihrer Kopfhaut. Die Erleichterung war riesig, und das Blut strömte in ihre Haarwurzeln zurück. Sie quietschte vor Freude.

Glen drehte sich um und lächelte sie an. Sein Smokingjackett lag zusammen mit seiner Fliege über einem Stuhl. Sein Hemd war am Hals aufgeknöpft, und die Manschetten hatte er bis zu den Ellbogen umgekrempelt. Sein Haar sah nicht mehr aus, als sei es gerade erst mit Gel gestylt worden.

«Ich hab schon befürchtet, das verdammte Ding nie wieder vom Kopf runterzukriegen», sagte Martha. «Ich dachte, ich müsste mein Leben lang mit einem Hochzeitsschleier vor den Augen einkaufen gehen.»

«Soll ich uns Champagner bestellen?», fragte Glen.

«Champagner?»

«Ich dachte, du möchtest vielleicht zur Feier dieses Augenblicks etwas trinken.»

«Für heute habe ich genug Champagner gehabt», erwiderte Martha seufzend. Was würde Josie tun? Erst mal eine Tasse Tee trinken, ganz sicher. «Ich muss mich garantiert übergeben, wenn ich noch mehr trinke.» Martha zupfte an ihrer Korsage aus Spitze. Allmählich fing es darunter zu jucken an. «Aber erst mal muss ich unbedingt aus dem Ding hier raus.»

«Darf ich dir vielleicht zur Hand gehen?», fragte er und grinste dabei so anzüglich, wie man es eigentlich nur von den Knallchargen in Vorabendserien kennt. Er setzte sich neben sie, strich ihr das Haar aus dem Gesicht und hauchte sanfte Küsse auf ihren Haaransatz. Seine Lippen fühlten sich kalt und nass an, während sie zuvor doch so warm und aufreizend feucht gewesen waren. Er ließ die Finger über ihren Nacken streichen und dann unter den Saum ihres Hochzeitskleids wandern. Sie erschauerte.

Nein, sie wollte nicht, dass er ihr aus dem Kleid half. Nein, sie wollte keinen Champagner. Und nein, sie wusste ganz und gar nicht, was sie denn eigentlich wollte!

«Ich denke, ich muss eine Weile allein sein, Glen», sagte sie und rieb sich dabei die Schultern. «Da gibt es viel, über das ich nachdenken möchte. Vielleicht nehme ich ein Bad.»

Glen zog sie an sich. «Wollen wir zusammen in die Wanne?»

«Ich denke, es wäre besser, wenn ich alleine bade.» Sie

entzog sich ihm mit sanfter Gewalt. «Glen, ich muss mich erst mal mit alledem hier anfreunden.»

Glen fiel vor ihr auf die Knie und sah ihr fest in die Augen. «Du hast dich richtig entschieden», sagte er. «Vielleicht kommt es dir im Augenblick nicht so vor, aber du hättest die andere Sache nicht durchziehen dürfen. Die anderen Leute werden bald lernen, damit zu leben.»

Sie fragte sich, wie Jack wohl damit leben würde. Sie fragte sich, wie ihr Vater damit leben würde. Und sie wusste, dass ihre Mutter sie lieber umgebracht hätte, als damit leben zu müssen.

«Es wird Zeit, dass ich Daddy anrufe», sagte Martha. «Ich sollte ihn wenigstens wissen lassen, dass ich so weit okay bin und man mich nicht gegen meinen Willen verschleppt hat. Er sieht sich oft die Spätsendungen im Kabelfernsehen an und ist deswegen bestimmt überzeugt, dass du nur ein Außerirdischer sein kannst.»

«Er wird dir sofort die Sizilianer auf den Hals hetzen», warnte Glen.

«Ich würde mal annehmen, dass sie allesamt zu betrunken sind, um noch fahren zu können.» Martha lachte. «Aber ich werde für alle Fälle veranlassen, dass unsere Telefonnummer niemandem weitergegeben wird.»

«Ich sag dir was», schlug Glen vor. «Ich geh nach unten in die Bar, gönne mir noch einen Schlummertrunk und lass dich eine Weile in Frieden. Wie findest du das?»

«Hört sich gut an.»

Glen griff sich sein Smokingjackett vom Stuhl und warf es über die Schultern. «Ich bleib nicht lange.»

«Brauchst dich nicht zu beeilen», sagte Martha.

Er küsste sie mitten auf den Mund und zwinkerte ihr zu. «Du fehlst mir jetzt schon», sagte er, als er zur Schlafzimmertür hinausging.

Ein heißer Wasserfall ergoss sich in die Badewanne und erfüllte dem Raum mit Dampfschwaden. Mit aller Vorsicht kippte Martha eine Deckelfüllung des vom Hotel spendierten Schaumbads ins Wasser und atmete den süßen künstlichen Duft ein, der in die Luft stieg. Sie hielt inne und kippte dann die gesamte Flasche in die Wanne – wenn schon Schaum, dann richtig. War es eine vergebliche Hoffnung, dass der Schaum all ihre Sorgen wegmassieren könnte? Wahrscheinlich.

Sie wandte sich zum Spiegel, wischte in der Mitte seiner beschlagenen Oberfläche ein Stück frei und betrachtete ihr Gesicht. Die Augen sahen müde aus und hätten auch ohne die Flecken von Eyeliner und Wimperntusche schwarze Ringe gehabt, doch so wurde die Wirkung noch dramatisch verstärkt. Ihr Lippenstift war verschmiert, und vom Rouge war schon lange nichts mehr zu sehen. Wenn sie so furchtbar aussah, was mochten die Ereignisse erst bei Jack bewirkt haben?

Es wurde Zeit, ihren Vater anzurufen. Martha wanderte ins Schlafzimmer zurück und knabberte dabei die ganze Zeit nervös an ihren perfekt manikürten Fingernägeln. Was sollte sie bloß sagen? Sie nahm den Hörer, legte ihn aber gleich wieder aus der Hand und kaute von neuem an den Nägeln. Sollte sie versuchen, ihn im Hotel zu erreichen, wo die Hochzeit gefeiert wurde, oder sollte sie die Nummer seines Handys wählen? Wann würde er sie am wenigsten anschreien? Dem Himmel sei Dank, dass dies alles ihm keinen Herzanfall beschert hatte – oder vielleicht war ebendas geschehen und sie hatte es nur noch nicht erfahren.

Martha atmete tief durch und hob den Hörer ans Ohr. Sie atmete nochmals tief durch und legte ihn wieder zurück. Es war der reine Albtraum. Nichts leichter, als beim Gedanken an die Situation zu hyperventilieren! Wie hatte sie nur Jack zurücklassen können, sodass er allein mit allem fertig werden musste? Der liebe, süße Jack. Josie hatte von Anfang an Recht gehabt. Eine solche Behandlung hatte er nicht verdient. Sie konnte nur hoffen, dass ihre Cousine sich gut um ihn kümmerte und dass die beiden inzwischen keine Marzipanfigur nach ihrem Ebenbild geformt hatten und mit Nadeln hineinstachen.

Sie betrachtete das Bett. Das Bett, das Glen und sie sich gleich teilen würden. Es war nicht so ganz die Hochzeitsnacht, die sie sich vorgestellt hatte. Sie hatten sich gegenseitig versprochen, in dieser Nacht ein Baby zu machen, sie und Jack. Ein Kind der Hochzeitsnacht, um die gemeinsame Zukunft zu beginnen, um ihr Glück zu besiegeln und eine Familie zu gründen. Würde Glen das auch wollen? Er war inzwischen zu einem Fremden geworden. Ein vertrauter Fremder. Ob ein Baby im Moment ganz oben auf seiner Wunschliste stand?

Martha gab den Gedanken an ein Telefongespräch mit ihrem Vater auf und ging ans Fenster. Sie zog den schweren Samtvorhang zur Seite und ließ die dunkle Nacht in den Raum fluten. Die nächtliche Fifth Avenue lag ihr zu

Füßen. Sie presste das Gesicht an die kalte Fensterscheibe und genoss es, ihre glühend heiße Wange zu kühlen.

Sie hatte das Falsche getan. Das wusste sie jetzt. Warum hatte sie nur nicht auf Josie gehört? Wie hatte sie all diese Versprechen abgeben können, wie diese Gelöbnisse aussprechen – um dann bei der erstbesten Versuchung schwach zu werden? Was hatte Glen plötzlich so attraktiv erscheinen lassen, dass sie diese Kehrtwendung vollziehen und die vielen Menschen so verletzen konnte, insbesondere Jack? Warum nur?

Wie lange würde es dauern, bis ihre neue Beziehung unter der Last der Schuldgefühle zerbrach? Wie lange, bis die Frage nach dem «Was wäre, wenn?» so laut würde, dass sie den Lärm in ihrem Kopf nicht mehr aushalten könnte? Wie lange, bis sie alle Scherben ihres Lebens wieder zusammenkitten und dann weitermachen konnte, als sei nie etwas geschehen?

Martha warf einem Blick auf das Telefon. Es gab nur eine Möglichkeit, dies alles wieder hinzubiegen. Sie musste nur eines tun. Sie strich mit den Fingern über die Scheibe, und eine Welle von Wehmut erfasste sie. Sie hatte sich entschieden. Es würde das Beste für alle sein.

Glen hob den dritten Cognac an die Lippen, obwohl er nicht das geringste Interesse hatte, noch mehr zu trinken. Die spärlichen Gäste unterhielten sich mit gedämpften Stimmen. Unter ihnen gab es zwei Damen in kurzen Röcken und mit hohen Stimmen, die ein gewisses professionelles Interesse an einer Gruppe japanischer Geschäftsleute zu haben schienen, die sich gerade über einen anzüglichen Witz amüsierten. In der äußersten Ecke klimperte ein Pianist in weißem Smoking sanfte Jazzmelodien, aber unter den hohen Decken, zwischen den roten Samtsofas und den goldbeinigen Stühlen mit den starren Rückenlehnen vermochte er nicht die anheimelnde Stimmung aufkommen zu lassen, um die es ihm offenbar ging. Eigentlich durchaus vergleichbar mit Glens Bemühungen um Martha.

In seiner Verzweiflung wandte er sich dem Barkeeper zu, der vorgab, Gläser zu polieren. Aber sogar der vermied jeden Blickkontakt. Glen überlegte, ob er jetzt schon wieder zu Martha hinaufgehen sollte. Er wollte weder zu früh zurückgehen noch etwa zu lange fortbleiben.

«Mister Glen Donnelly, bitte!» Der Page in seiner hellroten Uniform mit den goldenen Epauletten war verbissen auf seine Mission konzentriert. «Mister Glen Donnelly, bitte!»

«He!» Glen hob sein Glas in Richtung des Pagen. Der junge Mann kam zu ihm hinüber.

«Mister Donnelly?»

«Der bin ich.»

«Ich habe eine Nachricht für Sie, Sir.»

«Und die wäre?»

Der Page senkte die Stimme. «Wir haben da einen kleinen Notfall. Der Ihr Zimmer betrifft, Sir.»

Glen gefror der Cognac auf der Zunge. «Was für einen Notfall?»

Der Barkeeper blickte zum ersten Mal an diesem Abend auf und hielt mit dem Polieren seiner Gläser inne.

«Das weiß ich nicht genau, Sir. Der Dienst habende Manager ist mit einem Generalschlüssel auf dem Weg zu Ihrem Zimmer, aber wir möchten gern, dass Sie auch anwesend sind. Würden Sie mich bitte begleiten?»

Glen kippte den Rest seines Drinks, ohne etwas zu schmecken, und sprang vom Barhocker. Mit langen Schritten folgte er dem Pagen, der sein Tempo gesteigert hatte. Im Laufschritt erreichten sie den Fahrstuhl, traten ein und standen stumm nebeneinander, während sich die Türen schlossen und die Kabine sich knarrend aufwärts bewegte.

Der Hotelmanager plagte sich mit dem Türschloss, als sie beide den Flur entlanggerannt kamen. In seiner Eile, die Tür zu öffnen, brachte er die Funktionen des elektronischen Schlosses durcheinander, und das grüne wie das rote Licht leuchteten gleichzeitig auf. Er ließ von seinen Bemühungen ab und sah Glen an, damit sowohl das Schloss als auch er Gelegenheit hatten, etwas zur Ruhe zu kommen.

«Was gibt es für ein Problem?»

«Aus dem Zimmer unter dem Ihren wurde uns gemeldet, dass Wasser durch die Decke tropft.»

Glen konnte seine Erleichterung nur mit Mühe verbergen. «Wasser?»

«Es könnte aus Ihrem Bad durchsickern, Sir.»

«Und das ist alles?», fragte Glen. «Sie haben mich hier raufgeschleppt, nur weil es ein Leck in meinem Bad gibt?»

Der Page und der Manager tauschten besorgte Blicke aus. «Wo hält sich Ihre Gattin auf, Sir?»

«Meine Gattin?» Glen runzelte die Stirn. «Oh, ich verstehe. Äh, meine … meine … meine Gattin nimmt ein Bad, glaube ich. Vielleicht ist da ein Wasserhahn undicht.»

«Wir haben versucht, in Ihrem Zimmer anzurufen, Sir, aber es hat niemand geantwortet.»

In Glens Adern gefror das Blut zu Eiswasser. «Geben Sie mir die da.» Er riss dem Manager die Schlüsselkarte aus der Hand, und dem schien ein Stein vom Herzen zu fallen, weil er mit der Karte auch die Verantwortung abgegeben hatte.

Sie stürmten ins Zimmer. Dabei knallten sie den Türgriff gegen die Wand und beschädigten die Tapete. Nirgends ein Lebenszeichen.

«Martha!», rief Glen auf dem Weg zum Bad. Er stieß die Tür auf und war sofort von wirbelnden Dampfschwaden umhüllt, die nach Vanille dufteten. «Martha!»

Ein Berg aus weißem Schaum quoll über den Rand der Badewanne, und seine Ausläufer krochen genüsslich über den gekachelten Boden. Unter den Schaumblasen stand das Wasser zentimeterhoch. Glen watete hindurch und drehte die Wasserhähne zu.

Wo immer Martha auch sein mochte, im Bad war sie jedenfalls nicht.

Er wandte sich an den Manager, der sehr ärgerlich wirkte, obwohl er wieder Farbe im Gesicht hatte.

«Für den Schaden komme ich natürlich auf», sagte Glen leicht geistesabwesend und wanderte zum Fenster.

«Das werde ich vermerken, Sir», sagte der Manager. «Aber ich möchte nicht, dass dies kleine Missgeschick Ihnen die Hochzeitsnacht verdirbt. Möchten Sie vielleicht ein anderes Zimmer beziehen?»

Glen stand inzwischen am Fenster. Die Vorhänge waren zur Seite gezogen, die Fenster beschlagen. Er stand wie erstarrt da. «Ich denke, das wird nicht nötig sein, danke», sagte er. «Vielleicht machen Sie mir aber meine Rechnung fertig. Ich werde in Kürze abreisen.»

«Sehr wohl, Sir», sagte der Hotelmanager und zog sich ohne eine weitere Frage aus dem Zimmer zurück. Dem verdutzten Pagen bedeutete er mitzukommen.

Glen drehte sich wieder zum Fenster um und starrte dann scheinbar ins Leere. Auf die beschlagene Scheibe hatte Martha geschrieben: «Ich dachte, ich liebe dich, aber das hier kann ich nicht tun. Vergib mir.»

Glen räusperte sich, denn er hatte plötzlich einen Kloß im Hals. Er zog die Vorhänge wieder zusammen, sperrte die Nacht und Marthas Nachricht aus. Dann setzte er sich aufs Bett, vergrub das Gesicht in den Händen und weinte wie beim letzten Mal, als Martha ihm durch die Finger geschlüpft war.

## Vierzig

«Wie hätte ich wissen sollen, dass er Marthas Ehemann ist?», quengelte Damien.

«Versuch doch einmal, zuerst den Verstand und dann die Fäuste zu gebrauchen», riet ihm Josie. «Könnte sich als nützlich erweisen.»

«Das ist nicht fair. Was hätte ich denn annehmen sollen? Ich hatte doch gerade gesehen, wie sie mit so einer Art Arnold Schwarzenegger für Arme ins Taxi stieg.»

«Glen», sagte Josie. «Der Trauzeuge.»

«Fuck», sagte Damien.

«Ja, den Fick hatten sie gerade hinter sich.»

«Was?»

Josie schüttelte den Kopf. «Ist auch egal.»

«Ich frage mich, ob sie wohl mit der kürzesten Ehe aller Zeiten ins Guinness-Buch kommen.»

Sie standen so dicht beieinander wie schon sehr lange nicht mehr, und unter allen erdenklichen anderen Umständen hätte man die Situation für romantisch halten können. Der Mond stand am Himmel, wirkte blank geputzt und leuchtete hoffnungsvoll. Sie warf einen verstohlenen Seitenblick auf ihren Ehemann. In seiner kantigen Art war er höchst attraktiv, und er vermittelte unmissverständlich, wie groß sein Selbstbewusstsein war. Ebendeswegen verfielen ihm die Frauen immer wieder. Josie betrachtete ihn mit einem traurigen Lächeln. Wenn da nur ein Anflug von Sanftheit in seinem Charakter wäre, wenn die Kanten nur geglättet werden könnten. Wenn er nur bei *Meine Lieder, meine Träume* geweint oder Pu den Bären gemocht oder wenigstens nicht wörtlich gesagt hätte, «Lady in Red» von Chris de Burgh sei «ein Haufen dampfender Scheiße». Josie holte sich selbst in die Gegenwart zurück.

«Du hast mir immer noch nicht erklärt, was du hier suchst», sagte sie und scharrte im Kies.

«Ich hab mir gedacht, das müsste doch auf der Hand liegen.»

«Ich hätte nicht gedacht, dass dir so viel an Martha liegt», bemerkte Josie. «Zumindest hast du das nie erwähnt.»

«Mir liegt absolut nichts an Martha», fauchte Damien. «An diesem bescheuerten Dummchen.»

«Das ist sie nicht», fauchte Josie zurück. Nun ja, die heutigen Ereignisse hielten auch einer wohlwollenden Prüfung ihres Verhaltens nicht stand. «Sie ist nur verwirrt», fügte sie nachdenklich hinzu.

«Jeden Moment kann unsere Scheidung rechtskräftig werden.» Damien seufzte tief und breitete die Hände aus. «Und das will ich nicht.»

Josie musste lachen. «Das kann doch nicht dein Ernst sein, Damien!»

«Wieso lachst du?» Damien sah sie an, als sei er tödlich beleidigt. «Natürlich ist es mein Ernst.»

Josie lachte noch mehr. «Und du bist den ganzen Weg hierher geflogen, um mir das zu sagen?»

«Verdammt nochmal, ja!»

Josie fasste sich und sah ihm ins Gesicht. «Warum?»

Damien war konsterniert. «Was soll das heißen – warum?»

«Nichts als das. Warum?»

«Warum machst du es mir so schwer?»

«Tue ich doch gar nicht. Ich möchte nur wissen, warum.»

«Ich habe Melanie deinetwegen verlassen», sagte er.

«Du hast was getan?»

«Ich hab sie verlassen.» Damien ließ den Kopf hängen. «Gestern Abend.»

«Einfach so?»

«Was hätte ich sonst tun sollen? Ich liebe doch nur dich», beharrte Damien.

«Und was sagt das Ding zu deiner plötzlichen Abreise?»

«Melanie … das Ding war ganz und gar kein glückliches Häschen», sagte er. «Mit Tellern hat sie nach mir geworfen.»

Sie wanderten weiter am Seeufer entlang. Musikfetzen wehten von der Feier herüber, und das konnte nur eins bedeuten: Jack war noch nicht dadrinnen aufgetaucht und hatte den Gästen nahe gelegt, sich allesamt ihre Garderobe zu holen und nach Hause zu fahren.

«Das läuft hier nicht so, wie ich es geplant hatte.» Damien schürzte die Lippen. Er sah aus, als wolle er nach ihrer Hand greifen, habe es sich aber im letzten Moment doch noch anders überlegt. «Ich wollte bei Marthas Hochzeit erscheinen und dich mit dem Antrag überraschen, mich ein zweites Mal zu heiraten.»

Josie blieb wie angewurzelt und mit offenem Mund stehen.

«Ich hab sogar einen Ring mitgebracht», sagte Damien erwartungsvoll.

«Du wolltest also hier mit deinen Riesenlatschen Größe 46 hereingepoltert kommen und einen Mordszirkus aus einer Sache machen, die nur uns beide ganz allein etwas angeht?»

«Äh … ja.»

«Und Martha die Hochzeitsfeier ruinieren?»

«Jetzt hör aber mal …», wollte Damien protestieren. «Ich finde, das hat sie ja wohl bestens allein hingekriegt.»

«Du bist ein herzloser Mistkerl, Damien Flynn.»

Damien zog das elegante kleine Samtkästchen aus seiner Jacketttasche. «Es ist ein großartiger Ring», sagte er und klappte den Deckel auf.

Josie schnappte nach Luft.

Damien gestattete sich ein Lächeln, das immer breiter wurde.

«Ehrlich, Damien, der ist wunderschön.»

«Ich wusste, dass er dir gefallen würde.»

«Ich kenne keine Frau, der er nicht gefallen würde.»

Damien schaute zögernd auf den Kiesbelag und ließ sich dann auf ein Knie sinken. «Ich liebe dich, Josie.» Er nahm den Ring aus dem Kästchen und streckte ihn ihr entgegen. Josie nahm ihn und betrachtete ihn staunend.

«Einen so herrlichen Ring habe ich noch nie gesehen.» Das Mondlicht glitzerte auf dem Diamanten und weckte eine Myriade verschiedener Farben, die in ihm gefangen waren. Er funkelte und ließ die Lichtstrahlen tanzen, als führten sie ein Eigenleben.

«Verloben wir uns, Josie», sagte Damien. «Lass uns die Scheidung aufheben und noch einmal ganz von vorn beginnen.»

Josie schaute seufzend auf den Ring. «So einfach ist es nicht.»

Damien verlagerte das Gewicht. «Warum?»

Josie ließ die Hände sinken und verbarg dadurch den Ring vor dem Mondschein, der ihn zum Funkeln gebracht hatte. «Weil ich dich nicht mehr liebe.»

Damien rappelte sich hoch und ließ das leere Schmuckkästchen zuschnappen. Er stopfte es in die Tasche. «Das glaube ich einfach nicht!» Er stampfte auf dem Pfad hin und her und raufte sich dabei voller Enttäuschung die Haare. «Das ist alles nur *seinetwegen*, stimmt's?» Damien deutete irgendwo in die Ferne.

«Dieser neue Mann in deinem Leben. Dieser Mann, mit dem du lauschige Abende im Restaurant verbringst. Dieser Mann, der dir so *wichtig* ist. Es muss ja ernst sein, denn du hast deiner Mutter noch nicht von ihm erzählt, und normalerweise erzählst du deiner verdammten Mutter doch *alles*!»

Josie lachte los. «Darum geht es also, Damien», sagte sie. «Es geht nicht darum, dass du mich zurückgewinnen möchtest. Dir ist nur wichtig, dass ich mit keinem anderen glücklich bin. Du möchtest nur beweisen, dass du besser bist als er.»

«Schenkt er dir etwa Diamanten?»

«Nein, das tut er nicht.» Sie zögerte, bevor sie weiterredete. «Eine solche Beziehung haben wir nicht.» Sie hielt den Ring in die Höhe. «Und was das hier betrifft, so handelt es sich um eine übertriebene und sinnlose Geste. Ich brauche Bestätigung, Verantwortungsgefühl, Sicherheit und Liebe, Damien. Ich brauche keinen Ring, der so groß ist wie ein Fußball.»

Damiens Gesicht war inzwischen schwarz wie der Nachthimmel. «Der Diamant da hat mich um zwanzigtausend Scheine leichter gemacht, das solltest du wissen. Dafür hätte ich auch eine Farm auf den Orkneys kaufen können.»

«Ich wünschte, du hättest es getan», sagte Josie. «Und wärst auch gleich dorthin gezogen. Obwohl dann die Schafe da schlechte Zeiten vor sich hätten.»

«Wie heißt der Kerl?»

«Wie er heißt?» Josie raffte die Decke fester um die Schultern. «Äh ... Matt.»

«Wie in Fußmatte?»

«Wie in Matt Jarvis.»

«Liebst du ihn?»

«Ja», erwiderte sie trotzig. Und dann fügte sie leise hinzu. «Das tue ich, ja.»

«Was ist das für einer? So ein Pfeife rauchender, Anorak tragender, Labour wählender Chemielehrer, den du im Lehrerzimmer kennen gelernt hast?»

«Ich bin froh, dass du eine so hohe Meinung von meinem Geschmack hast, was Männer betrifft. Schließlich habe ich mir ja auch dich ausgesucht.» Josie stemmte die Fäuste in die Hüften. «Er ist Rock...musiker», sagte sie.

«Ein Rockmusiker! Was willst du denn mit einem Rockmusiker?»

«Eine Menge Spaß haben», sagte sie.

Damien deutete auf den Ring. «Das da ist ein Zeichen dafür, dass ich mich zu dir bekenne, und dir fällt nichts ein, als ihn mir an den Kopf zu werfen. Bist du so wenig beeindruckt? Was verlangst du denn noch mehr? Du bist eine extrem undankbare Person, Josie Flynn!»

«Und du bist ein fehlgeleiteter und überheblicher Ex», sagte sie. «Und ich werfe dir den hier nicht an den Kopf ...» Josie hielt den Ring in die Höhe. «Ich werfe ihn in den See!»

Der Ring klatschte ins Wasser und erschreckte dabei einen Erpel, der nichts ahnend an der Stelle vorüberschwamm. Mit einem fröhlichen Quaken tauchte er den Schnabel ins Wasser und verschluckte den Ring.

Josie und Damien bekamen den Mund nicht zu. Die nächsten Momente verstrichen in Zeitlupe, bis Josie wieder sprach.

«Ich gehe», sagte sie. «Von Männern habe ich genug. Besonders von dir habe ich genug, Damien Flynn. Und von dieser blödsinnigen Hochzeit habe ich mehr als genug!» Sie machte auf dem Absatz kehrt und marschierte in die Dunkelheit davon.

Wie hypnotisiert und zu keiner Bewegung fähig, betrachtete Damien die kleinen Wellenkreise auf dem Wasser. Er vermochte nichts dagegen zu tun, dass Josie aus seinem Leben ging, denn er war zu nichts anderem fähig, als auf die Stelle zu starren, wo der Erpel seinen Diamantring verschluckt hatte. Und ebendieser Erpel gab ein gequältes Quaken von sich, plusterte sich auf und paddelte dann seelenruhig davon. Und wenn Damien nicht ein so rationaler Mensch gewesen wäre, hätte er schwören können, dass er dabei auch noch grinste.

## Einundvierzig

Wie hatte sie es nur fertig bekommen, so ein … ein … ein ARSCHLOCH zu heiraten!? Innerlich kochte Josie vor Wut. Sie stand an der Rezeption und wartete auf das bestellte Taxi. Sie klopfte nervös mit den Fußspitzen auf den Boden, sie rang die Hände, sie ließ keine der kleinen

Gesten aus, die angestauten Zorn verraten – es hätte noch gefehlt, dass sie sich Haare büschelweise ausriss und so laut kreischte, wie sie nur konnte.

Wie hatte Damien auf die Idee kommen können, dass er nur diesen protzigen … Klunker vor ihrer Nase baumeln lassen musste, damit sie ihm willenlos in die Arme sank? Seit ihrer Trennung hatte sie sich in London ganz schön nach der Decke strecken müssen, um über die Runden zu kommen. Wie konnte er es wagen, mit seinem Reichtum zu protzen? Sogar der Kater, Ehemals Bekannt Als Prince, hatte sich diese sündhaft teuren kleinen Dosen mit Gourmetfutter abschminken müssen – delikate Terrine mit Krebsschwänzen in Kaviarsoße, feine Pastete von Pute und Ente an Trüffelaspik, Calamarihappen in Krabbenmousse, Miezenschmaus Spaghetti Shebanese – und bekam jetzt eben das ganz ordinäre Whiskas mit kräftigen Häppchen vorgesetzt. Außer zu speziellen Gelegenheiten. Trotzdem spielte er den Eingeschnappten. Und nun wagte es Damien, ihr ein Geschenk zu präsentieren, das sie nicht einmal mit ihrem Jahresgehalt hätte kaufen können.

Doch wie sie Damien kannte, war das ohnehin alles nur Humbug. Wahrscheinlich hatte er den Ring aus einem Kaugummiautomaten gezogen, als Prämie für Sammelcoupons auf seinen Cornflakes-Packungen bekommen oder sonst wie, und das Ding sah nur aus wie ein Monsterdiamant. Nie im Leben hätte er sich von so viel Geld getrennt, es sei denn, er war wirklich verzweifelt. Aber Damien war noch nie wegen irgendetwas wirklich verzweifelt gewesen. Sie runzelte ganz leicht die

Stirn. Vielleicht hätte sie den Ring doch nicht an die Enten verfüttern sollen.

Josies Taxi fuhr vor, und sie eilte in die frostklirrende Februarnacht hinaus. Sie wollte nur so schnell wie möglich zurück in ihr Hotel, die reizenden lila Schuhe, die sie im Moment fast zum Krüppel machten, von den Füßen schleudern, ein heißes Bad nehmen und ihre Minibar leer trinken.

Matt und Holly tanzten zu «I'm Happy Just To Dance With You», einer weiteren Beatles-Coverversion von Headstrong. Auf der Tanzfläche herrschte Hochbetrieb, und Matt wurde von tausend spitzen Ellbogen gepiesackt. Wie war es den Menschen nur gelungen, elegant und entspannt über die Tanzfläche zu gleiten, als Walzer, Quickstepp und Foxtrott noch in Mode waren? Wahrscheinlich waren damals die Tanzflächen weitaus geräumiger gewesen – heutzutage blieb kaum Platz, um aufrecht zu stehen, ohne sich selbst oder mindestens seiner Partnerin auf die Zehen zu treten. Holly sah beseligt aus, als ahne sie nichts von seinem Unbehagen.

«Martha schon gesehen?», fragte Matt ganz beiläufig zum vierzigsten Mal.

«Nein.» Holly zog die Nase kraus. «Ich weiß auch nicht, wo sie stecken könnte. Einer der Gäste hat gesagt, sie sei noch nicht gegangen, also schätze ich, dass sie sich hier noch irgendwo herumtreibt.»

«Spielen die denn nur Songs von den Beatles?», fragte Matt.

«Viele», gestand Holly ein. «Auf jeden Fall die mit Text.»

«Und niemand hat es für angebracht gehalten, sie aufzuklären?»

«Na ja, besonders cool ist es nicht, oder? Ist was los mit dir? Du bist so gereizt, und das kann doch nicht an ein paar Beatles-Songs liegen.»

Matt hörte abrupt auf, sich zu bewegen. «Mir ist eigentlich gar nicht nach Tanzen, Holly. Hättest du was dagegen, dass ich ein paar Minuten nach draußen gehe und dich hier allein lasse?»

«Nein», sagte sie. «Ich häng so lange mit den Jungs ab. Die müssten nämlich schon bald mit ihrem Auftritt fertig sein.»

«Es dauert auch nicht lange», sagte er, drehte sich um und verließ die Tanzfläche. Dann machte er sich auf den Weg hinaus, wo er Ruhe und Josie zu finden hoffte. Und das nicht notwendigerweise in dieser Reihenfolge.

Die Tür des Taxis knallte zu, und es startete mit quietschenden Reifen in die Nacht, als Matt in den Rezeptionsbereich geschlendert kam, in dem es angenehm ruhig und kühl war. Das dumpfe Dröhnen einer verhunzten Version von «You've Got To Hide Your Love Away» verklang im Hintergrund. Gott sei Dank. Aber die anderen Hochzeitsgäste schienen nichts an der Musik auszusetzen zu haben. Na ja, Betrunkene tanzten eben zu allem – wie Boney M mehr als einmal bewiesen hatten.

## Zweiundvierzig

«Komm schon her, du kleines Schwein.» Damien stand bis zu den Knien im Schlamm und im trüben Wasser.

«Quak, quak», quakte das kleine Schwein und paddelte weiter von Damien weg, den es zweifellos für einen ausgemachten Idioten hielt.

Auch die anderen Enten zeigten sich inzwischen interessiert und schwammen jetzt um Damiens Beine herum. «Hört zu, verpisst euch endlich», schimpfte Damien. «Von euch will ich nichts. Ich hab's auf Donald hier abgesehen.» Er klatschte aufs Wasser, um sie zu erschrecken. «So was wie Entensolidarität gibt es nicht. Also haut ab und überlasst es ihm, sich selbst zu verteidigen.»

Jetzt quakte Donald herausfordernd und streitlustig.

«Genau, das ist es!» Damien zog sein Jackett aus und löste seine Krawatte. Er zielte auf den kleinen Landungssteg, der wohl nur zur Zierde da war und auf dem der Erpel Platz genommen hatte, wirbelte das Jackett über dem Kopf herum und warf es dann mit seiner ganzen Kraft. Es landete im Wasser, nur Zentimeter von seinem Ziel entfernt.

«Mistdreck», schimpfte Damien und verfluchte zum tausendsten Mal an diesem Abend sein Schicksal. Dann schüttelte er sich vor Abscheu und sprang kopfüber ins Wasser.

Donald schoss davon, wild, aber entschlossen verfolgt von Damien. «Du solltest wissen», keuchte Damien im bitterkalten Wasser, «dass ich schon mit fünf mein Fahrtenschwimmer-Abzeichen gemacht habe! Wer kann das schon von sich sagen?»

Donald hatte das andere Ufer erreicht. Er watschelte die matschige Böschung hinauf und gesellte sich zu seinen dort umherwuselnden Mitenten. Aufmerksamkeit heischend schüttelte er sein Federkleid. Damien, der ihm dicht auf den Entenfersen war, taumelte aus dem Wasser direkt in den Schlamm. Dort versank er mit einem gequälten Aufschrei bis zu den Knien. Dieser Schrei erschreckte Donald, der sofort vorwärts watschelte, aber nicht weit kam, weil Damien mit einem Hechtsprung den Schlamm überquert hatte und es schaffte, den verängstigten Erpel zu packen und mit beiden Armen fest umschlungen zu halten.

«Jetzt hab ich dich!», jubelte Damien triumphierend und widerstand der Versuchung, die geballte Faust in die Luft zu recken. Dadurch hätte er unweigerlich die Kontrolle über den Erpel verloren.

Donald quakte in Todesangst.

Damien hielt Donald ganz fest und ließ behutsam seine Finger in den Schnabel des Erpels gleiten, wobei er sich fragte, ob ein suchender Finger tief im Hals eine Ente wohl dazu veranlassen würde, einen Diamantring hervorzuwürgen. Donald klemmte Damiens Finger mit seinem Schnabel so fest ein wie mit einem Schraubstock und quakte laut.

«Scheiße», sagte Damien, denn die gewählteren Bestandteile seines Vokabulars schienen sich immer mehr verflüchtigt zu haben.

Es bedurfte doch nur eines heftigen Rucks, und –

knacks – alles wäre überstanden. Vorsichtig umschloss er Donalds Hals und zog ihn in die Länge.

Donald quakte und quakte vor Aufregung und versuchte fortzufliegen, während Damien den Mut aufzubringen versuchte, fester zuzudrücken. «Ich verspreche dir, du wirst gar nichts merken. Das hier wird mir viel mehr wehtun als dir.»

Donalds hektische Flügelschläge machten deutlich, dass er anderer Ansicht war. Damien sah weg und zog den Entenhals noch ein wenig mehr in die Länge. Der Erpel quakte, als hinge sein Leben davon ab – was es ja auch tat.

Als sein Schoß schließlich voller Entenscheiße war und Donald schon fast tot, ließ Damien ihn los. Geschlagen sank er zurück in den Schlamm. Er mochte so manches sein, aber mit Sicherheit war er kein geborener Killer.

«Na, komm», sagte er, klemmte sich Donald unter den Arm und kämpfte sich aus dem schwappenden Schlamm heraus. «Du und ich müssen jetzt einen humaneren Weg finden, was aus dir herauszuholen …»

Und Damien, dessen exorbitant teurer Anzug von Paul Smith unter der Schlammschicht nicht mehr zu erkennen war, machte sich mit tief gesenktem Kopf auf den Rückweg zu Marthas Hochzeit.

Matt stand an der Rezeption und hatte keine Ahnung, was er als Nächstes tun sollte. Ein kleiner dunkler Mann sizilianischer Herkunft hatte sich zu ihm gesellt. Was ihm an Statur fehlte, machte er durch seine undurchdringliche Miene wett, die sofort Respekt einflößte. Zu Matts

Beunruhigung erinnerte er an Marlon Brando in *Der Pate* – obwohl er kleiner war, hagerer und unendlich viel hässlicher.

Der Mann beäugte ihn interessiert und nickte freundlich. Matt nickte vorsichtig lächelnd zurück.

«Die Brautjungfern haben tolle Titten», sagte Onkel Nunzio.

«Ist das wahr?», erwiderte Matt nachdenklich. «Bis jetzt hatte ich noch nicht das Vergnügen. Ich hoffe jedoch, dass es mir noch zuteil wird.»

Onkel Nunzio verzog seinen größtenteils zahnlosen Mund zu einem Grinsen, aber bevor er sich weiter über die anatomischen Vorzüge der weiblichen Mitglieder dieser Hochzeitsgesellschaft auslassen konnte, wurde ihrer beider Aufmerksamkeit von einem äußerst schlammigen Mann geweckt, der aus der Eingangshalle in den Rezeptionsbereich gestapft kam. Er hatte eine zappelnde Reisetasche dabei, die ein gedämpftes Quaken von sich gab.

Damien ging auf sie los. Sein Gesicht war finster und bedrohlich. «Habt ihr ein Problem?», fuhr er sie an.

Matt sah sich um, weil er sich vergewissern wollte, ob der Mann sie meinte. Es war niemand sonst zu sehen. «Nein, Freundchen. Aber es sieht so aus, als hätten Sie eins.»

«O Gott», sagte Damien. Er ließ die Reisetasche mit Donald dem Erpel zu Boden fallen. «Sie schon wieder.»

«O Gott», kam das Echo von Matt. «Sie schon wieder!»

«Sie sind der Typ aus dem Taxi!»

«Sie auch!», rief Matt. «So verschlammt habe ich Sie zuerst gar nicht erkannt.»

Damien sah ihn finster an. «Was tun Sie denn hier?»

«Anscheinend sehr viel weniger als Sie», sagte Matt und blickte demonstrativ auf die quakende Reisetasche, die Anstalten machte davonzueilen.

«Sind Sie ein Freund von Martha?», fragte Damien.

«Nicht direkt ...», antwortete Matt.

«Er treibt es nur mit der Brautjungfer», mischte sich Onkel Nunzio mit einem hilfsbereiten Lächeln ein.

«Das tue ich nicht!», protestierte Matt.

«Mit welcher?» Damiens Gesicht war inzwischen zart schwarz angelaufen.

«Mit keiner von ihnen», beharrte Matt. «Na ja, Josie.» Er drehte sich um und sah Onkel Nunzio wütend an. «Vielen Dank, Sie verdorrte alte sizilianische Dreckschleuder.»

«Josie?» Damien geiferte wie ein tollwütiger Hund.

«Nun», erklärte Matt in aller Vernunft, «*getrieben* habe ich es nicht mit ihr.» Er nahm sich die Zeit, Onkel Nunzio nochmal einen vernichtenden Blick zuzuwerfen. «Ich habe sozusagen noch nicht das Geringste getan, aber ich hätte auch nichts dagegen, etwas zu tun.» Matt zwinkerte ein Stammtischzwinkern in die Runde.

«Josie ist zufälligerweise meine Ehefrau», sagte Damien mit bedrohlich leiser Stimme.

«Ehefrau», sagte Matt und fragte sich, warum seine Lippen plötzlich so trocken geworden waren.

«Ehefrau», stieß Damien zwischen zusammengebissenen Zähnen hervor und hatte dabei eine entfernte Ähnlichkeit mit einem Rottweiler. Mit einem Rottweiler, der noch nicht so ganz kapiert hatte, dass es verboten war, den Briefträger zu beißen.

«Ich bin sicher, dass sie gesagt hat, sie wäre geschieden ...»

«Und was bin ich? Schottischer Hochnebel?»

Jetzt, da er sicher war, die richtigen Wörter besonders dringend zu benötigen, weigerte sich sein Gehirn, diese zu bilden, aber er war hundertprozentig überzeugt, dass die anscheinend höchst erzürnte Person, die da vor ihm stand, handfester und gefährlicher war als Nebelschwaden aus den Highlands.

«Ich kann Ihnen versichern, *mein Freund*, dass sie definitiv verheiratet ist.»

«Komisch, dass sie es nicht erwähnt hat», sagte Matt mit gespieltem Mut, obwohl er das Gefühl hatte, als würde ihm die Zunge am Gaumen kleben.

«Sie ist ein klasse Fick.» Onkel Nunzio hatte offensichtlich seinen Spaß.

«Jetzt reicht es aber langsam!», erregte sich Matt. «Wo haben Sie bloß Ihr Englisch gelernt? Im Fernsehen bei Channel Four?»

«Moment mal ...» Damiens Augen verengten sich zu Schlitzen. «Sie sind doch nicht etwa dieser komische Matt, oder?»

«Matt Jarvis.»

«Der Rockmusiker», höhnte Damien.

Rockmusiker? Das klang ja ziemlich sexy, und warum sollte er da etwa widersprechen?

«Derjenige, in den meine Frau – Josie, die willige Brautjungfer – verliebt ist?»

«Ist sie das tatsächlich?» Matts Gesicht leuchtete merklich auf.

«Ich weiß gar nicht, warum du so verdammt strahlst. Ich sollte dir deine verschissene Fresse polieren, bis du an deinen verschissenen Zähnen erstickst.»

«Wo ist Josie?», fragte Matt.

«Was geht dich das an?»

«Ich frage mich nur ...»

«Nun hör mir mal zu», sagte Damien und seufzte genervt. «Deinetwegen habe ich Tausende Pfund meines sauer verdienten Geldes für den Flug hierher vergeudet, und dann hab ich mich auch noch zum kompletten Arschloch gemacht. Deinetwegen ist da jetzt ein Kater ohne Vater. Deinetwegen hat mich meine Frau verlassen. Deinetwegen befindet sich jetzt ein riesiger und phänomenal teurer Diamantring in einer Ente. Deinetwegen ist ein Anzug von Paul Smith von fiesem, stinkendem Matsch verkrustet. Deinetwegen werde ich mir jetzt kaputte Knöchel einhandeln. Denn ich hab beschlossen, meiner instinktiven Neigung nachzugeben, die mich schon überkam, als wir uns bei dem bedauerlichen Auffahrunfall unserer Taxis begegnet sind: Ich werde dir jetzt nämlich wirklich deine verschissene Fresse so polieren, dass du an deinen verschissenen Zähnen erstickst.»

Matt deutete auf die Reisetasche. «Pass auf, Kumpel, deine Ente will türmen.»

Damien sah auf die Tasche, die in der Tat langsam und etwas unbeholfen davonwatschelte.

Matt nahm die Gelegenheit wahr und wollte weglaufen, aber urplötzlich stand er Holly gegenüber. Sie hatte die Hände in die Hüften gestemmt und den Schmollmund gespitzt. «Man kann dich keine fünf Minuten allein lassen, ohne dass du in Schwierigkeiten gerätst, hm?», knurrte sie ihn an. «Was geht denn hier vor?»

«Ich kann es dir erklären», sagte Matt, und in derselben Sekunde krachte auch schon Damiens Faust an seinen Kopf. Unter seiner Schädeldecke explodierten Tausende Feuerwerkskörper zu herrlichen Kaskaden, die denen glichen, die erst kürzlich den Nachthimmel von Long Island erleuchtet hatten. Jede Erklärung wurde dadurch unmöglich.

Matt ging zu Boden und hörte das dumpfe Geräusch des Aufpralls. Davon konnte einem übel werden.

Obwohl er benebelt war und sich alles drehte, drängte sich ihm der Gedanke auf, dass es keine Lust ohne Schmerz gab. Und als er sich zusammenrollte und in einen traumlosen Schlaf versank, da blieb noch ein klarer Gedanke in seinem Bewusstsein haften, als sei er mit Sekundenkleber befestigt. Josie mochte vielleicht versäumt haben, ihm zu enthüllen, dass es da einen eifersüchtigen Ehemann gab, der ihr nachstellte, aber es konnte kein Zweifel daran bestehen, dass sie ihrem Ehemann erzählt hatte, in ihn verliebt zu sein, in Matt-den-Rockmusiker-Jarvis.

## Dreiundvierzig

Holly stand vor ihm und tippte ungeduldig auf den Boden. Ihre Frisur war noch zerzauster als sonst, weil sie sich die Haare verzweifelt gerauft hatte, und ihr Gesicht hatte dank einer Mischung aus Zorn und Alkohol die Farbe von Tomatenketchup angenommen. Sie sah höchst sauer aus, aber gleichzeitig auch unsagbar niedlich. Wenn Matt nicht diese Schmerzen im Gesicht gehabt hätte, wäre ihm nach einem Lächeln zumute gewesen.

«Und komm ja nicht auf den Gedanken, lächeln zu wollen», befahl Holly.

«Ich vohllte ja nich ...», murmelte Matt zwischen aufgequollenen Lippen.

«Du brauchst ein blutiges Steak auf dem Gesicht», sagte Holly grimmig und zeigte auf die Stelle, wo sich in Kürze ein blaues Auge befinden würde.

«Ich dachte, das machen sie nur in Weichentrickwilmen.»

«Ich hab keine Ahnung, Matt», fauchte sie. «Ich bin ja nicht dein verschissenes Kindermädchen, obwohl ich mir langsam so vorkomme.»

Matt ließ den Kopf hängen, der ihm an allen erdenklichen Stellen wehtat. Halb liegend, halb sitzend lehnte er am Rezeptionstresen, und deswegen hatte er auch noch Rückenschmerzen. «Fuht mir Leid», lispelte er, «ich haw dir so viel Ärger gemacht ...»

«Das ist wohl wahr.» Holly verschränkte die Arme, aber sprach mit sanfterer Stimme. «Schaffen wir dich nach Hause. Alle anderen sind auch schon weg.»

Aufs Stichwort kamen die vier gut gelaunten Mitglieder von Headstrong aus dem Ballsaal geschlendert. «Bis dann, Holly», sagten sie. «Wir sehen uns morgen.»

Matt tastete über sein Gesicht. «Was ist mit dem Donaldisten passiert?»

«Der ist weg», sagte Holly. «Zusammen mit seiner Ente. Er musste seinen Flug erwischen.»

«Was ist mit Martha?»

«Auch weg.»

«Und die Brautjungfern?»

«Weg.»

«Alle?»

«Ja.»

Matt schaute sie fragend an.

«Ich hab keine Ahnung, was passiert ist.» Holly zuckte die Achseln. «Vielleicht hatten sie Kopfschmerzen. Das hier war jedenfalls die verrückteste Hochzeit, die ich je erlebt habe.»

«Also», sagte Matt und versagte kläglich bei dem Versuch, auf die Beine zu kommen. «Also sind nur noch wir beide übrig.»

Holly bohrte die große Zehe in den Boden. «Sieht so aus.»

«Ich möchte nur eins sagen –»

In diesem Moment tauchte Onkel Nunzio auf, im Schlepptau einen Hünen von Mann in einem schwarzen Mantel. Der Riese sah aus, als müsste er einen Geigenkasten tragen, aber stattdessen schleifte er zwei halbwüchsige Jungen an den Ohren hinter sich her.

«Onkel Nunzio möchte sich entschuldigen», sagte der Mann mit einer Stimme, die das Produkt von mindestens hundert filterlosen Schwarzen am Tag sein musste.

«Ich entschuldige», fügte Onkel Nunzio hinzu und legte eine Hand aufs Herz.

«Er glaubt, das hier ist seine Schuld ...»

«Nein, nein …», sagte Matt.

Onkel Nunzio nickte. «Meine Schulden.»

«Nein, nein, ist es nicht», protestierte Matt mit einer großmütigen Handbewegung. Er hielt inne. «Na ja, eigentlich stimmt es ja.»

«Onkel Nunzios Englisch ist nicht besonders gut. Dadurch ist er schon öfter in Schwierigkeiten geraten.» Der Hüne ohrfeigte die beiden zappelnden Teenager, ohne sie überhaupt anzusehen. «Er will die Sache wieder in Ordnung bringen.»

«Stimmen», schloss sich Onkel Nunzio feierlich an.

«In Sizilien halten wir sehr viel von der Ehre.»

«Hab ich auch schon gehört», sagte Matt trocken.

«Wohin ist der Mann mit der Ente verschwunden?», fragte der Hüne Holly.

«JFK», antwortete Holly.

«Keine Sorge, mein Freund.» Der Hüne beugte sich hinunter, ergriff Matts Hand und quetschte dessen Finger wie matschige Weintrauben. «Wir werden deine Ehre wiederherstellen.»

«Ehre», sagte Onkel Nunzio mit einer leichten Verbeugung.

Und dann gingen sie. Auch die Jungen scheuchten sie in eine Limousine mit geschwärzten Scheiben, die so lang war wie ein ganzer Häuserblock.

Im Rezeptionsbereich war es bedrückend still. Und Matt und Holly sahen einander ausdruckslos an. Ihm ging durch den Kopf, dass es zur Wiederherstellung seiner demolierten Ehre weit mehr bedurfte, als die Sizilianer zu bieten hatten.

Holly beugte sich zu ihm hinab und glättete sein Hemd. «Richten wir dich mal wieder her.»

Matt stemmte sich vom Fußboden hoch und stöhnte. Sie legte den Arm um ihn und hievte ihn mit der ganzen Kraft ihrer beachtlichen fünfundvierzig Kilo Lebendgewicht in die Senkrechte.

«Danke», sagte Matt mit schmerzverzerrtem Gesicht. Er sah auf sie hinunter und gab sich alle Mühe, seine Lippen so zu bewegen, dass man ein «sehr lieb von dir» von ihnen hätte ablesen können. Zum millionsten Mal stellte er sich die Frage, warum er hinter einem flatterhaften Schmetterling herjagte – einem allem Anschein nach auch noch verheirateten flatterhaften Schmetterling –, wenn sich auf dem Kohlblatt direkt neben ihm ein herrlicher Falter niedergelassen hatte, der zudem auch noch ungebunden war. Nicht dass Holly so blöd gewesen wäre, noch etwas mit ihm zu tun haben zu wollen, nachdem er sie so an der Nase herumgeführt hatte. Matt fühlte sich kreuzübel bei dem Gedanken, dass er trotz bester Absichten manchmal nichts dagegen tun konnte, eben auch nur ein Mann zu sein.

«Ich kann nicht glauben, dass ich das jetzt sagen werde.» Holly richtete den Blick zur Decke. «Bevor es mir über die Lippen kommt, weiß ich bereits, dass ich es mein Leben lang bereuen werde!» Sie sah ihn an und seufzte tief. «Möchtest du noch auf einen Kaffee zur mir kommen?»

Wenn Matts Lippen nicht aufgeplatzt gewesen wären, hätte er vielleicht gegrinst.

## Vierundvierzig

Alle waren gegangen bis auf Jack. Der saß im abgedunkelten Saal auf der Kante des Podiums, das eigens für die beiden üppig verzierten Sessel errichtet worden war. Eigentlich hätten dort natürlich Braut und Bräutigam thronen sollen, aber jetzt standen sie leer und verlassen da. Er war umgeben von Knallbonbonhülsen und Hochzeitsgeschenken. Die Spiegelkugel aus den sechziger Jahren drehte sich langsam und reflektierte den einen oder anderen Lichtstrahl, der sich einsam und verloren durch den Raum schlängelte.

Er hatte es nicht über sich gebracht, irgendjemandem etwas zu erzählen. Nur er und Josie wussten, was tatsächlich geschehen war – außer natürlich Martha und Glen. Alle nahmen an, sie sei von den Emotionen dieses Tages überwältigt worden – was in gewisser Weise ja auch zutraf. Jetzt waren die Gäste fort und die Träume auch.

Jack vergrub den Kopf in den Händen, biss sich auf die Lippe und kämpfte gegen die Tränen an, die wieder aufsteigen wollten. Wenn das hier bedeutete, mit seinen Gefühlen Verbindung aufzunehmen, dann konnte er liebend gern darauf verzichten! Was für einen Schwachsinn er manchmal redete. Dies war nicht der richtige Zeitpunkt, seine innersten Gefühle zu erforschen. Dies war der richtige Zeitpunkt, um sich hemmungslos zu besaufen. Jack füllte ein Glas mit schalem Champagner und leerte es zur Hälfte, ohne etwas zu schmecken. Wie hatte er eigentlich auf den Gedanken kommen können, dass eine Frau wie Martha ihn überhaupt würde haben wollen? Sie passte viel besser zu einem wie Glen, einem, der reicher war, jünger und attraktiver. Glen würde Martha all das bieten können, was sie brauchte, und dazu noch in einer attraktiveren Verpackung.

Er würde fortziehen, irgendwo neu anfangen. Auf keinen Fall würde er das Geschwätz in der Kleinstadt Katonah über sich ergehen lassen. Vielleicht hatten sie schon im Voraus auf ihn gezeigt und gewusst, dass seine Beziehung mit Martha zum Scheitern verurteilt war. Er wollte nicht, dass sie erfuhren, wie Recht sie hatten. Wenn er vielleicht nicht versucht hätte, sich Martha gegenüber als so perfekt darzustellen, so kontrolliert … Wenn sie nur erfahren hätte, wie sehr er sie brauchte, um Licht und Leben in seine Welt zu bringen – dann wäre sie vielleicht nicht davongelaufen.

Mit einem metallischen Geräusch ging die Tür auf, und in der Düsternis kam eine Gestalt auf ihn zu.

Jack hob den Blick.

«Hi», sagte Martha und verharrte unschlüssig direkt vor ihm.

Die funkelnden Lichtstrahlen wanderten über ihr Gesicht und ließen die blasse Haut schimmern. Der Schleier war verschwunden, aber sie trug immer noch ihr Hochzeitskleid und sah immer noch wunderschön aus.

«Hi», erwiderte Jack.

Martha seufzte erschöpft.

Jack tätschelte das Podium neben sich, und Martha setzte sich schwerfällig. Von dem Tablett neben sich hob er das einzige Glas, das unbenutzt aussah. «Trinkst du ein Glas schalen Champagner mit mir?»

«Du trinkst doch nicht», sagte Martha.

«Jetzt schon.»

Wohl merkend, dass der Champagner nicht mehr perlte, füllte er das Glas und reichte es ihr. Ihre Hand zitterte, und am liebsten hätte er sie gestützt.

«Was für ein Schlamassel», sagte sie, nahm ein Stück Luftschlange und wickelte das bunte Papier um einen Finger. Jack bemerkte, dass sie immer noch ihren Verlobungsring und auch den Ehering trug.

Marthas Hände waren verkrampft, ihre Knöchel weiß, und sie umklammerte das zerbrechliche Glas so fest, dass Jack fürchtete, der Stiel könne brechen. «Was hat Daddy gesagt?»

«Nichts.» Jack lehnte sich zurück und blickte an die Decke. «Ich hab ihm nämlich auch nichts gesagt. Ich hab niemandem etwas gesagt», gestand er.

«Niemandem?»

«Keiner Menschenseele. Nur Josie weiß es.»

«Und wieso?»

«Ich weiß nicht, was ich sagen soll, ohne dass es schlimm klingt. Ich hätte ihnen allen doch den Tag versaut. Ich habe nur gesagt, du hättest Kopfschmerzen.»

Martha lachte freudlos. «Du nimmst immer noch Rücksicht auf mich.»

«Es ist ja nicht alles allein deine Schuld.»

Martha sah ihn an. «Aber natürlich ist es das, Jack! Ich bin mit deinem besten Freund durchgebrannt, und zwar am Tag unserer Hochzeit.»

«Du musst deine Gründe gehabt haben.»

«Ich bin nicht sicher, ob sie gut genug waren.» Sie seufzte noch einmal müde und traurig.

«Täte es vielleicht gut, mit mir darüber zu reden?»

Martha lächelte. «Ich weiß nicht, ob es dir gut tun wird, aber ich glaube, dass eine Erklärung das mindeste ist, was ich dir schulde.»

«Es geht doch nicht darum, wer wem was schuldet, Martha. Wir müssen herauszufinden versuchen, was schief gegangen ist.»

«Nichts ist schief gegangen», sagte sie. «Alles ist schief gegangen!» Sie putzte sich die Nase. «Ich bekam Panik, Jack. Plötzlich erschien mir lebenslang … eben wie lebenslang. Ich bin nur gewohnt, für einen Menschen zu denken. Immer hieß es nur ich, ich, ich. Was ich mir auch wünschte, wurde mir auf einem Silbertablett serviert, und als ich Josie mit Glen sah, wurde mir klar, dass ich so etwas nie mehr haben würde. Ich war nicht eine Person, sondern zwei. Bei allem, was ich von jetzt an tun würde, müsste ich für immer und ewig eine zweite Person einbeziehen …» Martha hob den Kopf. «… vielleicht sogar zwei oder mehr.» Sie rieb sich das Gesicht. «All unsere Pläne bedrängten mich auf einmal, und ich wusste nicht mehr, ob ich dazu bereit war, und es war ja auch schon zu spät … Oh, ich weiß auch nicht», sagte sie. «Ich suche nach Entschuldigungen, wo es eigentlich keine geben kann.»

Wie ermattet sie war, erkannte man an ihrem Gang, als sie sich zu der Stelle schleppte, wo die Hochzeitstorte in ihrer ganzen Pracht aufgebaut stand. «Wir haben nicht einmal die Torte angeschnitten», sagte sie und ließ die Finger langsam und nachdenklich über die kunstvollen Zuckerblumen wandern, die in ihrer blauen, lila und türkisen Färbung aussahen wie kleine Beulen und blaue Flecken.

«Möchtest du es jetzt tun?», fragte Martha und nahm das Messer zur Hand, das geduldig neben der unberührten Torte wartete. «Ich hab schrecklichen Hunger.»

«Ich glaube nicht.»

«Ich kann die Torte aber nicht allein anschneiden, Jack. Das bringt Unglück.»

Jack schenkte sich Champagner nach.

«Komm und schneide mit mir die Torte an, Jack», drängte Martha. «Bitte.»

Er stand auf und ging mit bleischweren Füßen zu Martha hinüber. Seine Ehefrau – seltsam, sie so zu nennen – wirkte wie ein aufgeregtes Kind, das vor Erwartungsfreude kaum an sich halten konnte, und ihm wurde bewusst, dass sie bei aller Schönheit noch lange nicht erwachsen war. Aber vielleicht war heute der erste Schritt getan.

Martha hielt das Messer über der Torte, sodass dessen Spitze den spröden weißen Zuckerguss ganz leicht berührte. «Hier», sagte sie, «leg jetzt deine Hand auf meine.»

Jack tat, worum sie ihn bat. Ihre Hand hatte inzwischen zu zittern aufgehört, fühlte sich aber kalt wie Marmor an.

«Fertig?», fragte sie.

«Fertig.» Jack drückte auf ihre Hand, und die Klinge glitt wie von selbst durch den Zuckerguss. Martha führte das Messer, und zusammen schnitten sie ein schmales Tortenstück ab. Sie nahm es auf die Hand und bot es Jack an. «Ich hab keinen Appetit», sagte er.

«Iss», befahl Martha.

Er beugte sich vor und biss ab. «Gut», sagte er, anerkennend nickend. «Eine gute Torte. Unseren Gästen hätte sie bestimmt geschmeckt.»

Martha legte das Tortenstück aus der Hand und lehnte sich gegen den Tisch. Die Spiegelkugel glitzerte in der Stille, und Jack beobachtete, wie Marthas Herzschlag eine Ader an ihrem Hals zum Pulsieren brachte.

«Ich habe einen schrecklichen, einen ganz fürchterlichen Fehler gemacht», sagte sie. Ihre Augen füllten sich mit Tränen. «Ich weiß nicht, wie ich das je wieder gutmachen soll, Jack.»

Er stand auf und sah zu, wie die Lichtstrahlen über seine neuen, unbequemen und auf Hochglanz polierten Schuhe flackerten.

«Kannst du mir jemals vergeben?»

«Ich liebe dich, Martha», sagte er und sah seine ziemlich aufgelöste Braut an. «Daran wird sich niemals etwas ändern. Ich habe dir mein feierliches Versprechen gegeben.»

«Ich hab dir auch meins gegeben und es gleich gebrochen. Ich habe es direkt vor deinen Füßen zerschmettert.»

Martha fing zu weinen an.

«Psst, psst», sagte Jack. «Nicht weinen. Nicht am Tag deiner Hochzeit. Es wird ja alles gut.»

«Wie soll ich das je wieder gutmachen?»

Jack nahm ihren Kopf in die Hände und hob ihn sanft an. «Martha, warum bist du wiedergekommen?»

Martha schluchzte. «Weil ich nicht fortbleiben konnte.»

«Das reicht mir.»

Martha schniefte tränenerstickt.

Er zog sie an sich. «Seien wir wieder ein Paar, Martha. Mann und Frau. Wir können das, was geschehen ist, hinter uns lassen und weitermachen, als sei nichts geschehen.»

«Wie sollen wir das schaffen?»

«Mit ein wenig Anstrengung und viel Liebe von uns beiden.»

«Ich bin dir untreu gewesen, Jack.»

«Untreue muss nicht unbedingt das Schlimmste sein, was in einer Ehe geschehen kann.»

«Am Tag unserer Hochzeit!»

«Du hättest dir vielleicht einen besseren Zeitpunkt aussuchen können.»

«Was werden die Leute sagen?»

«Es weiß doch keiner davon. Und sie brauchen es auch nie zu erfahren», versicherte ihr Jack.

Martha schaute ungläubig drein. Jack ergriff besänftigend ihre Hände. «Wenn du sagst, dass Glen ein Fehler war, kann ich damit leben. Aber nicht damit, diese Sache zu einem nicht wieder gutzumachenden Irrtum aufzubauschen.» Die Mundwinkel seiner Frau waren noch immer tief hinuntergezogen, und ihre Unterlippe bebte bedenklich.

«Wie kannst du nur so verdammt großherzig sein, Jack Labati, und alles verzeihen?»

«Martha», seufzte er. «Ich habe lange und einsam darauf gewartet, eine Frau zu finden, mit der ich den Rest meines Lebens verbringen möchte. Das möchte ich nicht leichtfertig wegwerfen.»

«Obwohl ich es getan habe», schniefte Martha.

«Wie lauteten unsere gegenseitigen Versprechen? In Reichtum wie in Armut, in guten wie in schlechten Zeiten.» Jack wischte seiner Ehefrau eine Träne von der Wange. «Ich denke, unsere momentane Situation könnte vielleicht Beispiel für die ‹schlechten Zeiten› sein.»

«Einander zu lieben und zu ehren, bis dass der Tod uns scheidet», sagte Martha. «Das gelobe ich feierlich.»

«Einander festzuhalten …»

«Halte mich fest, Jack.»

Er schlang die Arme um sie. «Ich glaube, das ist die Stelle, an der ich die Braut küssen darf …»

Jack schmeckte Marthas Lippen, die süß und gleichzeitig von den Tränen salzig waren. «Ich liebe dich, Mrs. Labati», sagte er. «Und das wird immer so sein.»

«Ich liebe dich auch», sagte Martha.

## Fünfundvierzig

Donald zappelte wie eine Ente unter Strom. Die Reisetasche schien zwischen Damiens Knien hervorhüpfen zu wollen, und er unternahm verzweifelte Anstrengungen, sie so fest zwischen seinen Beinen einzuklemmen, dass Donalds Ausbruchsversuche im Keim erstickt wurden, aber auch wieder nicht fest genug, um seinen letzten Lebensfunken zu ersticken. Was jedoch gar keine so schlechte Idee wäre.

Der Frau am Abfertigungsschalter beäugte Damien argwöhnisch. «Haben Sie Handgepäck, Sir?»

«Nur das hier.» Damien schielte hinunter auf seine Knie.

Die frostige Angestellte folgte seiner Blickrichtung, und als Reaktion auf seine zuckende Reisetasche und seine von Schlamm verkrustete Kleidung schob sie erst mal ihren Kaugummi von rechts nach links.

«Ich hatte einen Unfall», erläuterte Damien. «Auf dem Weg hierher. Ich habe was zum Umziehen dabei.» Er klopfte auf seine Tasche.

Donald quakte.

«Haben Sie Ihre Tasche selbst gepackt, Sir?»

«Aber ja.»

Damien ließ den Blick nervös über die anderen Abfertigungsschalter schweifen. Er fragte sich, wie man wohl Schweiß eindämmte, der sich auf der Oberlippe sammelte, und wie man die Tropfen, die sich dort bereits gebildet hatten, wegwischen konnte, ohne seinen Ärmel zu Hilfe zu nehmen.

«Haben Sie die Tasche zu irgendeiner Zeit unbeaufsichtigt gelassen?»

«Nein.» Wie hätte er das verantworten können, wo doch eine Ente mit Todessehnsucht und einem Diamanten im Bauch drinsteckte?

«Hat eine andere Person Sie gebeten, Gegenstände für sie zu transportieren?»

«Nein.»

Damiens Blick wanderte zum nächsten Abfertigungsschalter. Von dort schienen drei sehr große und sehr finster blickende Herren unverwandt in seine Richtung zu starren.

«Haben Sie Drogen, Sprengstoff oder Waffen dabei?»

«Nein, ich habe weder Drogen, Bomben noch Waffen dabei.»

«Und lebende Tiere?»

«Äh … nein.»

Die Angestellte lehnte sich über den Schalter nach vorne. «Dürfte ich Sie fragen, warum sich Ihr Gepäckstück dann offenbar aus eigenem Antrieb bewegt, Sir?»

«Das ist ein Spielzeug», behauptete Damien selbstsicher. «Der letzte Schrei. Der neue Furby. Kann schwimmen, kann quaken, schmeckt ausgezeichnet mit Orangensoße.»

Sie sah ihn durchdringend an.

«Es handelt sich um eine Art Roboterente», sagte er. «Ein Geschenk für meine Tochter … Nichte … Nichte einer Freundin … das heißt eine Freundin meiner Nichte …» *Scheiße!*

«Wir müssen darauf bestehen, dass die üblichen Sicherheitskontrollen eingehalten werden, Sir.»

«Das geht in Ordnung!» *Megascheiße!!*

Damien meinte den Anflug eines Lächelns auf dem ansonsten so unfreundlichen Gesicht der Frau zu erkennen. «Hier ist Ihre Bordkarte, Sir. Bitte informieren Sie sich auf den Monitoren über die genauen Abflugszeiten und den Flugsteig.» Es war tatsächlich ein Lächeln.

Wenn auch ein herablassendes. «Einen schönen Tag noch.»

«Du kannst mich mal», sagte Damien unhörbar, als er sich abwandte.

«Danke gleichfalls, Sir», erwiderte die Frau, ohne aufzublicken.

Damien fand die nächstgelegene Bar im Terminal und zog sich einen Hocker heran. Die Reisetasche mit Donald stellte er zu seinen Füßen ab, und die Ente stieß ein Protestquaken aus.

Mit Josie war jetzt alles aus. Da machte er sich nichts vor. Eigentlich hatte er es ja schon von Anfang an gewusst. Sie war einfach zu nüchtern und vernünftig für ihn. Er fragte sich, wo Melanie jetzt wohl sein mochte, und wie einen Dolchstoß spürte er die sehnsuchtsvolle Zuneigung zu dieser Frau, die gestern noch Mordabsichten gehabt und Teller nach ihm geschleudert hatte. Sie war eigentlich gar nicht so übel – hatte zwar hier und da eine zu durchgeweichte Schale, aber dafür einen Kern aus reinem Stahl und obendrein einen eisernen Willen. Sie würde ihn wieder nehmen. Ein bisschen baggern à la Flynn, und sie hüpfte schneller zu ihm ins Bett, als er Spitzentitten sagen konnte. Er lächelte versonnen und verzeihend, wobei er an die guten Zeiten dachte, die sie miteinander verlebt hatten, wenngleich er einräumen musste, dass sich der weitaus größte Teil davon in der Horizontalen abgespielt hatte.

Er hätte sich nicht ganz so wohl und selbstzufrieden gefühlt, wenn er mitbekommen hätte, was Melanie seit seiner Abreise angerichtet hatte. Schon bald würde er erfahren, dass sie den ganzen Morgen im Kaufhaus Debenham's verbracht hatte, wo sie Damiens Unterschrift auf zahllosen Kontrollabschnitten für Einkäufe mit der Kreditkarte fälschte. Sie kaufte teuren Modeschmuck, Kleidung von Jasper Conran sowie kleine und vollkommen überflüssige Elektrogeräte. Anschließend war sie nach Hause gefahren, um trotz Einkaufsstress voller Tatendrang auf Damiens PC sein Kündigungsschreiben zu verfassen, in dem sie seinen Boss ganz nebenbei einen miesen Wichser nannte – was er auch war –, und es per E-Mail abzuschicken. Danach hatte sie den Computer samt Tintenstrahlfarbdrucker, Scanner, Digitalkamera und einer ganzen Ladung hirnverbrannter Computerspiele eingepackt und ihrer Freundin Valerie gebracht, die eine Kindergruppe betreute, damit diese endlich loslegen konnte, den örtlichen Vierjährigen die Birne weich zu machen. Anschließend rief sie bei der Kandidaten-Hotline von *Wer wird Millionär?* an und legte nicht wieder auf – und bei 75 Cents die Minute war wohl anzunehmen, dass Damien zumindest nicht Millionär werden würde. Bevor sie schließlich mit einer Flasche von Damiens Lieblingsrotwein, mit Stephen, dem Leiter ihres renommierten Fitnessclubs, und ohne den geringsten Funken Reue ins Bett stieg, hatte Melanie noch mit penibler Sorgfalt eine unauffällige kleine Grönland-Garnele in den Schlitz des CD-Laufwerks von Damiens angebetetem Laptop gequetscht.

Im JFK-Flughafen stieß Damien derweil einen tiefen Seufzer aus – der durchaus angebracht war. Er hatte beschlossen, der Natur ihren Lauf zu lassen und darauf zu warten, dass Donald endlich mal seine Notdurft verrichtete. Aber die Zeit verrann, und der Erpel hatte noch nicht das kleinste Häufchen Entenkacke produziert. Ob Todesangst bei Enten vielleicht zur Verstopfung führte? Wie sollte Damien sich aus dieser Zwickmühle befreien? Wie sollte er seinen Diamanten aus diesem Vogel befreien? Derart komplizierte Überlegungen waren ohne Unterstützung durch einen hochprozentigen Drink nicht zu bewerkstelligen.

«Was darf ich Ihnen bringen, Sir?», fragte der Barkeeper wie aufs Stichwort. Er war ein Mann mit jahrelanger Erfahrung als Profi und nahm Damiens verwahrlostes Äußeres daher scheinbar gar nicht wahr.

«Einen Brandy», sagte Damien. «Einen doppelten.»

«Kommt sofort.»

«Machen Sie zwei doppelte draus», fügte Damien hinzu. «Und ein Bier.»

Ohne jegliches Trara hatte der Barkeeper die Drinks im Handumdrehen vor Damien aufgebaut. Der kippte den Brandy und spülte mit Bier nach, bevor er den zweiten Brandy trank. Nach einer weiteren Runde war nicht mehr zu übersehen, dass Donald langsam die Geduld verlor. Obwohl Damien bereits auf seinem Barhocker ins Schwanken geraten war, blieb ihm nicht verborgen, dass die Ente versuchte, heimlich davonzuwatscheln.

Damien leerte seine beiden Gläser, bezahlte seine Zeche und sprang vom Hocker. «Komm jetzt, Ente», sagte er. «Ich muss langsam entscheiden, was ich mit dir anfange.»

Als er seine Tasche hochhob, bemerkte er aufs Neue die vierschrötigen Männer. Direkt neben der Bar hatten sie sich um einen der Stehtische beim Imbiss zusammengedrängt. Damien ergriff eilig die Flucht und presste dabei die Tasche mit Donald fest an die Brust. Wer mochten die sein? FBI? Zollbeamte? Vielleicht hatten sie von der mürrischen Zicke am Abfertigungsschalter einen Tipp bekommen, denn die hatte ihm den Quatsch mit der Roboterente bestimmt nicht abgekauft.

Er schlüpfte in einen der hell erleuchteten Flughafenläden, in denen man in letzter Minute noch all die wichtigen Dinge kaufen kann, die man vor lauter Eile, endlich in den Urlaub abzureisen, vergessen hatte. Die Männer, die ihm gefolgt waren, blieben draußen stehen und blickten suchend über die Köpfe der Reisenden hinweg. Jetzt gab es keinen Zweifel mehr – sie waren hinter ihm her. Um gegen die aufkommende Panik anzukämpfen, zwang sich Damien, gemessenen Schrittes durch die Gänge zu gehen und die Blicke über die Auslagen schweifen zu lassen: Kosmetika, Kondome, Kaugummi. Er versuchte sich darauf zu konzentrieren, was er als Nächstes tun sollte, aber in seinem Kopf herrschte ein schlimmes Tohuwabohu.

Die Männer standen immer noch draußen vorm Laden. Einer von ihnen steuerte auf ihn zu. Plötzlich blieb Damien wie angewurzelt stehen und starrte auf das Verkaufsregal vor sich. Im Hintergrund verschwamm alles. Sein messerscharfer Blick war auf ein einziges Ziel fixiert. Er war so froh, er hätte losheulen können! Warum war er nur nicht früher darauf gekommen?

«Scheißescheißescheiße», sagte er vor sich hin und kramte in der Hosentasche nach Kleingeld. Ohne den Blick von dem Mann zu lassen, der sich näherte, griff Damien nach der Antwort auf seine Gebete.

«Jetzt wird es bei dir flutschen, mein zugestöpselter Entenfreund!», frohlockte er mit einem grimmigen Grinsen und ergriff die größte Packung «Eezee-Go»-Abführmittel, deren er habhaft werden konnte.

## Sechsundvierzig

Das Taxi setzte Matt und Holly direkt vor dem Apartmentblock der PR-Lady ab. Matt hob Holly kurzerhand hoch und trug sie die paar Steintreppen hinauf. Sie war federleicht, und ihr Haar kitzelte seine Nase.

Sie schlug mit ihrer Handtasche auf ihn ein. «Lass mich runter, du Grobian!» Er hielt sie fest, obwohl sie sich wand wie eine Schlange.

Matt musste beim Treppensteigen schwer schnaufen. «Ist ein langer Weg bis in deine Wohnung, stimmt's?»

«Ein sehr langer Weg», sagte Holly und funkelte ihn dabei aufreizend an. Sie schlang die Arme noch fester um seinen Hals und ließ vor Vergnügen die Augenbrauen tanzen.

Matt zog eine Grimasse und setzte den Anstieg fort.

«Das hier betrachte ich als angemessene Strafe für all deine Vergehen in den letzten paar Tagen», sagte Holly.

«Danke», keuchte Matt.

«Nicht reden», riet Holly und legte einen Finger sanft auf seine Lippen. «Wir wollen doch nicht, dass dir jetzt schon die Puste ausgeht.»

«Was bist du nur für ein rücksichtsvolles Herzchen», sagte Matt.

«Das hier war deine Idee.» Holly begutachtete ihre Fingernägel und ließ die Füße baumeln.

Matt taumelte die Treppen hinauf, denn langsam wurde sie schwer wie Blei. Sie waren fast oben angelangt, und seine Beine schienen so fest zu sein wie halb fertige Götterspeise.

Es war in jeder Hinsicht ein Marathontag gewesen, und sein Körper war es momentan offensichtlich nicht gewohnt, eine solche Distanz durchzuhalten. Das viele «Hava Nagila» mit Tante Dolly hatte auch seinen Tribut gefordert.

«Absetzen», ordnete Holly an, als er schwankend vor ihrer Wohnungstür stand. Matt gehorchte und setzte sie behutsam direkt vor dem Schlüsselloch ab. Seine Knie schmerzten, seine Arme schmerzten, und im Rücken hatte er kaum noch Gefühl. «Dann wollen wir mal sehen.» Holly schaute sich prüfend und bedächtig einen Schlüssel nach dem anderen an.

«Nun machen Sie schon, junge Dame!» Matt schüttelte sie und brachte sie damit zum Lachen. Schließlich öffnete sie die Tür, und übermütig lachend wie Fünfjährige stolperten sie nach drinnen.

Matt schwankte und steuerte Holly mit sanften Stößen auf ihre Couch zu. Dabei gaben plötzlich seine Knie nach, und er stürzte der Länge nach über sie. Sie lag unter ihm und kicherte atemlos, während er mit der Eleganz eines Rennpferdes japste, das sich völlig verausgabt hatte.

Einen Augenblick später wurden ihre Atemzüge schwerer, konzentrierter. Matt spürte ganz deutlich ihren weichen und kleinen Körper in seiner vollen Länge unter sich. Ihre wilde Mähne umrahmte ihr Gesicht und ließ es gleichermaßen wollüstig wie verletzlich aussehen. Seine Hände pressten ihre schmalen weißen Handgelenke auf das Kissen über ihrem Kopf, sodass sich ihr Körper ihm entgegenkrümmte. Ihre Lippen waren rosa und feucht, ihre Zunge strich zitternd darüber. Matt sah an ihrem Hals, dass sie die Unsicherheit in winzigen Häppchen hinunterschluckte. Eine zarte Röte breitete sich über ihre Brust aus, und ihre unregelmäßigen Atemzüge hoben ihre Brüste, sodass ihre Nippel sein Hemd streiften und er ihre Wärme an seiner Brust spürte. In der Dunkelheit sah Matt Holly in die Augen. Mein Gott, es wäre so leicht, und es war so verlockend.

«Ms Brinkman», sagte er, «ich glaube, Sie sind mir momentan ausgeliefert.»

«Mister Jarvis», erwidert Holly ebenso gespielt förmlich, «ich bin sicher, dass Sie meine Tugend respektieren. Sie sind schließlich ein Engländer und ein Gentleman.»

«Ms Brinkman, da überschätzen Sie mich vielleicht.» Matt verlagerte sein Gewicht auf die Ellbogen.

«Sie hatten doch, wie Sie sich entsinnen dürften, bereits diverse Gelegenheiten, mir an die Wäsche zu gehen», erinnerte ihn Holly. «Und dennoch haben Sie stets meinen nicht unbeträchtlichen Reizen widerstanden.»

«Ich fürchte, das könnte sich durchaus ändern. Ich beabsichtige nämlich, mich in Kürze wie ein hemmungsloser Strolch zu benehmen.»

«Ein hemmungsloser Strolch, Mister Jarvis?» Holly sah ihn verwirrt an. «Ich bin Amerikanerin, Sir. Ich glaube nicht, dass ich weiß, wie sich ein hemmungsloser Strolch benimmt.»

Matt strich Holly das Haar aus der Stirn. «Dann wird es mir ein Vergnügen sein, Ihnen das zu zeigen, Ms Brinkman», sagte er. Dann berührte er Hollys Lippen ganz leicht mit seinem Mund.

## Siebenundvierzig

Die beängstigend aussehenden Männer warteten noch immer, als Damien aus dem Laden schlich. Seine «Eezee-Go»-Abführtabletten hielt er mit kaum verhohlener Genugtuung an sich gepresst. Sie hatten sich um die Flamme eines Zippo-Feuerzeugs geschart und waren so damit beschäftigt, ihre Zigaretten anzuzünden, dass er ungesehen hinausschleichen konnte.

Er eilte einen Gang entlang und verdrückte sich in die nächste Herrentoilette.

Dort lehnte Damien sich an die Wand und atmete tief ein und aus, um sich zu beruhigen. Erfolglos. Er stellte die Reisetasche auf die Ablage und sah sich um. Bill Medley und Jennifer Warnes sangen «I've Had The Time Of My Life», was der Situation einen surrealen Charakter verlieh. Als ob das noch nötig gewesen wäre.

Sämtliche Kabinen schienen leer zu sein. Sorgfältig hielt er unter allen Türen nach Schuhen Ausschau. Keine zu entdecken. Es sei denn, ein besonders kurzer Zwerg saß auf dem Thron.

Damien öffnete den Reißverschluss der Reisetasche ganz langsam und mit äußerster Vorsicht. Aus schmerzlicher Erfahrung wusste er, wie gemein das Vieh zuschnappen konnte.

Kaum ahnte Donald, dass sich seine Chance ergab, schlug er mit den Flügeln und startete einen heroischen Fluchtversuch. Er stieg aus der Reisetasche in die Höhe und nutzte den Luftraum der Männertoilette, unentwegt mit lautem Quaken die Freiheit feiernd.

Damien schnappte ihn im Flug. «Ich hab dich!», rief er. Er zwinkerte der Ente zu. «Tut mir Leid, aber so einfach kommst du mir nicht davon, Kumpel!»

Donald setzte sich einen Augenblick zur Wehr, klappte dann aber kraftlos in Damiens Armen zusammen. «Ich will dir doch nur eine nette kleine Tablette geben.» Damien öffnete die Schachtel mit den Abführtabletten.

«Mach schon, weit auf!» Damien drückte Donalds Schnabel auseinander, achtete aber darauf, seine Finger nicht in Gefahr zu bringen. Sogar dem Kater, Ehemals Bekannt Als Prince, eine Pille gegen Würmer zu geben war leichter als das hier, und der Kater hatte sich, sobald die Wörter Tierarzt, Pille oder Flohpuder erwähnt wurden, stets in einen aggressiven Kämpfer wie Brad Pitt in *Fight Club* verwandelt.

Der Erpel öffnete den Schnabel ganz weit, um sein allerlautestes Quaken hören zu lassen, und in dem Moment leerte Damien die gesamte Schachtel Abführmittel in den Schlund seines Gefangenen und drückte dessen Schnabel danach erbarmungslos zu. Dann grinste er den Erpel boshaft an. «Jetzt brauchen wir nur noch zu warten.»

Nach einer langen Zeit des Wartens setzte Damien Donald mit einem resignierten Seufzer auf die Ablage. «Jetzt hör mir mal zu, mein kleiner gefiederter Freund, ich habe mir alle Mühe gegeben, vernünftig zu bleiben, aber die Zeit verrinnt, und das ist schlecht für uns. Wenn du also nicht innerhalb der nächsten fünf Sekunden scheißen kannst, alter Kumpel, dann müssen wir uns hier und jetzt voneinander verabschieden.»

Mit einer Hand hielt Damien Donalds Hals umklammert, mit der anderen ließ er warmes Wasser in das Waschbecken der Herrentoilette ein. Statt zuerst einen Gedanken darauf zu verschwenden, wie man wohl eine Ente ertränken konnte, hatte Damien sein Opfer schon gepackt und seinen Kopf unter Wasser gedrückt. Donald kämpfte mit der Kraft von zwanzig Erpeln und schlug so wahnsinnig mit seinen Flügeln, dass Damien von Kopf bis Fuß nass wurde.

«Krepier jetzt endlich, du Höllenente!», rief Damien, der Donald nur mit größter Mühe im Griff behielt. «Stirb!»

In diesem Moment wurde die Tür aufgestoßen, und die drei stämmigen Männer füllten den Türrahmen aus.

«Ich kann alles erklären», sagte Damien und ließ Donald los. Die Männer rückten vor. Donald hustete. Damien trat den Rückzug an.

Er hob die Hände vors Gesicht. «Bitte, tun Sie mir nicht weh», flehte er.

## Achtundvierzig

Matt öffnete die Augen und versuchte, den Schlaf wegzublinzeln. Noch herrschte Dunkelheit. Die Vorhänge waren zur Seite gezogen, aber ein vage zu erahnender Lichtstreifen ließ den Anbruch des Morgengrauens bereits ahnen. Hollys Schlafzimmer sah aus, als habe eine ganze Heavy-Metal-Band darin übernachtet und nicht nur ein einzelner Rockjournalist. Der Fußboden war übersät mit Kleidungsstücken und Flaschen sowie diversen unappetitlichen Gegenständen. Er lag auf dem Rücken im Bett, die Arme über dem Kopf, erschöpft. Sein Körper mochte dieser Tage vielleicht nicht daran gewöhnt sein, bis zum Schluss durchzuhalten, aber er hatte doch eine astreine Vorstellung abgeliefert, als die Gelegenheit es erforderte. Holly gab ihm ganz sicher allein schon für seine Leistungsbereitschaft, wenn nicht gar für die künstlerische Ausführung zehn von zehn Punkten.

Sie hatten sich auf dem Sofa geliebt, über der Sofalehne, auf dem Ofenvorleger, in der Dusche, auf dem Badezimmerboden, auf dem Fußboden im Schlafzimmer und schließlich sogar im Bett. Oh, und irgendwann zwischendurch auch in der Küche, an die Schränke gelehnt. Matt war nur dankbar, dass Holly nicht in einem Landhaus wohnte und ihr so irgendwann doch die Räumlichkeiten ausgegangen waren. Die Kondome waren ihr jedoch nicht ausgegangen, und er versuchte, sich nicht den Kopf darüber zu zerbrechen, warum sie wohl über eine größere Auswahl verfügte als ein durchschnittlich sortiertes Durex-Lagerhaus. Wenn sie mit derselben Tatkraft und demselben Enthusiasmus an ihre PR-Jobs heranging wie an ihre sexuellen Begegnungen, dann würden Headstrong zweifellos Amerika erobern, obwohl sie nicht die Bohne singen konnten.

Als Matt noch grübelte, was wohl zu tun sei, regte sich neben ihm etwas. Eine schwache Bewegung des Betttuchs über seinen Oberschenkeln. Matt drehte sich um und lächelte im grauen Licht besorgt Hollys Silhouette entgegen. Dankbar stellte er fest, dass Holly noch immer ziemlich hübsch war, wenn auch ihr Haar in alle Richtungen abstand. Sie setzte sich auf und zündete sich einen Joint an. Nachdenklich zog sie daran und beobachtete entspannt, wie die Rauchringe, die sie ausblies, zur Decke aufstiegen, sich kräuselten und dann auflösten. Sie lächelte zurück. Ihre Zähne leuchteten unwirklich weiß. «Hi.»

«Hi», erwiderte Matt.

Holly blies einen weiteren Rauchring in Richtung Decke.

«Okay?», fragte er.

Sie nickte, aber ihre Reaktion war auch irgendwie angespannt und kühl. Auch die Art, wie sie ihr Betttuch züchtig um den Körper geschlungen hatte, wirkte unter den gegebenen Umständen ein wenig albern.

«Ich wollte dich nicht wecken», sagte Holly zwischen Zügen am Joint.

«Ich wollte mich auch nicht einfach umdrehen und dann sofort einschlafen», sagte Matt verlegen. «So sind wir Kerle nun mal …»

«Ich weiß. Ich hab's schon miterlebt.» Holly drückte ihren Joint in einem muschelförmigen Aschenbecher aus, dem man ansah, dass er ständig in Gebrauch war.

«Diesen Teil hasse ich», sagte Matt. «Ich weiß nie, was ich sagen oder tun soll.» Er rappelte sich hoch. «Es klingt doch immer so abgedroschen, wenn man fragt ‹Wie war es denn für dich?› oder ‹Hat die Erde gebebt, Liebling?›»

«Na ja», sagte Holly, «wenn du mich das wirklich fragen würdest, müsste ich sagen, es war nett, und obwohl die Erde nicht wirklich gebebt hat, bin ich doch ganz schön ins Zittern geraten.»

«Echt?»

«Echt.» Holly schien sich zu entspannen. «Und wenn du wirklich nicht weißt, was du tun sollst, wie wär's denn mit einer Umarmung.»

Als er keinen Einspruch erhob, kuschelte sich Holly dicht an ihn, und jetzt war es an Matt, nervös zu werden. Wie hatte er sich nur in diese Situation manövriert? Erst ging es noch um Hochzeiten und Brautjungfern, und im nächsten Moment widmete man sich begeistert dem Matratzensport und trug erheblich zu den weltweiten Problemen mit der Entsorgung der Gummiberge bei.

«War es denn okay für dich?», fragte Holly.

«Yeah. Toll. Wunderbar. Phantastisch. Yeah …» Matts begrenzte Auswahl an Lobpreisungen ging zu Ende. «Fabulös.» *Fabulös?*

*«Fabulös?»*, fragte Holly nach und ließ ihre Finger über

seine Brust hinab zu seinem Bauch wandern. «Fabulös genug, es wiederholen zu wollen?»

«Jetzt?»

«Es gibt keine bessere Zeit als die Gegenwart», sagte Holly.

Matt stoppte den Streifzug ihrer Hand. «Wie spät ist es? Ach, du meine Güte!» Im Halbdunkel schaute er angestrengt nach der Uhr hinter Hollys Schulter.

Holly drehte sich um und sah ebenfalls nach der Zeit. «Es ist noch nicht mal sechs.»

«Schon sechs? Oh, oh. Oh, du meine Güte!»

Holly löste sich von ihm. «Erzähl mir jetzt bloß nicht, dass du schon gehen musst.»

«Ich muss meinen Flug erwischen.»

«Doch erst heute Nachmittag.»

«Ich muss aber noch packen.»

«Du versuchst der Situation auszuweichen, stimmt's?»

«Ja.»

«Wieso?»

«Ich bin ein Mann. Ich bin nicht gut in dieser Gefühlsduselei am Morgen danach.»

So einfach wollte sich Holly nicht abspeisen lassen. «Was hab ich falsch gemacht?»

«Nichts», sagte Matt. «Absolut nichts. Glaub mir.»

«Und warum willst du dann so schnell weglaufen?»

«Will ich ja gar nicht.» Matt rutschte unruhig hin und her. Er musste dringend aufs Klo, brachte es aber nicht fertig, nackt, mit einem Schlaffen und dazu wie ein Jammerlappen aus dem Bett zu steigen. «Na ja, will ich doch. Aber das hat nichts mit dir zu tun.» Er nahm Hollys

Hand von seiner Brust und drückte sie. «Das hier mit dir hat mir viel Spaß gemacht ...»

«Mehr als das bedeutet es dir nicht?» Selbst ohne Beleuchtung konnte Matt erkennen, dass sich Hollys Gesicht verdunkelt hatte. «Spaß?»

«Äh ... ja», sagte Matt. «Ich dachte, darum sei es dir gegangen.»

«Du glaubst, ich tu das zum Spaß?»

«Äh ... ja.»

«Mir liegt etwas an dir, Matt. Das solltest du wissen. Ich steig nicht gleich mit jedem Mann, den ich kennen lerne, in die Kiste. Für was für eine Frau hältst du mich eigentlich?»

«Äh ... eine emanzipierte Frau eben, supergut drauf und stark», wagte sich Matt vor. «Die geborene New Yorkerin eben ...»

«Ich bin aus Oregon.»

«Tatsächlich? Da war ich noch nie ...»

«Ich bin also eine emanzipierte Frau, supergut drauf und stark, die man am Morgen danach ganz einfach sitzen lassen kann, wenn es einem passt?»

«Holly, ich muss wirklich meinen Flieger erreichen. Du wusstest doch, dass es nur eine vorübergehende Sache sein würde.» Matt rang hilflos die Hände, suchte nach Worten. «Ich wusste doch, dass ich das hier nicht hinkriege.»

«Ich weiß gar nicht, was das Problem ist.» Holly hatte die Arme verschränkt. «Wir hätten uns noch einmal lieben können. Wir hätten zusammen frühstücken können. Uns frischen Obstsalat machen können. Ich hätte uns ein paar Eier in die Pfanne hauen können. Vielleicht hätte ich dir sogar Pfannkuchen gemacht. Und wir hätten uns danach in aller Freundschaft voneinander verabschieden können. Ich verstehe den plötzlichen Sinneswandel einfach nicht.»

«Pfannkuchen wären klasse …»

«Die kannst du dir in die Haare schmieren!»

Matt ließ sich zurücksinken, in sein Schicksal ergeben. «Es liegt an mir, Holly, nicht an dir.»

«Das bedeutet gewöhnlich, ich hab die Schuld, nicht du. Wenn du verstehst, was ich meine.»

«Es sind einfach altmodische Schuldgefühle. Ich kann dich jetzt nicht nochmal lieben, weil ich wegen alledem ein so schlechtes Gewissen habe.»

«Wieso? Wir sind doch beide Singles und frei, oder?»

«Äh … ja. Es ist nur so, dass am Morgen danach alles ganz anders aussieht, findest du nicht?»

«Ich weiß nicht, Matt. Das musst du mir schon erklären. Als ich gestern Abend mit dir ins Bett ging, war ich jedenfalls noch ungebunden und …», Holly betrachtete ihren Ringfinger, «und anscheinend bin ich es noch immer. Da bleibst also nur du … Hast du also eine feste Beziehung, Matt?»

«Das kommt ganz darauf an, was du unter *fest* verstehst.»

«Ich meine: eine Frau, zwei Kinder und ein Haus auf dem Land.»

«Dann bin ich es nicht – nicht fest gebunden.»

«Aber es gibt jemand anderes?»

«Ääh …» Langsam wünschte sich Matt, aufgestanden,

angezogen und bereits draußen auf der Straße zu sein und nicht nackt, im Bett sowie ohne Schutz vor Hollys durchdringendem Laserblick.

«Die ganze Zeit hatte ich schon das Gefühl, dass du mir etwas verheimlichst.» Bei diesen Worten rümpfte sie wieder ihr Näschen.

Frauen können Täuschungen riechen, wie Katzen frischen Fisch um zehn Ecken herum riechen. Nur war der Unterschied nach Matts Erfahrung, dass Frauen es manchmal vorzogen, das zu ignorieren, was sie rochen. Katzen finden instinktiv den Fisch und tun sich ohne Umschweife an ihm gütlich. Frauen hingegen schaffen es, auch den stärksten und verführerischsten Duft so lange zu ignorieren, wie es ihnen angezeigt erscheint. Weil sie jahrelang so konditioniert wurden, warten und warten und warten sie mit der Mahlzeit, bis der richtige Zeitpunkt gekommen und der maximale Erfolg garantiert ist.

Hollys Nase kräuselte sich noch mehr. «Hängt das mit Marthas Hochzeit zusammen?»

«Ja.»

«Und mit dieser Brautjungferngeschichte?»

«Ja.»

«Also ist da jemand anders?»

«Ja.»

«Und darum hat der Typ dir auch eine verpasst?»

«Ja.»

«Bist du in sie verliebt?»

«Ja.»

«Und sie auch in dich?»

«Ich hab nicht den geringsten Schimmer.»

«Wieso gehst du dann mit mir ins Bett?»

Holly rutschte unter das Betttuch und zog es hinauf bis ans Kinn. «Ich denke, es ist besser, du gehst jetzt, Matt.»

«Okay», sagte Matt. Er fragte sich, wie er aus dem Bett zu seinen Kleidungsstücken kommen sollte und danach auch noch zur Tür, ohne wie ein Volltrottel zu wirken.

## Neunundvierzig

Damien wurde von zwei Männern in die Mitte genommen. Sie griffen ihm unter die Ellbogen, und daher berührten seine Füße kaum den Boden, als sie ihn in schnellem Tempo durch die Abfertigungshalle eskortierten. Der dritte Mann trug Donald, der inzwischen wieder in die Reisetasche eingesperrt war.

«Wer seid ihr Typen eigentlich?», fragte er, als man ihn im Eiltempo aus dem Gebäude und über die Straße schaffte, wobei die Männer Leib und Leben riskierten, denn um sie herum kreischten die Bremsen der Taxis. Die Männer packten seine Ellbogen noch fester. «FBI?», riet er. «Zoll?»

«Halt die Klappe», befahl der Mann an seinem rechten Ellbogen mit Reibeisenstimme. «Wir haben jemanden mitgebracht, der dich sehen will.»

«Mich sehen?», sagte Damien, als sie ihn zum Parkplatz zerrten und zu einer wartenden schwarzen Limousine mit dunkel getönten Scheiben, die höchst einschüchternd aussah. «Da haben Sie bestimmt die falsche Person erwischt.»

Der Mann öffnete die Wagentür mit einem heftigen Ruck und stieß Damien hinein. Der knallte dabei mit dem Kopf an den Rahmen. «Autsch», beschwerte er sich und betastete seinen Hinterkopf. Der Mann quetschte sich neben ihn, sodass Damien eingeklemmt zwischen ihm und Onkel Nunzio saß.

Ein Stein fiel Damien vom Herzen. «Gott sei Dank! Sie sind es! Von Marthas Hochzeitsfeier!» Damien griff sich theatralisch an die Brust. «Sie haben mich kurzzeitig verwirrt.»

«Onkel Nunzio ist hier, damit die Ehre wiederhergestellt wird», sprach der Mann neben ihm mit feierlichem Ernst. Damien bemerkte, dass Donald höchst zufrieden in der Reisetasche auf seinem Knie saß und den Kopf neugierig hervorstreckte.

«Ehre.» Onkel Nunzio nickte mit dem Kopf.

«Ehre?», sagte Damien. «Wessen Ehre denn?»

«Bei der Hochzeit haben Sie unserem Freund einen schlechten Dienst erwiesen, und jetzt müssen Sie einen Weg finden, für Genugtuung zu sorgen.»

«Welcher Freund?» Dann dämmerte es Damien. «Doch nicht etwas dieser Wichser Matt Jarvis! Bloß nicht der!»

«Wir haben beschlossen», fuhr der Mann unbeirrt fort, «als Entschädigung Ihre Ente zu konfiszieren.»

«Meine Ente!» Damien war außer sich. «Kommt gar nicht infrage. Darauf können Sie einen lassen.»

«Einen lassen?», fragte Onkel Nunzio nach.

«Dieser Erpel», versuchte Damien klarzustellen, «gehört schon seit Jahren zu unserer Familie. Für mich ist er wie ein Bruder. Und niemand kommt meiner Familie zu nahe.» Damien wünschte, er sähe sehr viel bedrohlicher aus und weit weniger verängstigt.

«Wir wollen die Ente», wiederholte der Mann.

«Niemand vergreift sich an meinem Donald», sagte Damien mit allem Nachdruck.

Alle starrten einander wie versteinert an, und dann ließ der böse Bube seine Knöchel knacken, einen nach dem anderen. Sie krachten wie Schüsse.

«Moment, Moment, Moment!» Damien hob die Hand. «Das hier geschieht nur, weil Sie zufällig den Quatsch von einem Diamantring gehört haben, stimmt's? Sie glauben, in dieser Ente steckt ein Diamantring. Hab ich Recht?»

Onkel Nunzio und sein böser Bube tauschten Blicke aus.

«Nun, da sind Sie schwer im Irrtum. Was meinen Sie, wie ich ihn durch den Zoll kriegen soll? Meinen Sie etwa, die durchleuchten ihn nicht? Ich kann nicht glauben, dass Sie darauf reingefallen sind!» Damien schlug sich auf die Schenkel wie ein Stummfilmschauspieler.

Onkel Nunzio und der böse Bube sahen nicht mehr so überzeugt aus.

«Es ist doch nur eine Diamantring-Ente», sagte Damien in herablassendem Ton. «Das ist die Marke ... das Modell ... der Typ ... die Vogelart ...»

«Sie machen die Situation sehr schwierig für uns, mein Freund», sagte der böse Bube. «Entweder Sie verlieren Ihr Gesicht, oder wir verlieren unser Gesicht.»

«Also hören Sie», seufzte Damien. «Ich hab das hier satt. Ich möchte nicht, dass mein Gesicht verloren geht, sondern bleibt, wo und wie es ist. Ich bin müde. Ich bin verdammt fertig. Ich muss meinen Flug erwischen. Und ich möchte ihn wirklich erwischen, weil ich nach Hause will. Die Ente können Sie haben.» Er stieß Donald von sich. «Los doch, nehmen Sie ihn. Nehmen Sie ihn. Los! Und darf ich jetzt bitte aussteigen?»

Der böse Bube sah verwirrt aus. Onkel Nunzio zuckte mit den Achseln. «Ich kann nicht sagen, dass es ein Vergnügen war, Sie kennen gelernt zu haben», sagte Damien zu ihm.

Der böse Bube stand an der Autotür, und als Damien ausstieg, gab er sich in Anbetracht der Tatsache, dass seine Beine schlotterten, so würdevoll und selbstsicher, wie es eben ging. «Geben Sie gut auf ihn Acht.» Damien tätschelte noch ein letztes Mal Donalds Kopf. «Sein Name ist Donald.» Er beugte sich zur Reisetasche in der Hand des bösen Buben. «Auf Wiedersehen, mein alter Freund und Kupferstecher ...»

Mit blitzartiger Geschwindigkeit riss Damien die Reisetasche aus der Hand des völlig überraschten Mannes und rannte in Schlangenlinien zwischen den hupenden Autos davon. Damien blickte zurück und musste lachen, als die Männer ihm zwar zu folgen versuchten, aber erfreulicherweise durch eine schier endlose Reihe von Taxis aufgehalten wurden. Wer sagte denn, dass nie ein Taxi da war, wenn man es brauchte?

Jetzt brauchte er nur noch auszubaldowern, wie er Donald durch den Zoll kriegen sollte, und im Augenblick kam ihm das ziemlich heikel vor.

# Fünfzig

Josie hatte den schlimmsten Kater aller Zeiten, den Vater aller Kater. Eine geschlagene halbe Stunde lag sie nun schon im Bett und versuchte, den Raum durch bloße Willenskraft am Rotieren zu hindern und außerdem den notwendigen Mut aufzubringen, sich in die Senkrechte zu erheben.

Der gesamte Horror der gestrigen Ereignisse hatte sich noch nicht verflüchtigt, aber jetzt wurde sie doch immer schneller nüchtern. Sie fragte sich, wo Martha jetzt wohl sein mochte und wie lange ihr Vater wohl brauchen würde, um sie zu finden und umzubringen. Dass sie am liebsten Lavinia angerufen hätte, wertete sie als sicheres Zeichen dafür, ein mittelschweres Trauma erlitten zu haben. Josie fühlte sich in dieser großen Stadt so allein, dass sie dachte, nur Mutterliebe könne sie trösten – aber dann fiel ihr wieder ein, dass damit ein fünfzehnminütiges Durchhecheln der Krankheiten in der Nachbarschaft verbunden wäre, und entschied sich daher, aus eigener Kraft das Stimmungstief zu besiegen.

Unter ihr regte sich die Stadt. Es war ein schläfriges Sonntagmorgenrekeln, das den Big Apple eher sanft weckte als wachrüttelte. Irgendwo unter ihr würde jetzt auch Matt langsam wach werden. Sie zog die Vorhänge beiseite und sah hinaus. Sollte sie nach ihm suchen? Wenn sie sich ganz, ganz große Mühe gab, würde sie sich vielleicht erinnern, wo sein Hotel war? War es zwei Blocks entfernt oder zehn? Aber hätte die Suche überhaupt einen Sinn? Vielleicht hatte er seine Interviews schon beendet und befand sich bereits auf dem Rückweg nach London. Aber das würde sie wohl nie erfahren.

Ein zarter rosa Hauch Sonnenschein wagte den tapferen Versuch, das harsche Licht des kühlen Morgengrauens zu erwärmen. Es hatte keinen Sinn, an ihrem letzten Tag in den USA hier wie ein Trauerkloß im Hotelzimmer zu sitzen. Morgen schon, und damit viel zu früh, würde sie wieder in Camden und in der alten Tretmühle Informationstechnologie stecken. Sie musste jetzt raus in die Stadt und an die noch verhältnismäßig frische Luft, um das Beste aus der kurzen Zeit zu machen, die ihr hier blieb.

Josie griff nach dem Hotelexemplar von *Where in New York* und blätterte die Seiten mit Freizeitangeboten und Sehenswürdigkeiten durch. Halt! Ihre geröteten, wie mit Sandpapier polierten Augen versuchten aufzuleuchten. *Fahrradverleih* verkündete die Anzeige. Josie lächelte verhalten in sich hinein, und schon davon tat ihr das Gesicht weh. Wie ließ sich dieser Katzenjammer besser vertreiben als auf einem Drahtesel im Central Park, der Kraft spendenden grünen Lunge der Stadt?

Holly hatte ihm Obst auf den Kopf geworfen. Matt hatte sein Bestes getan, den Abschied zu erleichtern, hatte Scherze gemacht, zu trösten versucht, hatte ihr Komplimente gemacht, war besänftigend gewesen, fröhlich, besorgt und mitfühlend. Ja, er hatte die gesamte Bandbreite seiner Emotionen für «peinliche Situationen» aufgeboten, während er sich in aller Eile anzog, aber durch nichts ließ sich Holly unter dem Betttuch hervorlocken, unter das sie sich stumm zurückgezogen hatte. Was ihm letztlich gar nicht so ungelegen kam, weil er keine coole Art kannte, Socken anzuziehen.

Als er gegangen war und auf der Straße stand, passierte es dann: Sie hatte ein Fenster aufgerissen und bombardierte ihn mit Aprikosen, Kiwis, Apfelsinen und den kleinen süßen Bananen, die so köstlich schmeckten und die man bei ihm zu Hause einfach nicht bekommen konnte. All das begleitet von dem Ruf «Verdammter Dreckskerl!», wiederholt und extrem laut gebrüllt. Als sie ihm frischen Obstsalat zum Frühstück angeboten hatte, war ihm nicht in den Sinn gekommen, dass er auf diese Weise serviert werden sollte. Nachdem er also versucht hatte, vor dem Sperrfeuer mit Vitamin-C-Geschossen in Deckung zu gehen, wurde ihm plötzlich bewusst, dass keiner der Passanten auch nur die geringste Notiz von dem Obstangriff nahm. Entweder hatte man sich daran gewöhnt, dass Holly ihre Lover mit exotischen Früchten bombardierte, wenn sie sich hastig davonmachten, oder es gehörte zu einem ganz normalen Sonntagmorgen in New York, dass es Aprikosen hagelte.

Und was jetzt? Der Wind zauste in seinen Haaren, und Matt kam der Gedanke, dass er bestimmt ziemlich scheiße aussah – denn genauso fühlte er sich auch. Ein Spaziergang würde ihm sicher gut tun. Die frische Luft würde das ihre tun, die letzten Rückstände von Champagner und Tequila aus seinem malträtierten Schädel zu vertreiben. Er brauchte Zeit, um über Holly nachzudenken und darüber, wie er es geschafft hatte, das so zu vermasseln, und er brauchte Zeit, über Josie nachzudenken und darüber, wie er auch das so vermasselt hatte. Aber sie war irgendwo da draußen, unter demselben Himmel, und er würde sie finden. Irgendwie und irgendwann. Und wenn es seine letzte Tat sein sollte.

Matt wickelte sich fester in seinen Mantel und machte sich auf den Weg. Er ging in einem Tempo, das den Eindruck erweckte, er wüsste, wohin er wollte – dabei hatte er nicht die geringste Ahnung.

## Einundfünfzig

Damien war in der Zwickmühle. Hinter ihm standen die drei bösen Buben, die sich mit der mühelosen Anmut von Ballerinas durch den zum Stehen gekommenen Verkehr geschlängelt hatten und jetzt entschlossen durch das Terminal joggten, ohne ihr Ziel Damien Lewis Flynn aus den Augen zu lassen. Vor ihm standen drei Zollbeamte, die gleichermaßen massig und fies aussahen. Zumindest jagten die Zöllner ihm nicht hinterher, sondern lümmelten eher uninteressiert an ihrem Schalter herum.

Donald zappelte in seiner Tasche, und nicht zum ersten Mal wünschte sich Damien, den Mut gehabt zu haben, dem guten Tier den Hals umzudrehen, solange dazu noch Gelegenheit gewesen war. Im Moment war jedoch nichts zu machen. Er würde eher sein Glück bei den Zöllnern versuchen, statt als Fischfutter im Schlamm des New Yorker Hafens zu enden oder als Beimischung im

Betonfundament einem neuen Wolkenkratzer zusätzlichen Halt zu geben. Mit einem Blick zurück passierte Damien die Passkontrolle und betrat die Zollhalle. Die drei Männer, eine Mauer aus schwarzen Mänteln, hatten stehen bleiben müssen, und ihr gemeiner Plan, ihm seinen gefiederten Freund zu nehmen, war gescheitert. Damien gestattete sich ein höhnisches Grinsen. Einen kleinen und erlösenden Augenblick lang schien alles gut zu gehen.

Er trat den Zollbeamten entgegen, und Donald ließ ein Begrüßungsquaken hören. Die drei Männer schenkten dem keine Beachtung.

«Stellen Sie Ihr Gepäck bitte aufs Laufband, Sir», sagte der massigste und größte von ihnen.

Damien musste schwer schlucken. Was sollte er nur tun? Sich ergeben und auspacken? Seine Hände waren feucht, und er fühlte sich, als hätte er zweiundzwanzig Kilo Heroin Handelsklasse A in seiner Reisetasche und nicht nur einen angriffslustigen Erpel, der sich für unbesiegbarer als Arnold Schwarzenegger hielt. War es ein Verbrechen, lebende Tiere außer Landes zu bringen? Ziemlich wahrscheinlich. Oder würden sie, wenn sie den Diamanten entdeckten, unterstellen, dass er ein international agierender Schmuckräuber war und Donald nur vorgeschoben wurde, um einen groß angelegten Diamantenschmuggel zu tarnen? Verdammt, er könnte Josie dafür erwürgen, dass sie ihn in diese Situation gebracht hatte!

«Ihr Gepäck, Sir», wiederholte der Zollbeamte. Langsam bildete sich hinter Damien eine Schlange, und die Leute musterten ihn neugierig.

Damien stellte die Tasche behutsam ab und beobachtete, wie Donald quakend vom schwarzen Metalltunnel der Röntgenschleuse geschluckt wurde.

«Sir.» Einer der Beamten bat ihn durch die Torsonde.

Als Damien hindurchging, schrillte die Alarmglocke und hätte sein hektisch schlagendes Herz beinahe zum Stillstand gebracht. Vielleicht war dies alles auch für Donald zu viel, und er würde in der Enge der Röntgenschleuse an Herzversagen krepieren, sodass alles umsonst gewesen wäre. Der Sicherheitsbeamte tastete ihn mit dem Metalldetektor ab.

«Schlüssel», sagte er.

Damiens Lippen waren wie zusammengeklebt. «Was?»

«Die Schlüssel in Ihrer Tasche, Sir.»

«Oh, klar doch», sagte Damien. Er ließ sie auf ein Tablett fallen und passierte die Torsonde ohne weitere Schwierigkeiten. Er ging ans Ende des Laufbandes, wo die drei Zollbeamten sich inzwischen hinter dem Mann versammelt hatten, der die Röntgenschleuse überwachte.

«Wussten Sie, dass Sie ein lebendes Tier mit sich führten, Sir?»

«Äh … ja.»

«Wussten Sie auch, dass dies ein direkter Verstoß gegen die gesetzlichen Bestimmungen der Federal Drugs Administration ist?»

«Tatsächlich? Ich hatte keine Ahnung.»

«Würden Sie uns bitte begleiten, Sir?», sagten die Beamten unisono, und zum zweiten Mal an diesem Tag wurde Damien an den Ellbogen gepackt und abgeführt.

«Ich fürchte, dass wir dieses Tier beschlagnahmen müssen», sagte der Beamte und drückte die Reisetasche mit Donald fürsorglich an sich. Donald streckte den Kopf hinaus und überwachte die Vorgänge mit großer Neugier. «Der Versuch, ein lebendes Tier aus den Vereinigten Staaten von Amerika hinauszuschmuggeln, ist ein Verstoß gegen Bundesgesetze.»

Damien ließ den Kopf in die Hände sinken. «Ich habe Ihnen doch gesagt», lamentierte er, als verstünden sie seine Sprache nicht, «dass es einen Grund dafür gibt, weswegen ich diese männliche Ente nach England bringen muss. Und ich habe ganz und gar nicht versucht, ihn hinauszuschmuggeln.»

Er blickte in ausdruckslose Gesichter.

«Meine Frau und ich sind hier in den USA gewesen, um an der Hochzeit ihrer Cousine Martha teilzunehmen. Und dabei hatten wir unglücklicherweise und durch meine Schuld eine kleine Meinungsverschiedenheit … Sie werden doch wissen, wie es so ist, wenn man schon eine Weile verheiratet ist …» Auch wenn sie Verständnis für seine Notlage hatten, ließen sie sich nichts anmerken. «Und dann», fuhr er nur leicht eingeschüchtert fort, «hat meine Frau leider ihren Verlobungsring in den See geworfen, wo er von diesem lebenden Tier – einem Erpel – verschluckt wurde.» Dämliches Tier!

«Und wo ist der Ring jetzt?»

Damien zeigte auf Donald. «Im Inneren des Erpels.»

Die drei Zollbeamten sahen einander ausdruckslos an.

«Sie dürfen mit dem Erpel machen, was Sie wollen», sagte Damien großmütig. «Ich möchte nur den Ring zurück. Meine Frau wird fürchterlich sauer sein, wenn er weg ist.»

«Und wo befindet sich Ihre Frau momentan, Sir?»

Jetzt wurde es schon ein wenig heikler. «Sie kommt mit einem späteren Flug nach. Sie wollte noch einen Tag in New York verbringen, um einen Einkaufsbummel zu machen.»

Die Zollbeamten sahen einander viel sagend an.

«Wir würden Ihre Geschichte ja gern glauben, Sir», sagte einer der Männer. «Irgendwie klingt sie ja nicht wie eine Ente.» Die anderen Beamten kicherten zustimmend. «Aber ...» – er hielt effekthascherisch inne – «leider zeigt unsere Röntgenaufnahme nicht die geringste Spur von einem Ring, einem Diamanten oder dergleichen.»

Das bisschen Blut, das noch durch Damiens Gesicht pulste, war plötzlich auch noch verschwunden. «Da muss aber einer sein.»

«Tut mir Leid, Sir. Aber Ihr Erpel ist nur voller ... Entenscheiße.»

«Der Ring muss dadrin sein!» Damien stand auf, schnappte sich Donald aus der Reisetasche und schüttelte ihn heftig. «Wo ist mein verschissener Ring?», schrie er den Vogel an.

Donald quakte laut und verängstigt.

«Können wir ihn nicht noch einmal röntgen?», fragte Damien. «Vielleicht ist Ihr Apparat kaputt.»

Alle drei reagierten mit einem höchst ungnädigen Gesichtsausdruck auf diese Unterstellung.

«Kommen Sie hier entlang, Sir.» Damien folgte kleinlaut der Aufforderung und hielt die Tasche mit dem Erpel unter seinem Arm, als sie zu der Röntgenschleuse zurückmarschierten.

Allerlei Enteninnereien waren zu sehen. Entenrippen, ein Entenherz, Entenlungen und alle möglichen Arten von Entenfutter in Donalds Entenmagen, aber, wie die Zollbeamten bereits angemerkt hatten, nicht die geringste Spur von einem Diamantring.

Donald kam auf dem Laufband aus der Röntgenschleuse hervor. Damien fiel auf die Knie. «Das kann einfach nicht sein», sagte er und rieb sich die Augen. «Das kann nicht sein. Das hier ist bestimmt der falsche Erpel! In der Dunkelheit muss ich den falschen Erpel gegriffen haben!»

Die Zollbeamten sahen einander an und zuckten mit den Achseln. «Sir …», hob einer an.

«Behalten Sie ihn!», sagte Damien. «Ich kann ihn nicht gebrauchen. Erschießen Sie ihn, vergasen Sie ihn, verspeisen Sie ihn. Mir ist das egal. Ich hab mein Bestes für ihn getan, und so belohnt er mich jetzt.» Damien schlug die Hände vors Gesicht. «Befreien Sie mich von ihm!»

Einer der Zöllner trug Donald vorsichtig davon.

«Darf ich telefonieren?», fragte Damien.

«Ich werde Ihnen gleich Ihre Rechte vorlesen, Sir», erwiderte einer der Beamten, bevor er Damien die Tür vor der Nase zuschlug.

Scheiß auf die Rechte, dachte Damien. Er wollte Melanie anrufen. Irgendetwas Gutes musste doch aus diesem ganzen Schlamassel herauskommen, und wenn es sich nur um sie handelte. Mit ein bisschen Glück und ein bisschen Flynnerei dürfte es doch zu schaffen sein, dass sie ihn mit offenen Armen erwartete, wenn er in Heathrow landete. Damien zog sein Handy aus der Tasche, und daraus ergoss sich ein Strom schlammigen Wassers.

«Scheiße», sagte Damien und warf es auf den Tisch.

Die Zollbeamten rauchten im Aufenthaltsraum ihre wohlverdienten Zigaretten. Donald beobachtete sie höchst interessiert.

«Also, was fangen wir mit dem da an?»

«Wir lassen ihn frei. Warum soll er nicht sein Glück am Himmel über New York finden? Es gibt jedenfalls keinen Grund, ihn hier zu behalten.»

Sie lachten alle gleichzeitig. «Diamantring!»

Einer der Beamten schlenderte zum Notausgang und öffnete ihn. «Okay, Freundchen», sagte er, hob Donald auf und trug ihn zur Tür. «Du bist jetzt frei, kleine Ente. Und gib auf dich Acht da draußen. Bis dann.»

Mit einem kurzen Blick auf seine Umgebung quakte Donald ein letztes Adieu und watschelte gehorsam zur Tür hinaus auf die Grasnarbe, die den Flughafen begrenzte.

«Also, kümmern wir uns jetzt um das Herrchen?»

«Ich denke, der muss so richtig in die Mangel genommen werden.»

«Der hat auf jeden Fall was zu verbergen. Das ist bei diesen Typen immer so. Und wir werden schon rauskriegen, was es ist.»

«Übernimmst du den Ganzkörpercheck? Oder soll ich?»

Der größte, vierschrötigste, fieseste und boshafteste

Zollbeamte griente und rieb sich die Hände. Seine Kollegen reichten ihm eine Schachtel mit Gummihandschuhen, die als «Extra Large» gekennzeichnet waren, und er wählte sich ein Paar aus. Dann zog er das cremefarbene Latex über seine kräftigen Finger und ließ den Handschuhbund noch einmal laut auf die Haut klatschen. «Es wird mir ein Vergnügen sein», sagte er.

## Zweiundfünfzig

Matt spazierte in den Central Park, der sich verlockend vor ihm ausbreitete wie ein wunderschöner grüner Teppich inmitten eines riesigen und chaotischen Trödelladens. Sonntagmorgen im Park. Die Leute mit Hunden waren unterwegs und die Radfahrer und die Sportlichen mit Rollerblades; sie alle genossen diese kleine grüne Zufluchtsstätte, deren Luft nicht von Kohlenmonoxyd vergiftet war. Dann stand er auf einmal in Strawberry Fields, dem kleinen Hügelgarten, der zum Gedenken an John Lennon angelegt worden war. Ein Ort stiller Einsamkeit, wie man sie sonst in dieser Stadt kaum mehr findet. Matt beschloss, ein wenig zu bleiben, um einen klaren Kopf zu bekommen.

Da gab es Liebespaare mit roten Nasen und dick angezogen wegen der Kälte. Sie spazierten Hand in Hand, lachten, kicherten und vergaßen die Welt um sich herum. Schlecht werden konnte einem davon. Wieso war die ganze Welt von glücklich turtelnden Pärchen bevölkert, und nur er hatte kein Mädel abbekommen? Warum schafften es manche Leute, ihre Beziehung wie ein nettes kleines Puzzle zu ordnen und so lange zurechtzuschieben, bis sie ein harmonisches Bild gebastelt hatten, während andere (z. B. er selbst) sich ständig umeinander drehten wie die Ringe des unergründlichen Zauberwürfels, bis sie entweder das Interesse verloren oder von den ewigen Mühen erschöpft aufgaben? Und warum waren manche Leute, die dachten, sie hätten vielleicht einen Menschen gefunden, mit dem sich ein Puzzle zusammenlegen ließe, dann so dämlich, die Adresse des beschissenen Restaurants zu verlieren, in dem man sich hatte treffen wollen? Es war zu grausam, sich darüber den Kopf zu zerbrechen, aber um das wenigstens im Sitzen zu tun, machte sich Matt schnurstracks auf den Weg zu einer freien Parkbank.

Josie fand den Fahrradverleih ohne Schwierigkeiten, und ausgerüstet mit einer dieser typisch amerikanischen Paranoia-Listen von «Gestattet» und «Nicht gestattet», radelte sie auf einem klapprigen Drahtesel zum Central Park. Der obligatorische Helm, den sie nicht einmal als Leiche hätte tragen wollen, hing am Lenker, der Wind spielte in ihrem Haar, und sie hatte nicht die geringste Lust, darüber nachzudenken, wann sie zuletzt auf einem Fahrrad gesessen hatte.

Als sie in den Park fuhr, hatte sie den Eindruck, in eine andere Welt zu kommen. Der hektische Verkehrslärm verstummte, und an seine Stelle traten Kinderlachen, das dumpfe Geräusch von Lederbällen, die von Baseballschlägern abprallen, und das Sirren vorbeiflitzender Rollerblades. Die vielen Hochhäuser spähten sehnsüchtig über die kahlen Wipfel der Bäume und machten einander den geringen Platz am Rand des Parks streitig, um einen besseren und entsprechend höherwertigen Blick auf das schmale Rechteck so hoch geschätzten Grüns zu haben. Die kühle Luft, die ihr um den Kopf wehte, blies die Spinnweben fort und machte die Gedanken klar. Du liebe Güte, gestern war so viel Schreckliches passiert. Zuerst Martha und Glen, die sich in Luft auflösten, und dann Damien, der aus heiterem Himmel auftauchte – eher ein Galaabend mit Siegfried und Roy als eine Hochzeit.

Jetzt, da ein gewisser Abstand zwischen Damien und ihrem Ärger lag, hatte sie seinetwegen ein schlechtes Gewissen. Mal angenommen, er hatte es auf die ihm eigene angeberische Weise ganz aufrichtig gemeint. Angenommen, der Diamantring war ein sündhaft teurer Liebesbeweis gewesen und nicht nur billiger Tand. Vielleicht hätte sie sich nicht so schlecht benehmen sollen. Damien mochte ein lügnerisches, betrügerisches Mannsbild und ein unheilbarer Poussierstängel sein, aber so übel war er nun auch wieder nicht.

Josie fühlte sich urplötzlich schmerzhaft einsam. Allein zu leben und für sich selbst sorgen zu können war ja ganz schön und gut, aber zählte es nicht zu den größten Annehmlichkeiten des Lebens, die vielen kleinen Freuden mit jemandem zu teilen? Irgendwie müsste sie wohl langsam die Barrieren wieder abbauen, die sie um sich errichtet hatte, denn sonst würde niemand mehr Einlass in das

Schneckenhaus finden und die wahre Josie entdecken, die sich dort versteckt hatte. War es nicht besser, frei und offen zu lieben und das Risiko einzugehen, verletzt zu werden, statt diese Emotionen niemals wieder zuzulassen und sich selbst so viel zu versagen? Sie betrachtete die Bäume rundherum. Auf die harsche Kahlheit des Winters folgte doch immer der Frühling, ein Neubeginn, ein Anfang, ein Aufblühen. Das war Naturgesetz, und man musste es nur akzeptieren. Aber leider war das so viel leichter gesagt als getan!

Josie verdrängte diese Gedanken und strampelte tiefer in den Park hinein. Das Radfahren regte ihren Kreislauf an und wärmte sie von innen. Sie war sehr froh, sich zu diesem Ausflug entschlossen zu haben. Der Central Park mochte vielleicht eine Oase relativer Ruhe in dieser so hektisch pulsierenden Stadt sein, aber die New Yorker schafften es dennoch, jeden Quadratzentimeter des arg strapazierten Rasens und jeden freiliegenden Felsbrocken für ihre Aktivitäten zu nutzen. Sie radelte die Mall hinunter, eine schnurgerade Allee, die von amerikanischen Ulmen bewacht wurde und gesäumt war von Statuen bedeutender literarischer Gestalten. Dann bog sie nach links ab und fuhr am Rand der Sheep Meadow entlang, einer Wiese, auf der jede Betätigung verboten war, die größeren Lärm verursachte als das Picknicken.

Ihr Gesicht glühte inzwischen, in ihren Adern pulsierte Energie, und ihre Lungen schmerzten infolge der ungewohnten Anstrengung. Normalerweise war der Sonntagmorgen für sie eine ausgedehnte Bettzeit mit Tee, Toast, der *Mail on Sunday* und dem Kater, Ehemals Bekannt Als

Prince – aber damit war jetzt Schluss! Sie würde demnächst jeden Sonntagmorgen früh aufstehen und Rad fahren. Na ja, *so gut* wie jeden.

Josie trat langsamer in die Pedalen, um ihren Beinen etwas Erholung zu gönnen. Direkt vor ihr lag ein kleiner hügeliger Garten. Und sie hielt an dem niedrigen Geländer an, weil sie daran dachte, sich noch ein paar Minuten auszuruhen, bevor sie den Rest des Parks erkundete. Sie sprang vom Fahrrad, löste ihr Haargummi und schüttelte ihre Mähne, bis sie ihr um die Schultern fiel. Sie lehnte das Fahrrad ans Geländer und stieg den sanften Abhang hinauf. Dabei hoffte sie, dass ihr Mietgefährt noch auf sie wartete, wenn sie zurückkam.

Die wenigen Pflanzen trugen ihr Winterkleid und streckten ihre Finger mit den weißen Spitzen effektvoll aus. Klirrender Frost funkelte im Windhauch und verlieh dem Ort einen ganz besonderen Zauber. Ihre Wangen wurden allmählich von der mutigen Wintersonne erwärmt. Josie seufzte und spürte, wie die Anspannung langsam nachließ. Es tat gut, an diesem Ort zu sein. Es tat gut, sich lebendig zu fühlen. Es tat gut, jung zu sein, fit und gesund. Es tat gut, gelegentlich den eigenen Körper an die Grenzen seiner Belastbarkeit zu bringen, damit man ihn danach umso mehr zu schätzen wusste.

Auf dem Kamm des Hügels war eine große Gedenktafel in den Boden eingelassen. Sie war rund, mit grauweißen Ornamenten verziert, und in der Mitte stand das Wort IMAGINE. An diesem Ort herrschte eine friedvolle und gelassen heitere Atmosphäre, und jetzt wusste sie auch, warum. Josie verschränkte gegen die Kälte die

Arme vor der Brust und sah sich um. Es war niemand zu sehen außer einem leicht schludrig gekleideten und unrasierten Mann, der allein auf einer Bank direkt gegenüber saß. Er hatte den Kopf so tief gesenkt, dass er fast auf die Brust fiel, und schien in Gedanken verloren zu sein. Sie bewegte sich auf die Gedenktafel zu, und der Mann blickte auf.

«Josie?», sagte er.

Josie sah genauer hin, mochte ihren Augen jedoch nicht trauen. «Matt?»

Er stand auf und kam zögernd auf sie zu. «Josie.»

Ihre Nase lief vor Kälte, aber jetzt sammelten sich heiße Tränen in ihren Augen, und ein Lachen stieg in ihrer Kehle auf. «Matt!»

Er stand direkt vor ihr, über alle Maßen erstaunt. «Ich kann gar nicht glauben, dass du es bist.»

Sie standen regungslos da und starrten einander an.

Matt schüttelte den Kopf. «Ich bin durch diese ganze verdammte Stadt getobt, um dich zu finden!»

«Tatsächlich?»

«Ich dachte schon, ich hätte dich für immer verloren!»

Josie schniefte ihre Tränen weg. «Ich dachte, du hättest mich absichtlich versetzt.»

«Du kannst dir nicht vorstellen, was ich alles angestellt habe, um dich zu finden.» Er lachte ungläubig. «Ich war auf zwei Martha-Hochzeiten, ich wurde von deinem Mann als Sandsack missbraucht –»

«Exmann», korrigierte sie.

Matt lachte erleichtert. «Du weißt gar nicht, wie froh ich bin, das aus deinem Mund zu hören.»

«Du hast all das durchmachen müssen, weil du mich gesucht hast?», fragte Josie.

Er trat an sie heran und nahm sie in die Arme, hob sie hoch und wirbelte sie herum.

«Ich dachte, dir liegt nichts an mir», japste Josie.

Er setzte sie wieder ab und nahm ihr Gesicht zwischen die Hände. «Aber natürlich liegt mir etwas an dir! Sogar sehr viel! Ich war bis zur Hölle und zurück, und ich war sogar auf Long Island, um alles wieder gutzumachen.»

Matt zog Josie in die Falten seines nicht sonderlich eleganten Rockjournalistenmantels. «Ich will dich nicht wieder verlieren. Niemals mehr.» Er biss sich auf die Unterlippe. «Ich kann nicht glauben, dass ich das jetzt sagen werde», brachte er heraus. «Du wirst vielleicht schreien wollen oder mir gegen das Schienbein treten oder dein Knie so einsetzen, dass es mich zwischen den Beinen trifft ...» Er atmete tief durch. «Ich liebe dich!»

Josie wusste nicht, ob sie lachen oder weinen sollte. «Ich liebe dich auch.»

Sie umarmten einander ganz fest in dem unausgesprochenen Gelöbnis, von diesem Tag an füreinander da zu sein. In guten wie in schlechten Tagen, in Armut wie in Reichtum, in Krankheit wie in Gesundheit.

In ihrem Glück achteten sie nicht auf den kleinen unauffälligen Erpel, der stillvergnügt hinter ihnen auf die Strawberry Fields watschelte. Mit ein wenig Gewürge und schließlich einer Riesenerleichterung war es ihm gelungen, etwas loszuwerden, das schon seit Stunden seinen Magen gequält hatte. Mit einem fröhlichen Quaken machte Donald sich davon, um einen passenden Teich zu finden, und ließ dabei einen ziemlich beschmutzten, aber auch ziemlich großen Diamantring zurück.

Matt hielt Josie auf Armlänge von sich und sagte mit einem Lächeln und feuchten Augen: «Denk nur, dass wir uns hier wiedergefunden haben.»

Josie lachte trotz ihrer Tränen und streichelte Matts Wangen. «Imagine», sagte sie.